U0068351

臺灣青少年成長小說中的反成長

許靜文 著

序——

如詩的相遇

　　在不同的時空背景和社會文化中，社會看待青少年成長的觀點不同，小說中對成長的詮釋當然也就不同。目前國內所稱的少年小說和成長小說，都以青少年的成長與啟蒙為主題，但二者的成長本質卻大不相同；成長和反成長並非二元對立，二者之間應該存在更多深刻的意涵。因此，本書以青少年成長小說來擴大視野，旨在研究臺灣青少年成長小說中的反成長傾向，探究其美學表現，也就是小說如何透過情節、人物、主題、象徵隱喻技巧和啟蒙儀式來表現青少年的反成長；同時，小說中反成長所呈現的問題意識，也就是青少年成長所涉及的教育、家庭、人際、社會等等課題，也是另一個值得關注的面向；據此，嘗試發掘出小說中的「反成長」所蘊含的意義與價值，包含：美學、教育學、心理學、社會學和人類學意義；最後是尋求臺灣青少年成長小說中反成長再「反」的可能，指出這一文類未來可以再開展的面向。期望有助於所有關心青少年成長的讀者，能更深入了解臺灣青少年小說中的成長歷程。

　　這個題目的成形，先要謝謝我的母親，總是無條件的支持我往想要的地方去。我的成長過程擁有了極大的自由，雖然曲折了好大一段路，卻在迂迴中有更多機會向自己的內在探索，也就是在這種極大的自由中使我生出許多對事物、對生命的探問，那是我的論文中最重要的力量。再要謝謝如輝，你總能讓我煩惱、焦躁不安的心得到平靜，給我無比的信心。除此，在我學習上、生活上還有兩位重要的友伴——意爭和明玉，能夠遇到如此頻率相近的人，真是莫

大的福分和幸運；沒有你們，研究所的日子必然會失去許多的光彩。也感謝簡光明老師、王萬象老師、孟樊老師，對於我的論文提供許多寶貴的意見。至於在我心中亦師、亦父、亦友的慶華老師，在研究的過程中給我最多的幫助和支持；並且在老師的推薦之下，這篇論文得以成書。感受到老師對學術研究的堅持，不免也期許自己的研究真能發揮一點點的力量。對您，我不說謝，想說的也許就留給詩來說吧。

　　　鋪排三十年後的記憶

　　　恆久　裝訂成冊

　　　笑語中如果缺漏　重複和顛倒

　　　也是美麗　不必錯誤

　　　而疲累是收藏

　　　夜的記憶流瀉而出

　　　流向海洋

　　　流向清清朗朗的月色依舊

　　　如許歡暢的夜忘了熱　何須熱

　　　只記得我們共飲

　　　一頁最醇美的詩光

靜文　寫於東大忠孝樓　97.8.16

目　次

第一章　緒論

第一節　研究動機與研究目的

　　這個研究明確可循的動機是來自：閱讀時發現「少年小說」和「成長小說」之間的名稱混用，而文本卻沒有太大交集的矛盾現象，讓我對此感到好奇，想要一探究竟。這樣的動機看似明確，但卻沒有滿足我對自己的探問。如果說世間一切真有因緣可循，那麼一個研究題目便可能是在二十年前、當研究者還是一個孩子的時候就開始了，在青春的歲月裡，就已開始醞釀。

　　一個週末午後，教室裡。
　　學生興奮地說：「老師！今天晚上臺中有『臺客搖滾』演唱會耶！」
　　「然後？都剩幾天了！」老師看著黑板右上角寫著：「基測倒數 18 天」。
　　「可是一年只有一次耶！」
　　「還有明年啊！你又不是活不到明年！」老師沒好氣的回答。
　　「很難說啊……」坐在講桌邊的男生用漸漸微弱的聲音嘟嚷著。
　　老師聽見了，清清楚楚。
　　她想起自己曾經也是坐在臺下的那個學生。

　　當這個老師透過研究反覆思考人生時，學生說話前的興奮和後來的委屈，同時在她的心裡浮現；那一句：「很難說啊……」則不斷在心裡迴盪。二十年前引起一個研究動機的說法似乎太感性、太遙遠渺茫，可能讓人覺得牽強。可是一個研究題目和研究者之間究竟

該是怎麼樣的關係？我相信必然是某些獨特的生命經驗，造就了我今日的選擇。生命沒辦法實驗，沒有實驗組和對照組可供比較，因為如此，大人寧可教孩子選擇安全保守的路，何必冒險呢！然而，太害怕冒險、安於現狀的人生，究竟是得？還是失？在《不存在的女兒》一書中，那個偷偷將唐氏症女嬰扶養長大的護士，多年後對醫生說：「你逃過了很多心痛，但你也錯過了無數的喜樂。」〔愛德華（Whiting Edward），2007：254〕因為對未知的恐懼，而放棄眼前，或許才是生命中最大的遺憾……這樣的心情時常出現在教學工作中：有時候我太執著於教師的角色和社會期待，總是教室中那些特立獨行的少年，以各種語言和行為的反叛來提醒我記憶起自己早已忘卻的青春年少。有時少年們理直氣壯的回答，往往令我怔忡許久，對於我所教導、傳遞給學生的那些價值，自己竟也遲疑了起來。所謂的真理其實禁不起探問，一問便洩漏了自己的恐懼和軟弱。就是在這樣的情況下，我被「青少年成長小說中的反成長」這個看似矛盾弔詭的句子給吸引了。

為什麼要研究「臺灣青少年成長小說中的反成長」？如果說所有的研究最終都是為了研究人的問題、關注人的生命，那麼就得先從這個題目所關注的主要對象（人），也就是青少年談起。「青少年」一詞其背後隱含的信念是：生命是一段連續發展的歷程，而青少年是一個由童年邁向成人、具有獨特性的生命階段。「青少年」是相對於「兒童」的概念而產生的，而兒童的概念可能是近二、三百年來才有的（關於這個部分留待第三章第一節再談）。尤其社會環境的快速發展，加上科技媒體、資訊傳播的日新月異，當代青少年面對的是一個時時充滿未知變化的社會環境，相對的他們成長過程中的各種心理歷程涉及更多面向，由青少年成長歷程所顯現的社會文化意涵也更複雜。青少年階段許多特殊的行為表現固然備受關注，但往

往被貼上「行為偏差」、「不合常軌」、「問題青少年」的標籤；更令
人擔心的是：許多看來安分守規、卻懷著困惑不安的「乖孩子」，這
當中有些人在遭遇外在突發事件而不堪承受時，瞬間崩潰瓦解；有
些人則在成長過程中循規蹈矩，乃至一路順遂成功，卻從來不了解
自己，生之疑惑隨著時間不斷累積，甚至直到生命盡頭時，那份困
惑仍無法入土為安。在教學現場或生活周遭，人們往往忽略「壞孩
子的壞，是在呼救！」和「乖孩子的傷，最重！」（李雅卿，1998：
序2），這是來自研究者個人成長歷程與生命經驗的體悟，同時也是
一份對自我的警惕，也可以說是私心地想藉此研究為青少年的「反
成長」發出一點「平反」之聲。

　　新近的青少年研究都相信：青少年的成長包含生理、心理與社
會的共同影響所形成，由於終身觀點強調變異性、多樣性，使個人
發展受到特殊的家庭星座、社區、社會、文化和歷史情境造就而成
的〔雷那（Richard Lerner），2006：9〕。總的來說，青少年具有下列
多樣的性質：

　　　一、青少年是生理發展的時期。

　　　二、青少年是一個年齡層。

　　　三、青少年是一個發展階段。

　　　四、青少年是一個轉折期。

　　　五、青少年是一個社會文化現象。

　　　六、青少年有一定的範圍。

　　　七、青少年是一個關鍵期。

　　　（黃德祥，1998：8-10）

　　由以上看來，想要具體、明確界定「青少年」的範圍是相當困
難的，也沒有意義。本論述所稱的「青少年」指的是一般社會大眾

所認知的意義，也就是廣泛地界定為國、高中階段的青少年。這是
生命中一個特別的階段，生理上急遽的變化、心理上開始產生對自
我的探索，尋求認同是這個階段的首要任務，在這段探索的過程中，
特別容易表現出好奇、冒險、叛逆的行為，在這些行為的背後往往
有著複雜的內在心理歷程和社會文化意涵。因此，以青少年成長歷
程作為研究小說文本主要關注的焦點，自然有其意義。

　　其次，為什麼選擇「小說」此一文類作為探討青少年成長歷程
的途徑？這所預設的前提是：相信「小說」此一文類具有其他學科、
乃至其他文類所沒有的獨特性。就小說和其他學科的對應而言，得
先回到「小說」所屬的上一層級概念「文學」來談。文學具備的獨
特性可分為兩個部分：一是表現方式的獨特性（形式），一是作品內
涵的獨特性。當然，事物、語言（能指）、內涵（所指）三者之間的
關係，本來就存在著各種可能，莫衷一是。形式和內涵只能姑且作
為詮釋上的方便，二者的劃分不具意義，也無法劃分，實際上文學
的形式和內涵往往互為交融、互相影響，「思想是心理活動，它所藉
以活動的是事物形象和語文（就是意象和概念），離開事物形象和語
文，思想無所憑藉，便無從進行。在為思想所憑藉時，語文便夾在
思想裡，便是『意』的一部分，在內的，與『意』的其餘部分同時
進行的。所以我們不能把語文看成在外、在後的『形式』，用來『表
現』在內、在先的特別叫『內容』的思想。『意內言外』和『意在言
先』的說法絕對不能成立。」（朱光潛，1987：100-101）文學倘若
只論形式，或只論內涵，都是徒勞無功的。但為了方便說明，在此
姑且將作品分為形式和內涵來談。關於文學表現方式的獨特性，朱
光潛以文學和數學為例來說明：

文學和數學不同的，依我看來，只有兩點：一是心裡所想的不同，數學是抽象的理，文學是具體的情境；一是語文的效果不同，數學直述，一字只有一字的意義，不能旁生枝節，文學暗示，一字可以有無窮的含蓄。窮到究竟，這還是因為所想到的不同，理有固定的線索，情境是可變化、可伸縮的。至於運用語文需要精確妥貼，使所說的恰是所想說的，文學與數學並無二致。（同上，96-97）

朱光潛認為文學和數學的不同在於：心裡所想的不同，就是所謂的內涵；語文效果的不同，則是形式。事實上，文學與教育學、心理學、社會學、人類學一樣，最終關注的都是人的問題、人的生活，然而關注的方式和產生的效果卻大不相同。它們對同一個問題的思維方式、敘事方式和語言表現，都大相逕庭。以下是一段心理學中關於青少年情緒的描述：

青少年常因擔心考試、擔心失敗、害怕責罰或被別人瞧不起而感到焦慮。焦慮可以說是個人應付環境無把握，又對不可知的未來感到威脅時的一種恐懼、憂慮交織而成的迷惘感受。（黃德祥，1998：345）

再對照一段文學作品中關於一個青少年的描述：

高小明是一個身材弱小的孩子，不過一雙烏黑的大眼睛射出炯炯的光芒。他屬於那類奇特，神祕，而復具異稟的孩子。雖然他的身體孱弱，他的靈魂卻有著熾熱的火焰和固執的意志……這學期他當選為副班長，和班長僅差三票，大概亦敗在他體質衰弱底影響上。他依照禮貌，在掌聲中踏上講臺，向班長握手申賀，然後從容地走下，但是坐到位子去後，閉

緊了嘴唇，不禁簌簌地掉下淚來。現在，走向那個會說出未來的孩子，他那單薄的身軀有一點懍慄，透露出他的心情的激動。（王文興，2001：127）

這段描述融合了人物的生理形象、心理特徵、社會向度等，並且在人物形象之外，還傳達了更多訊息。如果說文學中呈現的人是一個整體的形象，有血肉精氣；那麼心理學等社會科學所呈現的人的形象，往往是片斷的、個別的，徒具軀殼的，即使拼湊出全貌，也難有鮮明的形象。在此也顯示出一個重要的訊息：文學作品所說的（形式）可能就是它想說的（內涵），也可能不僅僅是，甚至不是，因為在人的世界裡，一加一永遠不等於二。從表現形式來看，文學與社會科學的差異，也就不言自明。

當然，形式上的差異，其實也是內涵上的差異。因此，再回到文學作品內涵的獨特性來看，文學作品中的世界是根基於現實世界上的另一個超現實的意象世界。正因為如此，使得很多人有「文學無用論」的誤解，以為文學不切實際；然而，即便文學的價值不在眼前的實用目的上，但也絕對不是與生活毫無關係的無病呻吟。青少年階段「受限於生活經驗，因此對文學或是生活中其他主題的掌握，有時也許會顯得力不從心。但是透過閱讀，可以幫助你去經驗各種情感的樣貌。有些情感也許你已經經歷，所以對你來講刻骨銘心，非常深刻；可是有些情感的原型，在你們現在的年紀還沒有經歷，就要透過閱讀去感同身受」（簡媜，2007），透過文學的閱讀與寫作，可以經驗、開發各種不同的情感原型，簡媜認為這些體驗有助於未來面對生命困頓時能療傷止痛，並且保持一份對生命的希望；對自己、對他人、對社會更能懷著一份包容和期許，這是文學在不知不覺當中所給予的，也是文學莫大的價值。

　　古往今來，人們透過閱讀所獲得、所經驗的一切，它的價值當然不僅僅建立在具體實用的目的或功能上；文學之所以能有充沛豐厚的力量，也正因為它超越於具體實用的目的或功能上。「一個欣賞者從文學作品中所經驗到的不單是知道那裡面說的是什麼，如同閱讀一篇報告或時事新聞一樣；而是能從中經驗到一種有異於現實感受的喜愛。這種喜愛，不是現實的喜怒哀樂，而是從現實的喜怒哀樂混合釀成的一種更純粹的情感品質」（王夢鷗，1976：249），教育學、心理學、社會學和人類學的青少年研究，固然有助於我們了解青少年成長過程中的身心特質和需求，卻缺少了在成長過程中更多精微細膩的部分，乃至許多無法言說、難以言說的微妙心理歷程，以書寫青少年成長歷程為主題的小說正提供這個部分的替代經驗，彌足珍貴，不容取代。

　　再就小說在文學中的獨特性來說：同樣的，小說固然和文學中的其他文類一樣，關注的是人的問題、人的生活，然而關注的方式和產生的效果上卻大不相同。同樣的，如果把小說具備的此一獨特性也分為兩個部分：一是表現方式（形式）的獨特性，一是作品內涵的獨特性。就表現方式的獨特性而言，也就是小說鑑賞所論的情節、人物、主題、語言、時空背景、敘述觀點等小說的組成要素，以及運用象徵、隱喻、意識流等美學方法。就作品內涵的獨特性而言，所謂「小說唯一的存在理由就是說出那些唯有小說才能說的事」〔昆德拉（Milan Kundera），2004：48〕，說明了讀者閱讀小說不僅僅是訊息的獲得，還有一種情感經驗上的獲得，甚至是這二者以外、我們所無法明確指認的。當然，必須再一次說明的是：小說的形式和內涵仍是密切相關，難以分割的。尤其後現代小說的形式變得不再明確，小說的面貌變得更多樣化，我們再也不能明確指認小說應有的樣子。正因如此，小說也才能說出那些只有小說才

能說的事。可以確定的是，文學作為一條探索青少年成長歷程的途徑，既是眾多途徑之一，同時也是無可代替的途徑之一；更進一步，在從文學探討青少年成長歷程的諸多途徑中，小說既是眾多途徑之一，同時也是無可代替的途徑之一。因此，以描述青少年成長經驗為主題的「青少年成長小說」，不論基於特殊的美學表現或作品內涵的獨特性，都有助於讀者深入探索青少年的成長歷程，並且從中發掘作品與社會文化的關係、作品具有的時代意義，以及作品本身的藝術價值，甚至更多社會學科所無法發掘的、我們所未知的。

　　在「青少年」和「小說」二者的相互關係確認後，然後才能進一步談到「成長小說中的反成長」這一看似矛盾、衝突的命題，其實更接近青少年成長的真實寫照，或者也可以說是人一生的成長寫照。人的發展何其複雜，成長絕對不只有單一面貌，「反成長」的概念是相對於「成長」而存在，「成長」與「反成長」之間，隨著時空背景和文化情境的不同，存在著流動性和不定性。正因為如此，二者之間也同時存在著一股勃發的生命力；一旦「成長」和「反成長」被視為某種牢不可破的「最高準則」，那都是權力意志的危險濫用。大體而言，青少年成長小說，預設的讀者當然以青少年為先，因此對於作品是否符合青少年需求，有較多的顧慮，於是青少年成長小說必須經過成人的把關，把關是為了保護，同時也有可能成為限制或禁忌。也有許多成人認為「小說」中青少年的叛逆表現，都只是誇張、不切實際的特例，對於「一般」的青少年恐怕會有錯誤示範和不良影響。我們確信固然不是所有的青少年都有如此的反叛表現，但也絕對不會只是特例。關於這一點，「匈牙利的文學批評家盧卡奇曾經說過，『極端化』的人物不但不違背社會真實，反而把社會真實更加清晰的顯現出來，這是寫實主義的精髓」（呂正惠，1988：

25）可見優秀的小說所呈現的是青少年的「共相」，絕非個案，青少年也不必然都能「順利成長」。因此，有論者指出：臺灣成長小說中有很大一部分都具有濃厚「反成長傾向」與「悲劇意識」，令人感到憂心（楊照，1996；廖咸浩，1996）。但值得思考的是：成長與反成長所指的意涵為何？反成長所「反」的又是什麼？「反成長」在不同文化背景和時間、空間的脈絡下呈現的意義？「反成長」所回饋的價值又如何？這些都是本論述所要深入探討的部分。

　　但要特別說明的是：當我們討論臺灣青少年成長小說中的「反成長」時，必須注意到「成長」、「啟蒙」的概念來自西方，理性啟蒙時代帶來整個西方文化的演變，最重要的在於發現了個人的自主性、主體性。「啟蒙」概念具有的二面性：表面上，個體終於不再受造物者意志所左右，得以發揮潛能、自我完成，表現在科學、藝術等各個領域；從深層來看，個體仍然深受造物者影響，個人的創造其實是與造物者的競爭。因此，啟蒙表現在小說中，個體往往能從種種磨難中通過考驗，創造自我的價值。這與本論述中所稱的「啟蒙」並不相同。因為相較於西方這段漫長的歷史，「啟蒙」概念移植到臺灣卻沒有同樣的歷史文化背景，在本論述中所稱的「啟蒙」是借用來說明小說中的青少年成長歷程的一種狀態，「反成長」對體制的抗拒、反叛，往往只是片段的、零星的，這種「啟蒙」通常是個人內在與環境衝突時的真實領悟，並不具有實質的行動意義。這固然不能帶來強大的改變，但也是一種對既有成長概念「鬆動」的力量。所謂小說中的「反成長」是就小說中的成長描述和小說本身的表現形式來說，是一種整體風格上的形容。這一點是接下來各章節論及臺灣青少年成長小說中「啟蒙」、「成長」和「反成長」等概念時，必須先在此釐清的。

　　在研究的問題意識形成後，研究的目的也依此應運而生。研究的目的，包含兩個部分，一是研究本身的目的；一是研究者的目的。在研究本身的目的方面：研究「臺灣青少年成長小說中的反成長」，是為了分析小說作品中的「反成長」傾向及其美學表現，並且探討作品中「反成長」的意義與價值，進而發掘臺灣青少年成長小說未來的發展可能。分析作品中的「反成長」傾向及其表現，是為了凸顯小說在時空背景與文化的脈絡下所形成的特徵；探討作品中「反成長」的意義與價值，則是想要提出看待「反成長」的另一種可能，或更多種可能；發掘臺灣青少年成長小說中未來的發展可能，則是要為「成長」指出更多再「反」的空間。藉此梳理出過去、現在和未來的時空脈絡下，臺灣青少年成長小說中的成長本質，以及青少年成長面貌的變與不變。

　　在研究者的目的方面，不外乎要「藉著所解決的問題來遂行權力意志（包括謀取利益、樹立權威和行使教化等）和體現文化理想」（周慶華，2004a：6），在此當然也得藉以自我表白。身為研究者，進行此一研究時，當然期望透過對臺灣青少年成長小說的探討，有助於青少年面對成長歷程中的困惑和不安；同時也有助於教育工作者、心理輔導者、家長和社會大眾，透過小說提供的實感，更深刻體會青少年成長中複雜的心理歷程，進而反思我們所處的社會和文化環境。畢竟人類文明的進步，如：民主制度、法治思想、性別平等、種族平等，都是來自新舊價值的不斷衝撞、對話，才能繼續向前再更新；更進一步，也期望將研究產生的一點新知彰顯出來，提供創作者從事小說創作時的參考，進而在創作上能夠展現出新意、提昇道德和美感。以上種種是我研究「臺灣青少年成長小說中的反成長」時所持的一點自我期許和理想。當然，這一份自我期許與理想，「仍是由研究者的權力意志所衍生、決定，能否

實現還得來自相同背景或相同經驗的人的普遍認同」（周慶華，2004a：6-9），這是身為研究者應有的自覺。除此之外，身為研究者，在研究的過程中，我也是一個教學者，青少年是我教學上主要的對象；同時我也是一個小說讀者，生命經驗必然也來自個人的閱讀和教學現場；而更多的時候，我是年少時那個「看來循規蹈矩、心裡卻叛逆得厲害」的自己，所有的研究都不可能自外於研究者的生命經驗，因此這個研究的目的，有相當程度也可說是滿足個人想探索生命、探索世界，想藉以重畫青春生命線的心理需求，這也是必須在此自我表露的部分。

第二節　研究問題與研究方法

目前國內學界對「少年小說」和「成長小說」這兩種文類的概念，尚有諸多糾結不清之處待釐清。這二者指涉的作品範圍，雖有少部分交集，其實大不相同。有部分論述以「少年小說」和「成長小說」都是指描述青少年成長歷程為主題、並且適合青少年閱讀的小說作品；然而，二者在成長主題的書寫，卻存在著本質上的差異。本論述想要藉由探討「成長小說」與「少年小說」二者在成長本質上的異同，進一步發掘臺灣青少年成長小說中「反成長」所呈現的意涵。

本論述先就「成長小說」、「少年小說」、「臺灣青少年成長小說」、「青少年」、「成長」、「反成長」等概念釐清後，以「青少年成長小說」一詞界定本論述所關注的範圍，再逐一建立命題，進行演繹。以下就本論述的「概念設定」、「命題建立」及「命題演繹」的發展進程，先以圖示如下，再詳細說明於後：

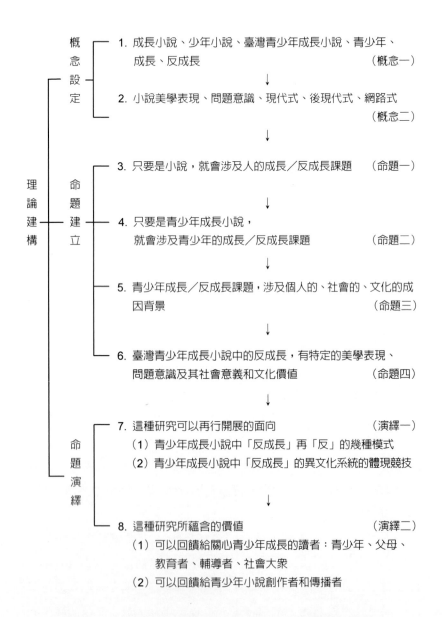

概念設定

1. 成長小說、少年小說、臺灣青少年成長小說、青少年、
　 成長、反成長　　　　　　　　　　　　　　　　　（概念一）

↓

2. 小說美學表現、問題意識、現代式、後現代式、網路式
　　　　　　　　　　　　　　　　　　　　　　　　（概念二）

↓

理論建構

命題建立

3. 只要是小說，就會涉及人的成長／反成長課題　　（命題一）

↓

4. 只要是青少年成長小說，
　 就會涉及青少年的成長／反成長課題　　　　　　（命題二）

↓

5. 青少年成長／反成長課題，涉及個人的、社會的、文化的成
　 因背景　　　　　　　　　　　　　　　　　　　（命題三）

↓

6. 臺灣青少年成長小說中的反成長，有特定的美學表現、
　 問題意識及其社會意義和文化價值　　　　　　　（命題四）

↓

命題演繹

7. 這種研究可以再行開展的面向　　　　　　　　　（演繹一）
　（1）青少年成長小說中「反成長」再「反」的幾種模式
　（2）青少年成長小說中「反成長」的異文化系統的體現競技

↓

8. 這種研究所蘊含的價值　　　　　　　　　　　　（演繹二）
　（1）可以回饋給關心青少年成長的讀者：青少年、父母、
　　　 教育者、輔導者、社會大眾
　（2）可以回饋給青少年小說創作者和傳播者

圖 1-2-1　臺灣青少年成長小說中的反成長理論建構圖

根據上述架構，本論述所研究的問題說明如下：

一、臺灣「成長小說」與「少年小說」中，關於青少年成長本質上的異同為何？「成長」與「反成長」的關係為何？

前面提過「青少年」一詞存在著多樣性，這說明了「成長小說」和「少年小說」在文類界定、預設的讀者上，很難有一個絕對的判準。雖然「成長小說」與「少年小說」都以青少年成長、啟蒙為主題，但兩種次文類所界定的標準卻是截然不同的：「成長小說」是以作品內涵來界定，只要涉及成長主題、描述成長經驗，小說的主角人物不一定是青少年，自然也不預設讀者為青少年；而「少年小說」則正好相反，它是以適合青少年讀者閱讀為首要判準，至於作品內涵，不侷限於描述青少年成長為主，也包含其他不是描寫青少年成長、但適合青少年閱讀的作品，如科幻、歷史小說等。觀察發現目前國內「少年小說」和「成長小說」在名稱使用上，或有交疊，但在研究和論述的內涵上，卻沒有太多的交集，在成長的本質上也大不相同。本論述第二、三、四章嘗試從作品中梳理出其中的異同，並透過不同文化系統的比較，發掘中西青少年成長小說的異同，再聚焦於探討臺灣青少年成長小說中的「反成長」傾向。

二、臺灣青少年成長小說中「反成長」的美學表現方式為何？

「成長小說」與「少年小說」因為界定的標準不同，預設的讀者不同（不一定是作者預設的，也可能是論者所預設的），成長本質也大不相同，而文學作品內涵又離不開表現形式，理所當然在美學表現上也有相當大的差異，其中有一部分作品具有「反成長」傾向，

因此特別將臺灣青少年成長小說美學的關注焦點，集中於「反成長」的表現上。探討「反成長」是如何透過情節、人物、主題、象徵隱喻技巧、啟蒙儀式等美學表現其「反」的獨特性。這部分在本論述第五章細論。

三、臺灣青少年成長小說中反成長呈現的問題意識為何？

小說中的「反成長」不僅僅是青少年的標新立異、特立獨行，它更可能是小說作家指引社會改革、文明進步的一個途徑。成長或反成長，如同「水能載舟，亦能覆舟」的道理一般，存在著一體兩面的意義，「各種反文化絕不就是一套一套奇奇怪怪卻毫無意義的價值取向和行為，而是社會變革過程中的重要因素。它們產生後果可能是破壞性的，也可能是創造性的。如果審慎地看待它們，對它們進行深入的比較研究，我們就能發揮其潛在的創造性；否則，我們就會激發其潛在的破壞性。」〔英格（Milton Yinger），1995：前言 i〕，人們看待反成長本來就存在著相當的矛盾心態，「反成長」所「反」的究竟是什麼，是我們不得不思考的問題，因為唯有正視問題，才能解決問題。青少年成長小說中所反映的問題意識，不僅關係著青少年成長階段的發展任務，也攸關著社會文化的前進與提升。這部分留待本論述第六章再論。

四、臺灣青少年成長小說中反成長的意義與價值為何？

很多人擔心具有「反成長」傾向或「悲劇意識」的青少年成長小說太沉重，恐怕不適合青少年閱讀。這些考量固然立意良善，但顯然是不合時宜的。當代青少年多半是過早就踏進成人世界，

對各種光怪陸離的情況，似乎見怪不怪，但心裡很多困惑和不解無從澄清，反而在成人自以為善意的保護下而被掩蓋了，讓人不自覺，卻又不時的隱隱發作。事實上，善惡、明暗、美醜的並存與糾結，反而凸顯了人之所以為人的高貴之處，成人需要，青少年當然也需要。青少年成長小說中的「反成長」不但對個人具有心理輔導上的價值，對社會而言也具有積極意義。相對於目前國內主流的少年小說作品一貫強調積極光明的成長基調，本論述嘗試透過研究來發掘臺灣青少年成長小說中「反成長」意涵的另一種可能，另一種更具有積極意義的可能，這是本論述第七章所要繼續開展的。

五、臺灣青少年成長小說未來的發展可能為何？

在回顧並探討臺灣青少年成長小說中「反成長」的意涵、美學表現，並探討其問題意識與價值後，仍要進一步思考：臺灣青少年成長小說還有沒有再「反」的可能？在未來，現代式、後現代式的和網路時代式的臺灣青少年成長小說，必然也會繼續地「反」出各種不同面貌，而這些面貌可能早已模糊難辨，或更加曖昧不明，其中關於青少年的成長本質卻仍有一些變與不變，值得探索。這是臺灣青少年成長小說的現在進行式與可預見的未來，也是本論述最終在第八章所要探究的部分。

在研究目的確立與研究的問題意識形成後，所採行的研究方法才有存在的依循。本論述主要探討「臺灣青少年成長小說中呈現的反成長」，本論述所指的「青少年成長小說」以所有描述青少年成長的小說為範圍，包含目前所稱的成長小說和少年小說；但是因為成長小說與少年小說二者在界定上仍有待釐清，而且有部分作品是藏

身於成人小說中，因此本論述「青少年成長小說」所界定的作品範圍較廣，作品數量眾多，僅能從中選擇具有代表性的作品進行研究。在文本的選擇上，所謂「代表性」的選擇，是依「具代表性作品」與「具代表性作家的作品」兩個面向進行，先以作品本身的文學成就為首要考量，再以「作品曾收入相關青少年小說選集」、「兒童青少年文學獎的得獎作品」作為代表性作品的選擇依據。其次，具代表性作家的作品，除了以主流「少年小說」中作品較成熟、且作品水準受到一定程度認可的作家外，如：李潼、管家琪、王淑芬等人的作品；更嘗試納入過去未曾被視為「青少年成長小說」作家、但文學成就已受到肯定的作家作品，如：鄭清文、王文興等人的作品；同時，也兼顧當代年輕一代作家，如：袁哲生、許榮哲等人。不論是作品的「代表性」、作品的「反成長」傾向，在作品的選擇上採取的是現象主義方法，它不同於現象學方法，現象主義的現象觀是指「凡是一切出現者，一切顯示於意識者，無論它的方式如何」（趙雅博，1990：311；周慶華，2004a：95），既然以個人所經驗到的部分為依循，那麼個人所能經驗到的自然有其限制。

其次，以發生學方法分別檢視「成長小說」與「少年小說」的歷史發展與研究論述。「發生學方法，是透過分析語文現象或以語文形式存在的事物的發生及其發展過程，來認識該語文現象或以語文形式存在的事物的規律」（周慶華，2004a，51），而對文類進行歷史溯源的過程中，也必然是經由特定的意識所決定，所呈現的歷史發展脈絡，當然也就沒有絕對的必然性。接著，再運用比較文學方法與比較文化學方法來條理成長小說和少年小說的關係，以及其分別在中西文化下的差異，針對二者之間的重疊糾葛，重新以「青少年成長小說」拓展臺灣青少年的成長樣貌。「比較文學方法，是評估語文現象或以語文形式存在的事物所具有的影響／對比情況（價值）

的方法」(同上，143)，在不同文化系統的比較上，容易陷入為了達成論述的目的，而有意的選擇材料分析，以致於強作對比，這一點也是我得必須有自覺地小心使用。另外，在比較中西青少年成長小說的異同時，運用比較文化學方法，根據世界三大觀型文化中的創造觀型文化與氣化觀型文化這兩種文化系統及其五個次系統(周慶華，2005：220-226)作為比較基礎，進行對照，追溯中西文化中「青少年」、「成長」、「青少年成長小說」的意涵。

　　接著，以美學方法探討臺灣青少年成長小說中「反成長」的表現形式與藝術價值。「美學方法，是評估語文現象或以語文形式存在的事物所具有的美感成分(價值)的方法」(周慶華，2004a：132)。小說屬於敘事式文體，「它在事件或故事敘述完成之外，還得提升到具有審美價值」(周慶華，2007：122)，然而，文學作品的美與其他藝術作品不同，文學的美在表現形式和內涵上是密切相關的。因為我的論述中「反成長」傾向是小說內涵和形式上一種風格的描述，還沒有發展出完整的類型，因此我以美學方法探討臺灣青少年成長小說中的「反成長」表現時，僅先就現有小說美學鑑賞理論中常見的幾個面向進行。根據周慶華提出敘事的必備成分包括：敘述觀點、敘述方式和敘述結構(周慶華，2002：21)，我以其中敘述結構中所包含的語言結構和意義結構二者作為本論述中小說美學的依據，同時參考各家小說鑑賞理論必定會有的構成要素：人物、情節、主題三者〔魏飴，1999：28；布魯克斯(Cleanth Brooks)、沃倫(Robert Warren)，2006：9〕，再加上在青少年成長小說中的佔有重要地位的啟蒙儀式，以及青少年成長小說中表現成長歷程最常運用的象徵隱喻技巧，共五個面向來作為我論述臺灣青少年成長小說中「反成長」的美學表現依據。以表列如下：

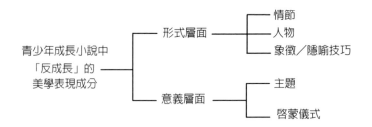

圖 1-2-2　青少年成長小說中「反成長」的美學表現成分

　　除此之外，進入現代、後現代與網路時代，打破了規律的線性思考，青少年成長小說也可能以美學形式上的創新，形成新的成長典範。但不可避免的，「美學也是受到意識形態和歷史制約的一套論述」（周慶華，2007，251），當然也就沒有一套放諸四海絕對可行的標準，這是必須自我提醒的。

　　最後，本論述所關注臺灣青少年成長小說中「反成長」所呈現的問題意識及其價值與意義，採取的是詮釋學方法。「詮釋學方法，是解析語文現象或以語文形式存在的事物所內蘊的意義」（周慶華，2004a：101）。詮釋包含「詮釋本身是什麼」、「詮釋的對象」以及「詮釋的實踐」三個部分，所涵蓋的範圍和內涵相當廣泛、難以窮盡，大體上可就語言符號本身和文本所蘊含主題、情感、意圖、世界觀、存在處境、個人潛意識和集體潛意識等幾個具有優先地位的向度，進行詮釋。（臺大哲學系主編，1988：29-31；周慶華，1994：225-229）舉例來說：〈跳舞機〉中的十七歲男孩，面對瘋狂的母親（人物）、鄰里間（社會環境）異樣的眼光和取笑（情節），心中的憂傷、無奈、壓抑無從紓解（心理刻畫），在回憶中一步步逼視自己內心的幽暗，明白了在失序的家庭中親情反而是生命最大的傷痛（主題），如何切斷與血親的糾葛，是成長的功課，也是小說所反映的問題意識。這裡姑且就以這種簡述的方式來說明詮釋學的運用。

　　除此之外，還必須考慮個別詞語和文本整體之間有相互循環詮釋的可能；對文本的詮釋也由詮釋者的「前見」、「前有」、「前設」和「歷史性」等構成的「前結構」所影響，包含：文化背景、傳統觀念、風俗習慣，以及該時代的知識水準、精神和思想狀況、物質條件，甚至是他所屬民族的心理結構；先詮釋哪些、怎樣詮釋，必定有一個特定的角度和觀察點；對詮釋對象已經有一個假設或觀念；「歷史性」則是指詮釋者不可能跳脫歷史而生存，當然也無法跳脫歷史來詮釋歷史中的一切。以上四者為詮釋者在進行詮釋前的「前結構」。（張汝倫，1988：37；周慶華，2004a：105-106）。畢竟一個詮釋者不可能在白紙一般的情況下進行詮釋。

　　據此，以詮釋學方法論述臺灣青少年成長小說中的反成長時，是以「反成長」的語言符號本身和文本所蘊含主題、情感、意圖、世界觀、存在處境、個人潛意識（欲望和信念）和集體潛意識（社會的價值觀和社會關係）等幾個具有優先地位的向度（周慶華，2004a：104-105、108-109），進行詮釋；這其中便已包含從教育學、心理學、社會學和人類學等觀點來探討「反成長」所呈現的問題意識及其意義與價值，但對於文本中教育、心理、社會和文化的詮釋，當然也就不是運用觀察、調查、實驗等社會科學的方法而來。採取這種詮釋性的研究方法，乃是立足於「人的外在行為表現，必然有其相對的內在心理、社會環境與歷史文化背景」（同上，109）這一個認知基礎上。但這種詮釋本身也存在著一個大的矛盾：也就是一個詮釋者在詮釋文本時，正好意識到該文本也是前結構的東西，而不是所以為的文本本身。比方說：詮釋者對作品中「反成長」的詮釋時，也意識到作品的「反成長」是來自作者的所屬的文化背景或特定觀點，而不是我們所看到的作品本身。這種矛盾性無從消除，在論述時就暫且作為策略上的運作或者「存而不論」，因為詮釋學方法這種從外而內的詮釋運用，同樣受到權力意志所影響，也只能求相對的客觀性（同上，110）。

第三節　研究範圍及其限制

　　「臺灣青少年成長小說中的反成長」的研究範圍，可就所要解決問題關涉的層面與取材上的範圍兩個部分來說。

　　就所要解決問題關涉的層面，必須先就「青少年」、「成長」的概念釐清。前面提過，想要具體、明確界定「青少年」的範圍是相當困難、也沒有多大意義。我約略選擇了艾德沃特（Atwater）分析作為依據。他認為雖然青少年的開始與結束難以認定，但仍有一定的範圍和界限。就青少年生理、情緒、認知與就業、人際、社會、教育、宗教、年齡、法律與文化等發展層面，都有一定的起迄範圍與特徵，可供辨別青少年成熟與否。（轉引自黃德祥，1998：9）其中我以情緒、認知與就業、人際、社會與文化層面，作為論述中對青少年成長的判斷參考，同時也是論述小說中「成長」意涵與主角人物成長與否的重要參考指標。除此之外，我的論述中所稱的「青少年」一詞是綜合心理學、社會學、人類學與法律等不同觀點，並且符合臺灣社會大眾所認知的一般性意義，而廣義的界定為：約十二歲到二十歲，介於兒童與成人之間，也就是國、高中階段的青少年。人的一生都在成長，青少年只是其中一個特別明顯的階段，也可說「成長」是青少年的首要課題；成長意涵包含了各種不同面向，如；生理、心理、社會向度、文化系統等。論述時採取的是一種動態的觀點，關注青少年成長歷程中在生理、心理、社會向度、文化系統等層面的特徵與其交互的作用。

表 1-3-1　青少年的界定

發展層面	青少年的開始	青少年的結束
情緒	開始從父母獨立自主	達到自我修正的個人認定狀態，並且情緒自主
認知與就業	開始作邏輯思考、與具解決問題及作決定的技能	能夠邏輯思考、與自主的作決定
人際	由父母轉至同儕	增加對同儕與成人的親密度
社會	開始進入個人、家庭與工作角色中	擁有成人的權利與責任
文化	開始接受儀式與慶典的訓練或作相關準備	完成儀式與慶典

資料來源：艾德沃特（1992）（轉引自黃德祥，1998：9）

　　「青少年」、「成長」作為小說的限定詞，「青少年」是就小說作品的主要角色而言，而非限定於青少年讀者；「成長」一詞則是指小說主題是指描述成長經驗的作品。採用「青少年成長小說」一詞，乃專指小說中以描述青少年成長歷程為主的作品，而不考慮作品是否專為青少年創作、作家是否為專職青少年小說作家，也不侷限於出版文類的名稱，以此與國內目前學界論述「成長小說」與「少年小說」所指稱的作為區別（此二者的作品界定，見第二章）。其次，本論述所指的青少年成長小說，「成長」專就書寫青少年成長歷程的小說而言，不包含書寫其他年齡層、性別或族群認同等主題的成長小說；另以動物為主角寄託成長寓意的小說，不在本論述所界定的「青少年成長小說」的範圍內。關於本論述所界定的「青少年成長小說」概念，以下圖表示：

一般兒童文學論述所界定的「少年小說」

本論述所界定「青少年成長小說」，指作品以描述青少年成長歷程為主。

圖 1-3-1　少年小說與青少年成長小說的作品界定範圍圖

　　從取材上來說，再分別就「青少年成長小說」、「反成長」和以「臺灣」作為限制詞等概念，逐一說明、界定。本論述「青少年成長小說」的範圍，包含了目前國內已界定為「成長小說」的部分作品與「少年小說」的部分作品，另外納入國內成人小說中以成長為主題、但仍未被界定為「成長小說」或「少年小說」的作品，以豐富青少年成長小說的多樣面貌。再者，這些作品中有一部分，具有濃厚的「反成長」傾向，則是研究的主要焦點。最後，以「臺灣」作為「青少年成長小說」的限定詞，是為了聚焦於臺灣青少年成長小說的獨特性。因為兒童、青少年的概念來自西方歐美國家，也就是所謂的「創造觀型文化」，在「創造觀型文化中，每個生命都是獨立的個體，重視個人意識和發展；相較之下，漢民族所信仰的『氣化觀型文化』，社會是由家庭組構而成，重視倫常，兒童與青少年在家庭中就比較缺少個人發展的空間（周慶華，2005：220-225）。因此，從不同的文化系統來看，青少年成長小說在臺灣必然具有其特殊性。

　　其次，本論述以臺灣八〇年代以後作品為主要探討的範圍。何以選擇八〇年代以後？臺灣歷經日治、政府高壓統治等不同階段，到了八〇年代以後，工商業發展、經濟起飛、政治上的解嚴，本土意識擡頭，現代化社會產生人際疏離、家庭結構改變、社會快速變遷等問題；尤其九〇年代政治、文化與民主意識的多元發展，再加上進入了後現代時期和網路時代，都使得人們的生活習慣、思考模式，產生極大的變革，當代青少年所面臨的成長課題，很多是過去所未曾有過、也難以想像的。當然這些問題也都直接、間接的影響了青少年的成長經驗，並且反映在小說中，小說觸及青少年面對階級、族群、性別的議題也越多元。因此，選擇以八〇年代後的青少年成長小說作品為主，乃是考量八〇年代以後小說所呈現的青少年形象，更具有現實感和時代意識；但在論述時也會適時援引八〇年代以前的作品來說明。

　　研究「限制」是相對於研究「範圍」而產生。同樣的，「臺灣青少年成長小說中的反成長」的研究限制，可就其所要解決問題關涉的層面與取材上的範圍兩個部分來說。既然本論述所關注的是：臺灣書寫青少年成長歷程的小說作品（我稱它為「青少年成長小說」）中呈現的「反成長」意涵，所期望服務的對象不限於青少年讀者，更包含家長、教育者、輔導者、小說創作者、社會大眾等。因此，關於作品適讀性的判準，也就是青少年成長小說的內容是否適合青少年閱讀、對不同讀者產生的效用，由於還涉及讀者的身心特質、閱讀能力與習慣、個別差異、社會文化環境等等因素，則非本論述主要關注的範圍。青少年成長小說中的「反成長」傾向，是本論述的焦點，因此在文本的選擇上，所謂「反成長」作品的選擇，與前述（見第一章第二節）作品代表性所採取的方法相同，不再贅述。「反成長」作品的判斷和選擇，同樣僅能求相對的客觀性，而無法完全避免個人主觀價值。

　　由於研究範圍的作品數量眾多，限於時間、能力與篇幅，因此研究文本的選擇有下列限制：在「成長小說」部分，作品主要來自於楊佳嫻主編的《臺灣成長小說選》和幼獅出版的兩屆華文成長小說得獎選集。在「少年小說」部分，短篇小說以民生報社出版的《思鄉的外星人》、《寂寞夜行車》兩冊臺灣少年小說選集、張子樟編《沖天炮 VS.彈子王》、《俄羅斯鼠尾草》為主；長篇則以李潼作品為主。由於有更多書寫青少年成長歷程的小說作品是散落在成人小說中，無法全面周延的涵括所有作品，為了能進一步發掘青少年成長小說的不同面貌，也同時從爾雅、九歌出版的年度小說選集中，找出具有青少年成長主題的作品納入研究範圍，再援引其中具代表性作品作為論述時的例證。最後，必須再次強調：「臺灣青少年成長小說中的反成長」中「臺灣」、「青少年」、「成長小說」、「反成長」每一個概念的描述、詮釋，都存在著相互的主觀性，讀者不認同，可以另行界定。

第二章　文獻探討

第一節　成長小說

　　回顧西方自十八世紀末以來,「成長小說」此一文類的起源與其表現特徵,可以發現這段兩百餘年的發展歷程中,在「成長小說」的界定和論述上,仍相當有限,論述時多半也只約略介紹幾部較具代表性的作品,而較少論及當代屬於「成長小說」一類的作品,以致於我們對「成長小說」的概念仍相當模糊。另一方面,「成長小說」從西方而來,因著臺灣的社會、歷史、文化背景,必然發展出獨特的面貌,然而目前國內成長小說的作品與相關論述、研究,仍然顯得相當貧乏。

　　巴赫金(Mikhail Bakthin)在《小說理論》中對於「成長小說」這一文類的界定,已普遍受到認同作為成長小說的論述依據。他認為:「在這類小說中,人的成長與歷史的形成不可分割地聯繫在一起。人的成長是在真實的歷史中實現的,與歷史時間的必然性、圓滿性、它的未來,它的深刻的時空體性質緊緊結合在一起」。(巴赫金,1998:232)可以說成長小說最關切的就是個人和社會時空環境的互動關係。另外,最初界定出成長小說基本模式的是十九世紀初的德國哲學家狄爾西(Wilhelm Dilthey),他則認為在這類作品裡,「個體生命中的發展進程被一一檢視,每個階段自有其內在價值,而同時也是進入更高層次發展的基礎,在個體成熟和和諧的過程中,那些傾軋和衝突都是必經的成長標誌」(邱子寧,2006)。

　　近期的文獻中，1992 年中國有芮渝萍的《美國成長文學研究》一書出版，其中包含：對成長小說的界定，以及成長小說和兒童文學、青少年文學之間的關係，並且回溯了它在歐洲的歷史起源，再針對美國的成長小說的發展有詳細的論述。應該算是中文文獻裡比較早的一部專書。其中所探討的作品包含了從古希臘時期、中世紀、文藝復興時期、新古典主義時期、啟蒙運動時期……一直到近代的都有。另外2003 年樊國賓《主體的生成──50 年成長小說研究》則以主題來分析大陸 1949 年以來五十年的成長小說演變。其他則是散見各學報、期刊的短篇論述，大約是 1998 開始陸續發表約十餘篇，也並不算多。其實成長小說在西方的發展上比少年小說早，應該說少年小說的出現是從成長小說的概念演變而來，但相較之下它由西方進入中國的時間卻比較晚，同時期少年小說在中國的論述顯得蓬勃許多。這個現象頗令人玩味。

　　在臺灣部分，對「成長小說」這一文類的發現時間上比中國晚，研究論述也還很有限。臺灣最早是在 1994 年透過「幼獅電臺」的廣播節目「苦澀的成長」中持續進行了一系列小說中「青少年成長」的主題探討。後來《幼獅文藝》陸續邀請專家學者如：陳長房、康來新、呂正惠、廖咸浩等人以「成長小說」為題來專文介紹。到了1996 年幼獅出版社舉辦了「世界華文成長小說徵文」。後來分別出版了《世界華文成長小說徵文得獎作品集》和《孤島旅程──第二屆世界華文成長小說徵文得獎作品集》二冊，並隨每篇小說作品附上評審意見。目前臺灣以「成長小說」為名的小說並不多，主要是當代年輕一輩作家，例如：黃錦樹、紀大偉、鍾文音、許正平、張瀛太等人的作品。除此之外，臺灣以成長小說為專書的，便只有 2004年二魚出版楊佳嫻主編的《臺灣成長小說選》中，收入以「成長」為主題的小說作品，但不限於青少年，也包含其他年齡層（非青少年）、性別、族群、家國認同等主題；所選的作品從日治時期一直到

近期都有，橫跨的時間較長，也可從中一窺臺灣成長小說的發展脈絡。同樣也在小說作品後附上簡短的作者介紹和作品導讀，幫助讀者認識「成長小說」這種文體。在專書部分另有石曉楓《兩岸小說中的少年家變》雖然是以小說中青少年和家庭關係為論述主題，但其中也不乏以具有「成長小說」類型的作品來探討。這也顯示「成長小說」在臺灣還沒有形成明確的文類。

　　臺灣有關「成長小說」的學術研究並不多，最早是八〇年代末從德語、英語等外文研究所開始。目前博碩士學位論文中為數較多的就是西方成長小說特定文本或特定作者的研究。至於以臺灣小說和臺灣作家為研究的僅有幾篇：1994 年陳瑤華的《王文興與七等生的成長小說比較》，並不完全以青少年成長小說為對象，比較著重在對個人存在處境的探討；以特定作家、作品的成長書寫為研究的則僅有：2002 年《成長與記憶之河——鄭清文小說研究》、2003 年《林雙不及其教育小說研究》、陳慧貞《朱天心小說的題材研究：以成長為線索的考察》、2007 年傅素梅《城南舊事中的成長主題》和 2006 年鄭昭明《吳錦發成長文學創作脈絡研究——追尋臺灣新少年英雄的文學論述》等，這幾篇以成長書寫為小說主題研究，但都著重於作家個人生命經驗、成長時空背景與成長書寫的相互關係，但其中鄭昭明對臺灣成長小說有較詳細的整理。另有以女性成長小說為研究文本：1999 年鄭雅文的《戰後臺灣女性成長小說研究——從反共文學到鄉土文學》、連培玟的《九〇年代以降臺灣女性成長小說研究》。以青少年為對象的臺灣成長小說研究則還沒有見到。此外，以歷史觀點來探討小說中青少年書寫和社會變遷關係的作品也不少，但相關論述卻不多，只有梅家玲 1999 年開始在《漢學研究》發表〈少年臺灣：八、九〇年代臺灣小說中青少年的自我追尋與家國想像〉等幾篇，而不見其他相關論述。

　　歸結以上所說，臺灣目前關於成長小說的論述多半是針對西方、國內或大陸的個別作家作品探討其「成長」主題，並且多為期刊論文發表，大體上都談到西方成長小說的起源、演變和表現特徵，所舉的作品多為幾部經典作品，如：《威廉‧邁斯特的學習年代》、《小婦人》等；至於針對「青少年」和「當代臺灣成長小說作品」全面探討的研究，還有待發展。可知關於臺灣當代的成長小說研究，在研究的質與量上都還有限，值得進一步深入探討。

第二節　少年小說

　　「少年小說」是從「成長小說」的概念發展而來，在時間上比成長小說晚了一個世紀左右。不論國內外，相較於成長小說而言，少年小說的研究論述蓬勃許多，但仍有值得開展的視野。

　　英美文學裡所稱「青少年小說」（Young Adult Novels）這種文類，在臺灣稱為「少年小說」（以下就以「少年小說」稱之），學界的定義是以少年為閱讀對象而寫作的小說作品，一般歸屬在兒童文學的範疇。（張子樟，2005：217-218；張清榮，2002：1；馬景賢，1996：13-14）關於少年小說讀者的年齡，雖然難有一個明確、絕對的界定，但大致上國內對少年小說指的青少年，一般都泛指十二歲至十八歲的青少年為主。關於兒童與青少年概念的出現與青少年小說的起源和發展，在此暫且擱下，留待第三章再談。這裡先回到少年小說的研究發展上來看。

　　以少年小說研究為專書的很少，大部分都是納入青少年文學或兒童文學中一併談。其中埃斯卡皮（Denise Escarpit）在《歐洲青少年文學暨兒童文學》一書中回顧了兒童與青少年文學在歐洲的發展

歷史，從十八世紀以後兒童、青少年的主體性逐漸受到重視，兒童和青少年文學所呈現的樣貌，也隨時代改變。屬於文學史式的回顧；不過由於此書以兒童文學的發展為主，仍將少年小說歸屬於兒童文學的範疇，敘述時少年小說並未有一獨立的角色，自然也無法完整呈現其演變歷程。以此檢視目前臺灣少年小說的研究與論述，研究論述與小說作品的創作，往往相互影響，尤其少年小說在臺灣仍在初步發展時，更是如此。相較於「成長小說」，國內「少年小說」相關的學位論文比較多，主要是自臺東大學兒童文學所成立後才大量增加，在這些研究當中大致可分為幾類：其中最多的是針對特定議題的研究，多半是就選定的文本範圍，進行主題式的研究，比方說：「少年小說中的家庭面貌」、「少年小說中的性別意識」、「少年小說中的自卑與超越」等。其次是選樣分析，通常是針對選定的文本範圍，就人物刻畫、情節推展等項目研究，比方說人物刻畫便以選定三到五本作品，進行人物刻畫的分析。再者，關於作家作品研究，以大陸曹文軒、張之路、沈石溪等少年小說代表性作家的作品進行研究最多，國內則以李潼的相關研究為多。最後一類是對西方作家作品的研究，如紐伯瑞得獎作品、翻譯小說等。整體來說，這些研究以文本分析的方式探討少年小說的各個面向，常著重於特定作家、作品或個別主題進行研究，但對臺灣少年小說中所描繪的青少年卻缺少了整體的觀照，對小說中青少年的成長本質，仍有待進一步開拓。

至於專書和相關論述方面：不論是少年小說的作品和研究論述，馬景賢認為是「洪健全兒童文學創作獎」的設立，才使得少年小說漸漸受到重視。後來論述國內少年小說發展的研究者，也都同意這一點。（馬景賢編，1996：198；張子樟，2005：217）少年小說的專書，最早1986年有中華民國兒童文學學會出版過《認識少年小說》叢刊，現已絕版。及至1990傅林統《兒童文學的思想與技巧》，

應是早期兒童文學專書中對「少年小說」有較全面介紹的，其中包含少年小說的構成、寫作技巧、問題、作品賞析、心理等，不過各部分仍偏概述、散論性質，尚不具嚴謹的學術論述形式。而邱各容的《兒童文學史料初稿 1945-1989》五百餘頁中，少年小說僅提及林鍾隆《阿輝的心》，不過數百字、兩頁不到的篇幅，可見少年小說在當時屬於文學弱勢的兒童文學領域中，可說是弱勢中的弱勢。到了 1996 年小魯將 1986 年中華民國兒童文學學會出版過《認識少年小說》叢刊保留部分內容再加以增補後，重新出版《認識少年小說》，內容包含林良談少年小說作者的心態，有張子樟、傅林統、許建崑、林滿秋、王泉根等談各類型少年小說；在史的部分，有羅青從西方文藝思潮探討兒童文學的思想源頭、許建崑談中國少年小說的發展、張子樟比較兩岸的少年小說，各篇的篇幅短，屬於「少年小說」的文集，適合教育者或一般大眾作為入門讀物。

　　1999 年幼獅出版《少年小說創作坊──李潼答客問》，內容彙整了李潼在研習、演講會場回答有關少年小說的創作和欣賞等問題，可惜因屬答問性質的彙整，未能更有系統或深入的論述，但李潼相較於其他少年小說研究者，擁有自身創作少年小說的經驗，使得他對少年小說此一文類的精神、特徵，有簡潔扼要的說明與澄清，相當具有參考價值。同年，靜宜大學主辦「第三屆全國兒童文學與兒童語言」學術研討會，主題為少年小說，研討會論文後來由富春出版。內容主要以單部作品論述少年小說的主題、類型，例如：問題少年小說、科幻少年小說、歷史小說、小說中的寫實精神、情節、人物等。張子樟《少年小說大家讀──啟蒙與成長的探索》出版，收錄了其自 1996 至 1999 年陸續發表的研討會論文，包含少年小說的成長主題、人物的研究，與青少年的閱讀行為以及少年小說的未來發展，也只能算是一本關於「少年小說」文集，還沒有建立系統化的理論。

2002 年張清榮《少年小說大家讀——啟蒙與成長的探索》出版，算是對「少年小說」有較完整的研究介紹，從文類界定、類別、功能和欣賞的外緣探究，到藝術構思上的題材、人物、情節、場景、結構設計、語文表現等，都一一提及，算是對少年小說有一較完整的介紹，其基本架構上是以小說欣賞理論為框架，卻未能進一步深入區辨出成人小說與少年小說的差異，其對比前幾部論述，時間雖然較晚，但作者對少年小說的看法，有過度保護青少年讀者的心態，顯得有些不合時宜。所以嚴格來說，目前國內仍未有一部嚴謹並成熟的「少年小說」論述專書。

不論是學術研究或專書論述，「少年小說」在看似日漸蓬勃的發展中，卻少了對小說中青少年整體形象的論述；同時，本論述所關注的「反成長」議題在現有的研究論述中也付之闕如。尤其，大多數的研究論文又常以西方或中國大陸的作家、作品為對象，不外是紐伯瑞文學獎得獎作品，或曹文軒、張之路和沈石溪的作品。這樣的現象更強化了我想要建構臺灣青少年成長小說自身獨特性的意志。

第三節　成長小說與少年小說的關係

成長小說與少年小說的關係，在現有的研究論述中談到的並不多。這二者的並列主要是因為目前的研究論述和作品界定上，存在著糾葛不清的關係。

前面提過：目前臺灣所界定的「成長小說」，指的是描述個體成長歷程的小說，但對象不僅限於青少年閱讀或以青少年為主角，一般多以伏爾泰（Voltaire）的《憨弟德》或歌德（Johann Gothe）的《威廉・邁斯特的學習年代》為先河；而「少年小說」則指專為青

少年而寫的小說，基於這個條件，「少年小說」僅有一百多年左右的歷史，一般以阿爾考特的《小婦人》為始，少年小說通常歸屬於兒童文學或青少年文學的範疇。二者有部分的交集是以青少年成長歷程為書寫對象，似乎沒有明確的分野，研究論述時二者的文類名稱偶有混用，但內容和作品的界定上卻又少有關聯。

　　這種糾葛不清的情況，以目前的成長小說選集和少年小說選集各自所編選的作品來看，確實也是如此。一方面是二者在作品界定上少有交集，比方說：「成長小說」中幾乎都是現代小說作家的作品，如：王文興、朱天文、袁哲生等人；而「少年小說」則是李潼、王淑芬、管家琪、張友漁等專職兒童文學作家，兩相對照之下，應該不難感受這是兩個截然不同的「世界」了吧！另一方面，卻又常常將文類名稱互用，所以在少年小說的論述中也認為成長小說即是少年小說。像：李潼和曹文軒都將「成長小說」視為「少年小說」中的一類（張子樟，2005：259-261）；張清榮也將「問題小說」、「成長小說」歸入少年小說中「生活小說」一類。（張清榮，2002：37）種種現象都顯示出「成長小說」和「少年小說」二者之間時而涇渭分明、時而重疊地糾葛在一起。這主要當然是預設讀者的不同。

　　針對「成長小說」和「少年小說」這種曖昧糾葛的關係，在大部分的研究論述中並沒有進一步說明。邱子寧在〈啟蒙與成長：臺灣青少年小說界義及其發展〉一文中針對「成長小說」、「啟蒙故事」、「青少年小說」三者，予以範域為：成長小說是以長篇小說篇幅能夠充分呈現個體成長經驗與內心轉折；啟蒙小說是以短篇故事的體裁來敘述成長體驗，主要是精簡描述主角的人生初體驗，呈現單一事件的成長歷程；青少年小說則必須是以臆想一個青少年讀者（隱含讀者）為對象而敘事的文本，小說中的主要敘事必須與

青少年切身相關。(邱子寧，2006)可以發現三者共同處都以青少年成長為主要書寫對象，差別反倒是篇幅和預設讀者的不同。當然，在兒童或青少年讀物出版和推廣上，以文類和適讀年齡來幫助父母、師長選擇作品，有其必要。但是從出版、傳播的觀點來看，一般文類名稱多以作品內容主題為界定，目的是便於讀者閱讀搜尋，比方說：科幻小說、武俠小說、言情小說等等。至於文學作品「適讀性」的判斷，例如：「小說的預設讀者是誰」、「適合哪些讀者」、「分齡或分級閱讀」等需要出版、傳播和教育上的專業努力；而且在當代社會中，各地區文化、價值與個體間的需求差異都呈現高度多元化，文類界定的困難度和實際效益可想而知，屬於另一個專業的問題去討論。

　　另外，也有部分論者，注意到了這個現象，嘗試以「成人小說」來拓展臺灣少年小說的面貌。雖然所舉的作家、作品並沒有特別標舉為「成長小說」，但實際上也都具有成長小說的特徵。比方說：黃秋芳的〈拓展少年小說的臺灣風情〉一文中就不以既有的少年小說作品來談，而是嘗試向成人小說裡尋找，如：鍾肇政、鄭清文、黃春明、林雙不……(黃秋芳，2004)。在中國曹文軒以創作「成長小說」和相關論述，成為兩岸少年小說極受研究者青睞的作家之一。他認為「成長小說」的定名最大的意義就是要讓以「青少年」為主體的小說類型從兒童文學中獨立出來，並且建構自己的理論。這看來似乎是又像是把「成長小說」和「少年小說」放在相同的位置。

　　凡此種種根本上都是因為二種文類預設讀者的不同，造成「成長小說」和「少年小說」這種彼此糾葛的情況。雖然本論述對「成長小說」和「少年小說」二者的關注焦點，不在於「讀者的適讀性」，也就是焦點不在於「作品是不是適合青少年閱讀」這一個問題，但

我們卻可以從小說選集中的作品風格確定一項重要的訊息：就是「成長小說」和「少年小說」雖然都有許多以青少年成長、啟蒙為主題的作品，但二者之間並不僅止於使用名稱上的不同或預設的讀者不同（不一定是作者所界定，可能是論者所界定），也忽略二者在青少年成長觀點上的差異，小說中的成長本質大不相同，這正是我論述「臺灣青少年成長小說中反成長」的基本核心。

　　當前中外的兒童或青少年文學論者在界定「青少年小說」，莫不以「適讀性」為首要考量。邱子寧以這樣的標準來界定三者，固無不可，但這是論者基於「文類的形成與界定有其參照標準」和「青少年小說的讀者對象僅限青少年」的預設立場，所推論而成，或說是便於該論者以青少年讀者為研究文本時關注的對象來進行研究。該文著眼於建立「青少年小說」此文類的判準，也就是歸納文類特徵以界定為學術用語。但我以為：文學作品不為特定的研究者而存在，也不僅為預設的讀者而存在，而是為了真實讀者而存在。文類名稱的使用與其說是「應當如此」，不如說是為了研究目的的達成和方便論述。所以不同的研究目的和對象，論者自然也就可以有不同的界定。我的論述是要建構「臺灣青少年成長小說中的反成長」，所回饋的對象不僅僅為青少年，因此所稱的「青少年成長小說」自然不等同目前兒童文學界所稱的「少年小說」或「青少年小說」。因為「反成長」可以說是臺灣青少年小說的特有風情，對青少年、成人讀者與社會當然具有意義與價值。釐清「少年小說」或「成長小說」的界線並不是最重要的事，認識這二者的差異，藉以擴大小說中成人觀看青少年成長的視野，才是本論述所關注並且所要努力的方向。

第四節　青少年成長小說中的反成長

　　承上所說，本論述所回饋的不限於青少年讀者，加上國內目前所稱的「成長小說」與「少年小說」之間的糾葛不清，因此以下所稱「青少年成長小說」一詞，也就是在本論述第一章第三節說明過的，所指的是：包含目前國內已界定為「成長小說」與「少年小說」的作品，另外納入國內成人小說中以成長為主題、但仍未被界定為「成長小說」或「少年小說」的作品。

　　前面提過，「成長小說」從最初為了傳達理想教育的目的，後來發展出某一類的悲劇性格，相較之下「少年小說」因為預設青少年讀者，則充滿向陽性格來說，這二者之間正說明了青少年成長小說的雙面性：成長／反成長。這種發展當然與歷史上文藝思潮的轉變有關，十八世紀末到十九世紀，西方從新古典時期進入浪漫主義時期，小說反映出社會上的成人看待青少年態度的轉變，因此成長小說也慢慢的從一種藉由青少年表現出理想、積極的態度，肯定社會化的價值，轉而關注到青少年內在的心理活動，而發現了青少年未必如成人所預期的都能順利成長，有些時候甚至是反成長的。但是在西方所屬的創造觀型文化中，青少年成長小說中縱有反抗體制的行為，也被視為一種積極創造自我的表現，而且青少年往往還能從中達到改造社會的理想。因此這種反抗仍是相當具有積極性，也很少以「反成長」來形容。

　　其中只有極少數的例外。事實上，更早之前歌德在創作出被視為成長小說先河的《威廉‧邁斯特的學習年代》之前，就已先創作出《少年維特的煩惱》，而後者更廣為人知。小說描述的是一個純真、善良又纖細浪漫的少年維特，愛上了文靜嫻雅的綠蒂，但綠蒂卻與維特的朋友相愛並且結婚，維特在無法承受內心痛苦的煎熬下，選

擇舉槍自盡。當然,這不僅僅是一個關於少年悲傷的愛情故事,小說中透過一個年輕生命在成長歷程中,對人世的虛偽、醜陋而感到理想破滅的痛苦歷程,改變不了社會,最終寧可結束自己。這部小說出版後,對當時歐洲社會造成極大的影響,許多青少年不但模仿維特的穿著,甚至引發了一股青少年的自殺潮,所以一度被視為禁書,至今很多人仍覺得它並不是一本適合青少年閱讀的小說。這可說是具有反成長傾向的青少年成長小說代表,它的悲劇意義是多重的:究竟何謂成長?誰成長了?或者誰應該成長?「維特的行為充滿理想色彩,但也讓我們在其中看到了浪漫主義對自身侷(極)限的初次意識,以及少年書寫對自身侷(極)限的初次感知」(廖咸浩,1996)。此外,有論者認為:像《湯姆歷險記》、《頑童流浪記》的兩名頑童在歷險流浪過程中並沒有明顯的啟悟過程,因此不算是啟蒙小說。(張錯,2005:36)然而,所謂「沒有明顯的啟悟過程」又如何界定?當青少年經歷了一連串的歷程後,能說心理上沒有成長嗎?沒有在作品中具體表現出來的,就沒有成長嗎?明顯的啟悟過程是指「正向」的成長意義嗎?或者《湯姆歷險記》、《頑童流浪記》之所以不被認為是成長小說,正是因為作品中具有的「反成長」?作品中存在這種現象,但論述時卻鮮少提到。或許正是因為青少年受到成人的重視後,青少年小說從文學中獨立出來,「反成長」傾向的小說自然也就被區隔開來,歸到成人小說一類去了。

從西方的青少年成長小說的作品來看,也不乏所謂「反成長」或「悲劇意識」的作品。且不論《少年維特的煩惱》、《麥田捕手》、《悲慘世界》等經典作品,甚至是以青少年為預設讀者的「少年小說」中,也有「反成長」傾向的作品。以紐伯瑞兒童文學獎來說,得獎作品涉及的主題都複雜、深刻得多,作品風格也未必都是明亮、充滿希望。比方說:獲得紐伯瑞兒童文學銀牌獎的《鯨眼》一書,

以史實為背景，探討黑白種族問題，故事悲劇性地結束在少年所付出的慘痛代價上，不論青少年或成人讀者，讀完後必然會因內心受到的強烈撼動而陷入沉思。「任憑世界怎麼旋轉變動，潮水怎麼漲落，在這個世界上，沒有比兩個相識的靈魂更美、更奇妙的演化；也沒有什麼比它們被分開更令人悲傷的事。透納知道世上的一切，都因為相聚而歡喜，因為失去而悲傷。」〔史密特（Gary Schmiat），2006：358〕當少年發現因為自己的單純和善良，而失去了親愛的人時，少年究竟有沒有得到所謂的「成長」？這是一本主題深刻的小說，但是東方出版社在該書前的導讀，卻是令人遺憾的。第一個令人遺憾的便是導讀者的擔心：青少年是不是需要碰觸這種嚴肅的種族歧視的題材？是不是需要過早面對種族歧視所帶來的慘痛代價？青少年能否承受閱讀本書後的沉重？這樣的擔心，固然情有可原，卻相當不合時宜。臺灣原本就是多元族群的社會，從過去到現在，加上近十年來社會中新移民人口大量增加，族群問題其實是每一個臺灣人民從小到大都會面對的問題；更何況，族群問題的根本是一種對生命的基本價值，這份價值決定一個人看待他人、看待世界、看待其他生命的態度。成人自以為兒童或青少年沒有族群問題，這種想法本身也是一種偏見，也是最令人憂心的問題。其次，令人遺憾的是：導讀者把巴克明斯特牧師的死，歸咎於透納的莽撞，因為透納執意將卡伯婆婆的房子送給莉莉，而害死自己的父親，也間接害死了被送進瘋人院的莉莉。這樣的詮釋和導讀，其實相當殘忍，也缺少更高一層的省思。我們固然可以引導青少年在閱讀後思考：「如果怎麼做，是不是可以避免悲劇發生？」這是第一層次的反思。但這個故事更珍貴的價值在於：提醒社會中的每一個人，不論是成人或兒童，都有責任避免這種因種族歧視產生的悲劇，也許讀者應該記住闔上書本那一刻心裡的沉重和傷痛，然後才能避免自己可能

也在有意或無心、直接或間接的情況下，造成書中的悲劇在現實生活中發生。害死巴克明斯特牧師和莉莉的，當然不是透納，也不是警長，其實是整個社會形成的偏見、歧視或冷眼旁觀；與其說透納是透過父親和莉莉的死，看清了現實殘酷而得到成長；不如說是巴克明斯特牧師從兒子的純真良善，得到更大的啟發和醒悟：他選擇無懼於教會和地方勢力的施壓，以行動來落實身為一位牧師應秉持的道德勇氣，勇敢挺身而出，支持透納，也捍衛族群之間應有的平等、尊重。小說最後讓原本對透納不滿的居民們在史東先生捲款逃逸後，終於看清善與惡；透納也選擇放下恩怨，不但原諒了賀德執事一家人，還能伸出援手幫忙，以寬容來化解仇恨。雖然給了個光明溫暖的結局，是希望青少年讀者保持樂觀希望。但這個結局不足以使我們忘卻這是一個令人傷痛的故事，而這個傷痛乃是由於成人社會中的種種偏見而來。我認為，這正是青少年成長小說中的「反成長」所傳達的價值與意義，當然也就更能反映出讀者在看待「成長」與「反成長」時，存在相當的歧異，導讀者的誤「導」，將讀者導向了一個看似積極、實則偏狹的成長意涵上。

我特別舉《鯨眼》為例加以說明，就是想提出對青少年成長／反成長這個問題的思考。青少年成長小說必須正向成長的迷思，在西方主要是受到創造觀型文化的影響，一方面寫作青少年成長小說的作者被賦予了這種期待，所以作品中無論歷經多少艱難也總能突破困境，獲得成長意義；另一方面，即便真有少數具有「反成長」傾向的作品，也非得把它視為「反面教材」來警示青少年一番。或許也反映出成人對於青少年的反成長要不是「本能忽略」就是「有意逃避」。事實上成長與反成長，它充滿矛盾，充滿張力，其中的曖昧頗值得深入玩味。不論在西方或臺灣，青少年成長小說中的反成長議題，目前並沒有受到太多注意和討論。這也就不難理解臺灣青

少年成長小說作品的水準之所以無法再往上提升，主要就在對成長
欲求的自我偏限。正向看待小說中青少年的「反成長」，是我的論述
所要努力的目標之一，期望可以彌補既有研究在這部分的不足。

第五節　臺灣青少年成長小說中的反成長

　　國內幾位學者不約而同都指出：中西成長小說在發展過程中，都具
有相當的反成長傾向。(楊照，1996；楊佳嫻，2004：7-8；廖咸浩，1996；
陳長房，1994）但在主流的少年小說，幾乎找不到所謂的「反成長」
傾向的作品，這也頗符合西方青少年小說或成長小說的發展歷程，總
是教育目的先於青少年本身的需求。而歸屬於成人小說的「成長小
說」，因為不須考慮青少年讀者，倒是充滿了濃厚的「反成長」傾向。
這二者所呈現頗為極端的現象，難道沒有透露出什麼訊息嗎？究竟是
沒有「反成長」傾向的作品？或是有意的被成人隔絕在「青少年成長
小說」之外？是青少年讀者不需要？還是成人認為青少年不需要？
　　關於臺灣青少年成長小說中的「反成長」傾向，主要是來自前
面提過的 1996 年幼獅出版社舉辦第一屆「世界華文成長小說徵文比
賽」，廖咸浩和楊照在「關於年輕人的文學藝術」研討會中，分別發
表了〈有情與無情之間──中西成長小說的流變〉、〈啟蒙的驚恐與
傷痕──當代臺灣成長小說中的悲劇傾向〉，兩人不約而同指出了臺
灣成長小說濃厚的「反成長」和「悲劇」傾向，這可算是臺灣最初
關於成長小說「反成長」和「悲劇」傾向的論述。這兩篇文章都指
出了臺灣小說「成長中的反長」的特徵，並且認為這與臺灣獨特的
歷史背景所形成的多元文化有關，所以形成與西方大不相同的青少
年成長處境。但由於是短篇的期刊論文，也就沒有更深入的探討。

　　另外，邱子寧在〈啟蒙與成長：臺灣青少年小說界義及其發展〉中提到：臺灣小說常以青少年為的敘述者或主角，目的在以兒童的天真反襯險惡世俗，以青少年的敏感纖細來控訴高壓控制的粗暴，這樣的作品能夠清楚刻畫青少年主角成長歷程和啟蒙時刻的為數不多，多數作品旨在以青少年呈現臺灣歷史與社會性質，表面上讚嘆青少年別具隻眼、洞察世俗，事實上卻是說明兒童或青少年作為小說中敘述者的方便與好處。（邱子寧，2006）然而，細察可發現不同時空背景下，小說中的青少年在社會中的位置，或者青少年與社會中成人互動的方式，所反映的是時代的變遷、思想的進步，對於關心青少年成長的研究者，這些作品同樣深具啟發性。他在另一篇〈啟蒙與成長：臺灣青少年小說界義及其發展〉中又指出：成人對青少年成長的臆想：苦澀、青澀、茫然、疏離、寂寞，即成人透過對青少年進行他者化的採樣觀察，藉此確認自身的成年地位，這是上下尊卑列等，成熟看幼稚的對位關係。這樣的評論未免失之武斷，如果依此說法，那麼小說作者除非自述己身經驗，否則任何以其他年齡、性別、族群為對象的書寫，都有以權力「他者化」的嫌疑，這是「他者化」的無盡擴張，過度簡化。即便是青少年書寫自身經驗，又能真實完整呈現多少？不也可能在時間的流逝中讓記憶產生變化？小說的價值呈現的本來就不僅止於事件的真實，更重要的是邏輯上、情感上的真實。這兩篇論述一方面認為小說沒有真正關注青少年，另一方面又認為青少年小說中的「反成長」是成人作者的自作多情。而這樣的推論並不能使我們更認識青少年的成長。

　　凡此種種，在目前的論述中都沒有提及。當我們發現不論是西方或臺灣的成長小說在發展過程中，有許多作品中都具有所謂的「反成長」傾向時，我們就不得不去想：「青少年成長小說中的反成長」究竟透露著怎樣的訊息？這是成長必然的宿命，或是社會環境與時

代背景使然？所謂的「成長」與「反成長」、「教育」與「反教育」，乃至「文化」與「反文化」，並不只是對立的二元取捨問題。任何事物的存在具有相對性，相對性本身就確認了二者之間的連結關係，畢竟這世界從來就不是非黑即白那樣簡單的劃分，而是讓「成長」與「反成長」之間保持著各種可能或流動。前有識者指出了臺灣青少年成長小說的這種獨特性，正是我的論述所要努力開展的方向，這部分將在本論述第四章繼續探討。

第三章　中西青少年成長小說的異同

第一節　青少年成長觀點的起源

　　第一章已經對臺灣現有的「成長小說」、「少年小說」和我在論述時所使用的「青少年成長小說」一詞加以釐清；並且在第二章也分別就「成長小說」、「少年小說」和「成長小說和少年小說的關係」的現有研究作簡要的回顧和說明，以此作為我的論述所要繼續開展的基礎。為了方便下面的論述更為流暢，以下我所稱的「青少年成長小說」不以「成長小說」和「少年小說」的文類標籤為判斷，而是泛指所有描述青少年成長歷程的小說作品（詳見第一章第三節）。接下來這一節要回溯到歷史文化中去探究社會是如何看待「青少年」、「成長、啟蒙」的概念，並在中西文化對照下，以彰顯青少年小說中不同的成長意義。

　　先來看看目前心理學上對青少年的解釋。人的一生可以看作是連續不斷的「成長」歷程，成長不限於青少年，但青少年是一個特別明顯的階段。本論述所關注的「成長」專指青少年的成長而言，因此有必要先就「青少年」一詞的意涵深入探究。關於「青少年」一詞的意義，在中文的古籍中並不明確，黃德祥指出：「在中文的古籍中，『少年』與『青年』是分開使用的。『少年』大都泛指年幼、年少、年紀輕的人；『青年』被引用的較少，泛指年輕，處於壯盛之年的人。各辭書中的解釋也可發現，所謂青少年係指身心加速發育至完全成熟階段的年輕人，年紀約在 12 歲到 25 歲之間，對於青少年一詞的界定差異頗大。」（黃德祥，1998：2-4）再來看西方對「青少年」一詞的意義：

英文「adolescence」（青少年）係由拉丁文 adolescere 一字衍
化而來，ad 的本意是「朝向」（toward），alesere 的本意是「生
長」（to grow），因此因此（adolescence）一詞包含兩個意義：
即成長（to grow up）和發育成熟（to grow to maturity），後來
被用來代表即將成熟（to be mature）的年輕人。此外，在英
文中還有幾個與「青少年」一詞有關的名詞：如「青春期」
（puberty）通常表示個體長出陰毛、春情發動、性器官接近
成熟狀態，並且開始愛慕異性，具有生育能力的一個人生時
期，偏重於對性成熟的強調；「十來歲的人」（teenager）指的
是年齡在 13 到 19 歲的青少年；「年輕人」（youth）是指青春、
活潑、血氣方剛、年輕有活力的人，也泛指為充分成熟的年
紀較輕的人；「年紀較輕的人」（the young people）比「年輕
人」所指較年少些，泛指年紀輕輕、比較沒有人生經驗，未
成熟的人。（同上，4-5）

　　以上種種形成目前我們對「青少年」的認知，指的是介於兒童
與成人之間的一個過渡階段，這是普遍的共識。但是「兒童」概念
也是到了十八世紀後才有的，不過是近二、三百年的歷史，「青少年」
則是更晚以後才出現：

　　幾個世紀以來，兒童一直被視為較小、較弱、較少意見的小
成人。過去，成年人不曾認為兒童與他們有任何「質」的差
異，或有任何的特殊需要，或可能對本身的發展有任何重要
的貢獻。甚至連藝術家也似乎無法看出兒童在身體比例和面
部表情上，都有所差異。除了早期的希臘人以外，古代的畫
家和雕塑家都將兒童描繪成縮小的成年人；一直到了十三世
紀才重新以真正看來像兒童的方式來表現兒童。然而，到了

十七世紀，童年的觀念在藝術和生活中又被捧上天……十八世紀由於科學、宗教、經濟和社會傾向等方面的結合，形成了孕育新的兒童發展研究的沃土……新教的興起強調自立、獨立和個人責任……隨著工業革命後社會結構的改變，家也逐漸演變成為核心式家庭，在這類家庭中，孩子較容易受到注意，個人的人格較容易顯現。〔歐茨（Sally Olds）1991：29-30〕

　　這裡可看出在十七世紀以前成人並沒有注意到兒童的個體性，到了十八世紀理性時代、法國大革命和工業革命，還有義務教育的產生帶來教育的普及……這些都助長了「兒童」、「青少年」概念的發展，也都是互為因果的重要關鍵。至於「青少年」的概念必然是在「兒童」的概念形成後才有的：「直到十六、十七世紀，人們才開始承認中產階級的小孩在學習的同時也有娛樂的權利。一七六〇戴博蒙夫人（Mme Leprince de Beaumont）的《兒童雜誌》與《少年雜誌》相繼在倫敦問世。兩個不同年紀的團體首次被區分」（埃斯卡皮，1989：56），這時社會才開始認為每個年齡有其特殊的需求，青少年所具有的獨特性和需求才受到重視，不論這種獨特性和需求是生理上的，或是社會文化因素形成的。

　　再者，不論處於何種時空背景下、受到的關注有多少，青少年永遠是社會中的一分子，是屬於一個處於尚未完全進入、即將進入社會的準備狀態，因此當然也得從社會學的觀點來看青少年的成長、啟蒙。人的一生可以說就是一個持續「社會化」的過程，而青少年社會化的主要管道包含：家庭、學校、同儕，還有當代最不容忽視的一個重要因素，也就是傳播媒介，包含：廣播、電視、電影、書籍、報章雜誌和網路等等。社會化會不會影響個體的自由和

發展？這是爭論已久的問題，但是多數的論者都相信很難二選一，
我們都相信「人類是未被完全社會化的社會人」〔古德曼（Norman
Goodman），2000：87〕，畢竟百分之百完全社會化的人，是令人難
以想像的。對青少年而言，重要的是如何在追求社會化的同時，也
能保有適度的自由，更有利於個人發展和社會的進步。尤其在現代
社會中，社會生活的複雜，兒童和青少年受教育的時間較長，在經
濟上需要依賴父母，加上較為早熟，也拉長了青少年的時間。青
少年被認為不具有獨立自主的能力，不但使青少年階段的時間延
長，當然也就被剝奪了青少年行使獨立自主能力的機會，如此一
來，就更加需要依賴家庭和父母，而無法獨立，真正進入社會的
時間自然也延後。到底是基於青少年無法獨立、有被保護的需要，
所以才予以約束，加以保護；還是因為成人的過度約束和保護，反
而使得青少年越來越晚才能獨立，這二者互為因果，並不是二選一
的對立關係，比較重要的是它是我們面對青少年課題時值得深思的
部分。

　　再從社會學的角度擴大到從人類學的觀點來看青少年的成
長、啟蒙。有些人類學觀點把青少年階段看作是一個人類進化的過
程，也就是認為青少年階段是一個從原始進入文明狀態的過程。在
很多的原始部落社會中，到了青春期，就代表即將準備成為一個成
年人，男生通常要有獨立謀生的能力，女生則準備出嫁、生育子女。
青少年往往被視為成人角色的準備開始，通常社會中的成人會透過
一定的儀式來表示對青少年已成年的認可，比方說：原始部落裡以
穿耳、紋身、受鞭打、割禮作為成年禮的儀式，有時候還必須與單
獨到別處生活，有的則要經過一段時間的訓練和教育，學習宗教或
部落起源的各種知識，經歷過考驗才能真正成為成人。中國古代男
生成年時有所謂的「弱冠之禮」、女生成年時「及笄之禮」，是一個

成年禮的儀式，代表一個孩子成為大人，可是從孩子到成人之間並沒有明顯的青少年階段〔劉其偉，1994；沃華德（Michael Howard），1997〕。除此之外，在許多原始部落和傳統社會的文化中關於青少年這個對象的描述是少之又少，即使有，也只是一個對象概略的年齡層，沒有更多深入的描述〔米德（Margaret Mead），2000〕。在這種文化中青少年的成長就是賦予權利、義務和責任，個人須自行調適、承擔。可見青少年的成長有很大的因素是來自於周遭環境和社會文化，而不是純生物性的自然發展。因此，統攝各學科觀點的是「文化」觀點，文化在每一個社會內或社會之間都具有差異性，而差異最重要的訊息是：「證明人類組織具有彈性與變異性，了解與認識這種分歧有助於我們尊重不同民族，與敬重各種人類天賦」（古德曼，2000：36-37）。仔細想想，歷史上因種族歧視造成的傷害讓人不忍，但許多社會中成人對兒童或青少年的偏見所造成的傷害，也不容小覷，而且因為隱微不易察覺，時至今日，依然時時上演。因此，不只是族群之間，包含同一社會中不同對象形成的次文化，我們都應該尊重。

　　關於「文化」一詞的意涵相當廣泛，在此援引沈清松所提出的定義：「文化是一個歷史性的生活團體（也就是它的成員在時間中共同成長發展的團體）表現它的創造力的歷程和結果的總體，當中包含了終極信仰、觀念系統、規範系統、表現系統和行動系統等。」（沈清松，1986：24）並參照周慶華根據世界三大文化系統及其次系統來分別對比中西的「青少年」、「成長、啟蒙」概念，其所統整的圖示說明如下：

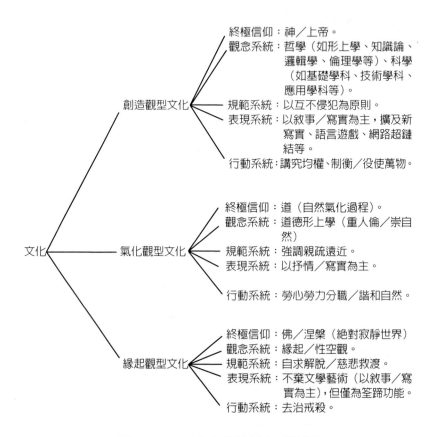

圖 3-1-1　三大文化及其次系統圖

資料來源：周慶華（2005：226）

　　從不同的文化脈絡來看，青少年所處的社會文化環境，自然發展出不同的成長本質。其中緣起觀型文化，由於「是古印度佛教所開啟而多重轉折的發展著的『因緣和合宇宙萬物觀』……」既然對於所有事物都來自因緣，生命的終極目標就是不生不滅、寂靜「涅槃」，由外往內修練也就變得無所創造了。對青少年成長發展自然也會看作因緣聚合、別無所求，並沒有個別關注青少年的階段。因此，

這裡就以西方所屬的創造觀型文化和臺灣所屬的氣化觀型文化為對照。西方國家所屬的創造觀型文化，是融合古希臘哲學和基督教信仰而成，相信宇宙間有一個至高無上的主宰，也就是上帝，因此人有受造意識，自然有探求精深、細微的本能求知，鼓勵個人追求創新，而強調科學精神與民主政治的發展，也都是因為「原罪觀」形成人與人之間「相互牽制」、「相互監督」的關係。（周慶華，2005：221-226）西方距今最近、最受矚目的「反」的表現，應該就屬六〇年代的「反文化」：

> 羅札克指出，反文化旨在同現有的文化徹底的決裂，兩代人的衝突將成為社會的主要矛盾。雷奇把人們對現狀的態度和意識分成三類：意識一，即工人、企業主、商場主的傳統世界觀，他們希望有一個幸福、安定的生活環境，但現實破壞了他們的理想，他們的意識也隨之消失；意識二，即安於現狀的價值觀，順從於現有的社會規範；意識三，即新一代的質疑主義思潮，其基礎是個人自由，「要求每一個人——每一個我都有絕對價值」，它的精神支柱就是「反文化」。他們認為反文化不只是另一種文化，而是另外一種社會，是對現存全部生活方式的根本改造。（王治河主編，2004：117-118）

這種個體絕對自主的生命意識，不管是性別、種族或年齡都應該擁有個人的主體性。這種與社會主流文化的徹底決裂，在氣化觀型文化中是難以出現的。漢民族所屬的氣化觀型文化中，認為人是偶然氣化而成，重視家族和倫常，重視人與人的和諧穩定，個人的感受和意識往往是無從表達的，這種壓抑是自出生那一刻就無時無處不在，漸漸地內化成個人的一套人生觀，最先是受到壓抑的，慢慢變成自我壓抑。（周慶華，2005：221-226）於是在氣化觀型文

中，維繫整個社會的是一股無形的、強大的力量，在個別性破壞行動出現後，往往就被這一股強大的、無形的力量給消弱了。這種在長時間文化發展中的集體潛意識，對社會的影響是很大的，尤其是已經社會化較久的成人面對仍在探索世界的青少年時，青少年身上有一股力量，既能創新也可能破壞，雖然能維持穩定卻又可能停滯不前，是一股充滿矛盾的力量。

　　過去，青少年的叛逆常常被認為是生理的變化所造成，也就是說從生物進化來看是理當如此的產物。新進的青少年研究則相信，青少年階段的是生理、心理和社會文化因素交互影響形成的。甚至「有些研究指出：當青少年可以享有和成人一樣的行動自由，可以隨心所欲的做他想要做的事，這種情況下，青少年很少有感情、心理方面的困擾。」（宋光宇，1984：34-37）比方說在許多的原始部落中青少年並沒有太明顯的變化。所以，目前許多青少年研究者都認為現代社會中的青少年階段不僅是過渡期，它本身就具有獨特的意義和價值，青少年有獨特的需求和發展任務。（黃惠惠，1998：2）總而言之，不論中西的歷史中，當代的「青年期始於生理，而終於文化」（歐茨，1991：406）是普遍的共識。也就是說青少年是開始於生物性的成熟，結束於社會性的成熟；生物性的成熟明顯可見，社會性的成熟卻不明確。所謂社會性的成熟，就是社會化，這是當代青少年所必須面對最重要的課題；相對的，也是當代社會中的成人必須思考的課題。

　　至於十八世紀以前的歷史文獻中沒有關於「兒童」的紀錄，以及二十世紀前歷史文獻中沒有關於「青少年」的紀錄。是不是就表示十八世紀以前沒有「兒童」的概念，或二十世紀以前沒有「青少年」的概念，這種推論過於武斷：甚至被稱為黑暗時代的中古世紀，青少年除了完全屈從於教會和成人的粗鄙對待，有無其他的成長

面貌？我們所能確定的是十八世紀以前對「兒童」的認識和看法，以及二十世紀以前對「青少年」的認識和看法，很可能只是和現在的看法不同，關心的態度與方式不同。這可能與文學發展密切相關的書寫工具、媒材、印刷技術的普及，有很大的關係；更可能與過去歷史紀錄者和文學創作者的階級權力本質有關，「文字的應用一直是領導階級的有利工具之一。而後中產階級期望下一代能保留他們在社會中所得到的某些權利。於是，為了教導下一代學習領導人須具備的各種知識和技能，產生了教育文學。教育文學因此有雙重面貌：直接實用的教育文學（教科書）和道德（寓言、童話等）或宗教（聖人傳記、典範故事）文學」（埃斯卡皮，1989：56）。同樣的，在中國歷史上，與兒童有關的文字作品，多半是蒙學教材，是成人為了讓子女參加科舉考試入仕的閱讀之用，即使明清以後開始出現一些為孩子改編的故事，也仍有相當濃厚的道德訓示的意味。

凡此都可以發現：不論是中西的人類歷史中，有很長一段時間，成人和青少年之間的界線是模糊的，直到了近代，兒童和青少年個體性被發現後，成人和兒童、青少年的關係，則一直都是相互消長又互相拉扯的。不論文學是反映現實，還是豐富現實，在歷史的演進中，文學不可避免的會成為一種權力控制的管道，不論是階級、種族、性別，包含成人對兒童和青少年，也是如此。古今中外的青少年文學皆然，不同的只是程度上的差別，或是直接和間接的差別罷了。如果深入更多的文學作品或歷史文獻，是不是能從中發現更多關於青少年成長的訊息？目前關於「青少年」概念形成於二十世紀以後的說法，可能會使我們忽略一些歷史或文學中關於青少年成長的不同觀點，我們毋寧應該保持一些空間和彈性，而不是視為絕對的真理。

第二節　中西青少年成長小說的「正」「變」差異

　　前面分別從心理學、社會學、人類學來對「青少年」、「成長、啟蒙」的概念進行歷史溯源後，並且以不同文化系統作為比較，接下來要進一步聚焦到文學中的青少年成長小說。「青少年」的概念既然從西方而來，不論「成長小說」或「少年小說」也是源起於西方，在時間的流轉、歷史的演進中，以及中西不同的社會文化脈絡下，當然也形成了青少年成長小說的不同面貌，本節旨在歸納其發展演變及特徵。因為現有的「成長小說」和「少年小說」分屬兩個不同的論述領域，為了清楚呈現變化的過程，所以「成長小說」和「少年小說」二者必須分別說明。

　　先以成長小說來說。成長小說，既然把焦點鎖定在「成長」上，那麼這個焦點必然有它形成的時代背景，這個概念從西方而來，想要了解「成長小說」，自然要先回到西方的文化脈絡中去追溯它的起源。目前，我們所知道的「成長小說」（*Bildungsroman*）為德語，其字源有「啟蒙」及「學習形成」之意，所以此類小說常被稱為啟蒙小說（initiation novel）、學徒小說（apprenticeship novel）、養成小說（novel og formation）（張錯，2005：35）。狹義的「成長小說」是指源於十八世紀康德（Immanuel Kant）所主張：啟蒙便是走出「無他人之教養監護便無法使用一己之思索能力的未成年狀態」。當然，同時也必須具備使用這種自我思維能力的自由。（楊佳嫻主編，2004：7）可見，在十八世紀理性主義盛行的德國，成長和啟蒙的意涵是走出未成年狀態，最重要的是具備有獨立思考的能力。強調這種獨立思考的能力，是相信人的根本價值就在於理性思維，當時的社會認定一個未成熟的人成為一個理想的「社會人」，最重要的關鍵也是這一理性思維的能力。因此，傳統的成長小說，原指具有「成長意義」的成長

經驗之描述。也就是說成長小說倘若僅描述成長歷程，而心理上沒有獲得成長的意義，就不能算是成長小說，這是傳統成長小說的定義。（廖咸浩，1996）西方從十八世紀新古典主義到了十九世紀浪漫主義，成長小說就是在這種氛圍中出現。這種浪漫主義的極致發展，而有了盧梭（Jean Rousseau）的《愛彌兒》這種「理想人」和「全人」的產生。為了達成這種理想目標，「成長小說」就扮演了這一個「教育」的重要角色，因此成長小說也稱為「教育小說」。（廖咸浩，1996）

　　西方約在十八世紀中葉出現了第一部以描寫少年成長經驗為主的文學作品：伏爾泰《憨弟德》。「這部作品用的是十七、八世紀作家常用的『域外奇譚』，以遊記形式寫奇國異俗，但別具特色的是：伏爾泰運用的擬諷手法，反而凸顯這種文學體裁的瑕疵與俗套。純真的少年原先所對理性主義抱持的樂觀看法，在經歷了一切的荒誕後，醒悟到必須『耕耘自己的園圃』，而獲得正面的成長。十九世紀作家福婁拜說過，《憨弟德》是叫人咬牙切齒的一本書。他又說：《憨弟德》的結局勸人身體力行從事勞動，可能『祥和與愚蠢兼而有之，一如人生』，但最終仍須以勤奮努力的態度面對人生。」（呂建忠、李奭學，1990：28-29）《憨弟德》被視為第一部成長小說，為什麼它出現在這個時候？根據莫瑞堤（Franco Moretti）的說法：

> 在十八世紀初，關鍵的轉變不只是對少年的再思考。在所謂「雙重革命」的夢境與夢魘中，歐洲幾乎是在毫無預警的情況下，是突然落入了「現代性」之中，但卻沒有現代性的相關文化。因此，假如「少年」的意象獲得的中樞性的象徵地位，同時「成長小說」的「大敘事」也逐漸成形，這並不完全是因為歐洲必須給予少年一個意義，而是為了給現代性一個意義。（廖咸浩，1996）

　　由此看來，青少年最初能在西方小說中取得一個重要位置發聲，其實是因為青少年是一個介於兒童與成人之間的過渡階段，本身就具有兒童浪漫的、理想的特徵與成人理性的、規律的特徵，二者之間的衝突正是「現代性」本身具有的矛盾性，因而使得青少年在成長小說中成為「現代性」的具體化身和代言人。（廖咸浩，1996）十七世紀末到十八世紀初盛行於歐洲的新古典主義，又稱為理性時代，質疑文藝復興時期過度強調人的潛能與價值，因此理性時代主張人類的理性思考比感情更重要，強調秩序和規範，相信科學與數學，連帶使得強大政府的出現，封建勢力的反抗漸漸消失。這樣的態度反映在文學中作品中，也就呈現出相當的知識性、理性和優雅。從牛頓的發明、笛卡兒的理性主義、培根和洛克的經驗主義，一直到十八世紀，一群法國哲學家受英國光榮革命和洛克民主學說的影響，積極提倡理性和科學方法，他們宣稱人類正處於一個「理性時代」，也就是生活在「啟蒙運動」的過程之中。他們相信理性足以取代信仰，足以管理人類，主宰社會。但隨著時間流逝，很快的人們就發現理性無法解除生命的困惑，想了解宇宙、了解人生，關鍵不在信仰、不在理性的思想，而在於情感。因此，從十八世紀中葉以後到十九世紀初，又逐漸興起對前一個時代新古典主義的反動，即為浪漫主義，他們主張回歸自然，回歸人真實的情感，重視個人心靈活動；在文學上當然也就激發出無窮的想像力與獨特性。（黃志光，2005：73-74、77-78、87-88）小說中的青少年「成長」和「反成長」就是分別在這種時代的氛圍中先後形成。

　　一般談到西方成長小說，仍是首推 1795 年歌德的《威廉‧邁斯特的學習年代》，這部作品中呈現出積極向上的教育意義，是成長小說初期的典型代表作品（楊佳嫻，2004：7-8；楊照，1996；廖咸浩，1996；陳長房，1994）。這個時期的成長小說，通常描述青少年主角在

成長中所經歷的各種困難，精神上、心靈也都要歷經掙扎，然後成長進入社會。由於描述青少年長大成人的過程，歷時較長，因此大都是長篇小說，最終主角多半都會順利地社會化，肯定自我成長；相對的，啟蒙小說多半是描寫青少年在單一事件中的突然醒悟，通常為短篇。

　　此外，在歌德的《威廉・邁斯特的學習年代》之前，另有幾種相似的文類：「一種是教育小說（Erziehungsroman），強調訓練與正規教育，作者旨在表述其教育哲學與理想；另一種是發展小說（Entwicklungstoman）是依時間編年紀錄個人成長歷程，強調的是集體成長。」（邱子寧，2006）以上總的來說，西方的成長小說普遍都指青少年主角在歷經種種考驗後，得到成長、啟發而建立自我，邁入社會。這種小說中的成長本質具有積極的社會化意義。因此，傳統的成長小說向來關注的是：「主角從事件中學到什麼」或「從事件中學習成長的人是誰」，一方面表現出樂觀主義；另一方面強調個人的收穫與成長，以社會化為理想的教育目標。以第一人稱「我」述說自我成長經驗的自傳體小說，是青少年成長小說常見模式之一。不過，到了十九世紀，隨著新古典主義強調理性的時代過去，成長小說也產生了變化。

　　楊照提到西方成長小說一開始充滿了理想的教育原則，想藉由主角人物塑造一種理想的教育典範，但在經過「啟蒙時代」與「法國大革命」以後，這股理想卻慢慢瓦解了，成長小說漸漸分化出幾股支流：

> 一個支流是保留了成長過程中對舊有規約的的反叛、不安，可是卻少掉了正面「成長」的結果結論。於是小說忠實、甚至熱烈地表達少年的困惑、憤怒、迷惘與沮喪，可是卻提不出一個超越這一切「完整成長」的答案或結論……第二種變形是將成長小說的規模大幅縮小，不再講求完整的教育過程，不必交代

少年經驗的起點與終點，也不必隱含一套了不起的文明論在小說背後，而是擷取少年成長中若干特殊的事件，靈光乍現地給予少年深遠開悟啟示，讓他突然領會到成人世界一些神聖或汙穢，因太神聖或太汙穢而無法明言明說的事物……第三大類型則是將教育、啟蒙的經驗，予以範限，不再是談所有人的教育、成長，而是專注地挖掘藝術家的少年經歷，用藝術家特殊的早熟敏感，來閱讀僵化、荒謬、庸俗的成人社會環境。(楊照，1996)

　　成長小說的第一種支流，在歐陸地區以杜斯妥也夫司基的(Fyodor Dostoevsky)《少年》、屠格涅夫的(Lvan Turgenev)《父與子》為代表；在美國則有馬克吐溫(Mark Twain)的《頑童歷險記》、沙林傑的(Jerome Salinger)《麥田捕手》等。第二類像是喬伊斯的(James Joyce)《都柏林人》，追求「意義瞬間」(epiphany)的美學表現。至於第三類成長小說，一般稱為「藝術家小說」，代表作為喬伊斯的《一個年輕藝術家的畫像》(楊照，1996)。到了十九世紀，以成長為主題的小說更趨成熟和蓬勃，譬如英國狄更斯(Charles Dickens)描寫貧苦孤兒生存的《孤雛淚》；描寫青少年艱辛困苦的成長歷程的《塊肉餘生記》；勃朗蒂(Charlotte Brontë)《簡愛》和勃朗蒂(Emily Brontë)《咆哮山莊》顛覆傳統，描寫女性勇敢面對命運；美國作家阿爾考特(Louisa Alcott)的《小婦人》等，都是成長小說的代表作(黃莉娟，2003：7)。這其中，有些作品仍不乏明顯的教育意義，比方說：《小婦人》中大受歡迎的喬，雖然是一個顛覆傳統女性角色的代表，勇於實踐自己的理想，實際上小說中仍透過馬區太太或其他人物，傳達了女性接受婚姻與母親角色的責任。但整體來說，成長小說到了十九世紀中葉已經發展出多種不同的類型，不再侷限於一開始成長小說必然正向光明的成長意義，成長的意義有了更多可能。

　　在十八世紀末開始出現的成長小說之外，少年小說這一文類也在慢慢醞釀中。埃斯卡皮指出：「第一本冒險小說最初在教育與教學雙重目的下為一個小孩子而寫的，那就是費內隆（Fénelon）在 1694 年為他的學生勃艮第公爵（duc de Bourgogne）所寫的《泰萊馬克的探險故事》成為『教育小說』，也就是所謂的『啟蒙小說』。百年之後，歌德的《威廉·麥斯特的學習時代》將肯定啟蒙小說是一種文學體。」（埃斯卡皮，1989：63-64）可見現在所稱的「少年小說」，不只緣起於十八世紀出現的「成長小說」，似乎可以往更早的歷史去回溯。青少年文學中的教育目的與西方文藝思潮的發展有關：

> 十七世紀初教育家康米紐斯（Coménius）最主要的貢獻就是把孩子看成一個個體。到了十七世紀中葉以後，對洛克（John Locke）來說，教育必須配合孩子的天份和個人的興趣。但必須等到盧梭的《愛彌兒》一書才能找到以孩子特別的本性為出發點的教育原則。在很確切的目的下，不論是求取知識方面，禮貌教育或品德教育方面，大家開始為兒童和青少年寫故事。但是這是一種與教育文學完全不同的文學。孩子有權利作消遣性的閱讀。（同上，5-6）

　　其中所謂教育文學指的應該就是傳統的成長小說是以教育為目的，並沒有觀照到青少年的需求。《愛彌兒》雖然開始關注到兒童的需求，但其中仍有濃厚的道德教育意義，並且青少年還沒有完全從兒童的概念中區別出來。幾乎一開始為了兒童和青少年寫的小說，都帶著成人強烈的教育目的；當兒童的心理和閱讀需求逐漸受到重視後，青少年文學卻還是附屬於兒童文學中，身分曖昧不明；青少年小說從教育文學、兒童文學中獨立出來，還得再經過一段漫長的時間，直到十九世紀以青少年為主角，為青少年而寫的小說才出現。

埃斯卡皮在《歐洲青少年文學暨兒童文學》一書中回顧了這段歷史，我們可以從中發現：青少年文學的產生和發展，隨著各個國家、地區社會文化的發展而有時間上的差距，但可以確定的是：「十八世紀的紐伯瑞，十九世紀的黑澤爾（Hitzel），二十世紀的俄國作家高爾基（Максим Горький）都曾考慮到真正屬於青少年的文學。一般可以確定在許多國家中，有關青少年書籍出版方面的研究在十九世紀初才開始。」（埃斯卡皮，1989，159-162）一旦成人認為青少年具有獨特的特質與需求時，這種觀點在文學的內涵和表現上來看，為兒童和為青少年所寫的小說當然是不同的，因為他們在閱讀上、理解上與對世界的了解不同。一開始青少年文學的出版只是純粹為了在兒童與成人的過渡期間有書可讀。「但青少年小說並不滿足於只扮演這個角色：它同時也是塑造人格的小說。藉著向讀者面對的問題，或是它可能面對的問題提出解決辦法，也透過反角的模式幫助讀者解決心理上、感情上、家庭上、社會上或理想上的問題。青少年小說想成為一種讓青少年進入社會的辦法」。（同上，159）既然是為了進入社會的準備，於是表現在小說作品中，往往比較迂迴委婉，所涉及的題材和意涵自然也複雜深刻得多。

事實上，許多兒童與青少年文學作品，最初都是為成人而寫的。比方說：十八世紀時《魯賓遜漂流記》與《格列佛遊記》深受青少年喜愛，但它們並非專為青少年所創作的。「像《魯賓遜漂流記》其實是狄福（Daniel Defoe）為新中產階級而寫，以滿足那些需要為十八世紀的英國殖民主義找藉口的人們；同時，1726年《格列佛遊記》也在英國大受歡迎，也是一本深具政治諷刺性，諷刺顛倒、荒謬世界的小說。這類的成人作品在各種情況、動機下被改寫，而大受兒童、青少年歡迎。」（黃志光，2005：64-71）成人為青少年設想的小說未必能滿足青少年，可能只是滿足了成人自居為教育者的心態；

青少年成長小說對青少年成長的觀點和詮釋，一方面反映作者看待生命的態度，一方面又再把這樣的態度傳遞給讀者，而青少年讀者對小說中的成長意涵，見解不一定嚴謹周全，但感受卻是最深刻的。我自己身為一個讀者，曾經是少年讀者，後來是成人讀者，現在則期許自己往專業讀者的目標努力；除此之外，我也是一個教學者，在教學現場中對國中階段的青少年，自有一番近距離的觀察和體會，且不說大家所憂心當代青少年的閱讀態度，實際上有閱讀興趣和閱讀習慣的青少年，對閱讀的選擇並不如我們所以為的消極被動或膚淺，很多能吸引青少年的優秀小說，往往都有一些觸動大人們敏感神經的題材或描述，這其中的訊息對於青少年成長小說的發展很有意義：成人觀點過濾後的作品，未必是青少年讀者真正需要的。

　　青少年成長小說的發展變遷正反映出不同時期成人看待青少年的觀點。在文學的層次上來看，為兒童寫和為青少年寫的小說當然是不同的，因為他們在閱讀上、理解上與對世界的了解不同。而一種文類的形成與特徵，或可從論者所界定該文類的首部作品得出訊息。有論者以 1868 年美國作家阿爾考特（Louisa Alcott）的《小婦人》為西方少年小說的起源，接著馬克吐溫《湯姆歷險記》、《頑童歷險記》等作品相繼出現，才確定了少年小說這類的文體。（黃莉娟，2003：7-13）這裡顯然看到「少年小說」以預設讀者為重要的界定標準，與「成長小說」的差異。屬於少年小說的《湯姆歷險記》、《頑童歷險記》，卻不一定是「成長小說」，關鍵就在所傳達的：成長／反成長觀點。這也是青少年成長小說在發展中的「變異」情形。

　　教育目的不再是青少年小說的唯一訴求。1886 年亞米契斯（Edmondo Amicis）的《愛的教育》，以一個義大利小男孩的日記，觀看生活和社會種種，是至今在世界各地仍深受歡迎的青少年成長小說代表。再看到二十世紀以後的青少年成長小說作品。《少年小樹

之歌》中有許多對「文明社會」、「語言」、「文字」的質疑,以及印地安人對自然環境的尊重,雖然爺爺奶奶對小樹也有不少的教育傳遞,比方說:「如果你不了解你的族人過去的遭遇,你也不會知道他們將何去何從」〔卡特(Forrest Carter),2000:72〕、「當你發現美好的事物時,所要做的第一件事,就是把它分享給任何你預見的人。這樣,美好的事物才能在這個世界自由地散播開來」(同上,95)、「一個人光用肉體的心靈思考,他的行為會變得貪婪而卑賤」(同上,99),這些經典之語對青少年很有心靈啟發和勵志效果,但卻有別於早期青少年成長小說一貫積極肯定的調整自我、適應社會的教育目標。其他如:1943 年聖‧修伯里(Saint-Expery)的《小王子》,八○年代備受爭議的愛麗絲《十五歲的遺書》。柯爾賀(Paulo Coelho)的《牧羊少年奇幻之旅》,還有近兩年來最受矚目的兩部青少年成長小說《追風箏的孩子》和《風之影》,這些小說都以更開放的觀點詮釋青少年的成長。當然,即使到了二十世紀中以後,青少年小說也並不是就完全得到了自由發展的空間。曾經榮獲美國圖書館協會所頒贈的愛德華終身成就獎的作家布倫(Judy Blume),創作許多青少年成長小說,在美國很少人沒讀過她的作品,但在一九七○年代她卻是一個極富爭議性的作家,她的書常常被圖書館和學校列為禁書,她說身為作家,她從未想過什麼可以寫,什麼不可以寫,只是盡力去反映「真實」。例如《神啊,祢在嗎?》一書中,少女煩惱胸部和月經的成長心事,和性愛場面的描述,就是根據她自己十二歲時的心路歷程所寫成的(布倫,2000:14-15),從作品和作者在歷史的時間中得到社會截然不同的評價這種現象就可以知道:關於青少年、關於成長,永遠應該保持彈性和空間。

　　當社會對兒童有較多的關注,成人比較重視以兒童需求為中心的教育方式時,相較之下,青少年是即將進入社會的準備階段,總

是被賦予更多的社會期待。所以我們不能忘記最重要的一件事:「兒童文學與青少年文學都具有多重操縱的可能性:除了用以支持個人的文化政策,另有社會、道德方面的操縱」(布倫,2000:47-51)。教育無法避免的仍是青少年文學很重要的目的,只不過可能是從直接轉變成間接,而且更不容易被讀者察覺;從另一方面來看,青少年文學負有教育目的,也未必全是壞事,只要成人記得自己所傳達的教育理想,不要成為單一、絕對的,能夠保有討論和彈性的空間,那麼青少年小說能發揮教育青少年的角色功能,也未嘗不是一件好事。從西方「成長小說」和「少年小說」二種文類的發展相互對照,可以發現:成長小說是成人對青少年理想的成長典範,少年小說則是成人考慮青少年的需要、為青少年而寫。二者一開始都具有濃厚的教育目的,少年小說是在成長小說出現以後才逐漸產生。從歷史發展中也可得出一個警惕:成人關注青少年心理需求這樣的善意,固然象徵著一種進步,也可能是一種侷限。

　　當然,從西方造就出來的成長小說和少年小說,到了臺灣當然也有了不同的面貌和詮釋。其中西方傳統成長小說所謂的「成長意義」的獲得並沒有明確的概念,還存在許多詮釋的空間,成長最重要的不只在於成長意義的獲得,還有成長的歷程中所呈現的問題意識。因此,廖咸浩認為只要是描述成長經驗的小說都可以算是成長小說,所謂描述成長經驗,必須對既有體制提出質疑,反映問題,但不一定要提供答案,解決問題。(廖咸浩,1996)這一點對青少年和成人同時具有意義,也說明了成長小說的讀者對象並不預設為青少年。同時多位評論者也都認為臺灣的成長小說少了西方小說那樣積極性的成長改變,反而具有消極、抗拒、濃厚的悲劇傾向。(楊照,1996;楊佳嫻,2004:7-8;廖咸浩,1996;陳長房,1994)關於中西成長小說的成長特質,廖咸浩認為:

> 宏觀來說，中西成長小說確有不少共通點：都是現代性的一
> 種體現；都有成長與否的內在矛盾；都是對成人世界（「他們
> 世界」（they-world）、常識世界（world commonsense）等體制
> 化、規格化思維）的反抗；都是對少數的肯定。但最重要的
> 共通點還是，雙方的傳統都根植於情，而且對情有一種絕對
> 的要求。最終的結局雖有可能再次被教育所收服，但起碼對
> 情的渴求曾經認真過。而從中西成長小說整個發展的流變也
> 可以看出，它在思維上有不斷的自我超越：都是從「終需長
> 大」的回歸主流到「拒絕長大」的謝絕主流。（廖咸浩，1996）

　　也就是這種青少年對情的絕對性追求，註定了成長歷程中必然
的反成長。在中國所屬的氣化觀型文化中，這種「反」更是來之不
易。從中國文學的發展來看，廖咸浩指出：

> 宋明理學過於強調人的理性力量，相似於西方的「現代性」，
> 漸漸形成對人的束縛；到了晚明「情的論述」則是對理學的
> 修正，與浪漫主義的精神極為相似。李贄的「童心說」當然
> 是其中最具影響力者。湯顯祖、袁宏道與馮夢龍等人受其影
> 響，繼續發揮，而成就了晚明的浪漫風潮。這種情對成長之
> 必然的反叛，在文學上主要始於才子佳人小說。這種文類雖
> 可以上溯到董西廂、甚至唐傳奇。但蔚成文類，還要等到明
> 末。（廖咸浩，1996）

　　我們閱讀那些才子佳人小說時，必然可以感受到，這種「情的
追求」深受政治、社會文化因素影響，難以掙脫對傳統禮教束縛，總
是令讀者慨嘆不已。廖咸浩指出：「一直要等到《紅樓夢》，『情的論
述』才受到全面的肯定，少年的價值才隨之受到足夠的重視。」（廖
咸浩，1996）《紅樓夢》裡的的青年男女，尤其是賈寶玉追求情感自

由，對封建社會的傳統禮教感到不耐和厭棄，頗為符合我們目前所稱的青少年成長小說的精神，也就是青少年對成人社會的質疑和反抗。可是《紅樓夢》之後卻很少再有類似這種強烈具有青少年「反抗精神」的小說。表面上當代的青少年成長小說，受到西方的影響，不再有傳統文化的影子。但實際上臺灣青少年成長小說在「反」的表現上和西方大不相同，反而帶有與《紅樓夢》相似的悲劇性。中國的青少年成長小說是不是真的起於《紅樓夢》，仍有待進一步深入研究。但可以確定的是小說中青少年對成人社會的質疑，不論是具體的反抗，或是消極的抗拒轉而壓抑，都是其來有自，只是有沒有受到正視罷了

　　除此之外，王建元更進一步指出：「傳統的成長小說以西方美學、現代主義的統一主體為啟蒙典範儀式，要問的是在一個戲劇性的經驗中主角學到什麼。及後現代主義文本認為整全的主體身分已經破滅，故轉而提出了那被視為學習到某種人生道理而趨成熟的人究竟是誰？他又是否真正擁有一個整全的主體位置？」（幼獅文藝主編，1996：94-95）可知成長小說發展到當代，「成長」和「小說」都已經充滿多元的發展可能，二者所交會產生的意義更是多元。如何面對這充滿變化不定的文本，讀者、論者或作者或許都會感到一種無所依循的失重感，卻正好提醒我們看待「成長」應該保持更多的彈性空間。

　　如果進一步追問：何以西方對於兒童或青少年的關注，會先出現？兒童文學、青少年文學的發展都起源於西方？中西青少年成長小說的發展和演變，除了是反映不同時空背景的青少年成長歷程之外，也可以說是反映了不同時空背景中社會看待青少年成長的觀點，而兩大文化系統中社會看待青少年成長的觀點有差異，這些差異從何而來？以上種種最主要的關鍵仍是前一節所提到兩大文化系統中的終極信仰不同所致，不同文化系統中的價值、信念，早已深植人心，融入每個人的血脈中而毫不自覺。

　　這一節透過了「成長小說」或「少年小說」的發展演變，並以中西不同文化的對照，可以發現：青少年成長小說的「變」，來自西方歷史十八世紀末浪漫主義時期對理性時代開始產生的鬆動與質疑；至於中國青少年成長小說的「變」曾經在《紅樓夢》時短暫出現後無以為繼；臺灣青少年成長小說則在八〇年代解嚴後的社會變遷中呈現出各種不同的聲音，這才發現了青少年成長的歷程並不如所成人預想的順利。不論中西，小說中對於青少年成長意涵的多元詮釋，可說是當代青少年成長小說發展中由「正」到「變」所具有的共同特徵。

　　對一種文類的歷史溯源，能形成該文類基本的特點和規律，文類需要有系統性和穩定性，但文體的分類應該也容許採取多重標準來歸類，不論中西的青少年成長小說，應該都可以再往歷史長河的源頭溯進。然而，本論述對於青少年成長小說這一次文類的歷史溯源，必須在此先打住，原因有二：第一，界定作品並不是本論述的重點，在此追溯青少年成長小說的起源，目的乃是為了提供看待青少年成長的更多可能，而非為了形成標準，或建立「青少年成長小說」嚴謹的歷史脈絡；其二，在研究的時間與能力有限的情況下，此部分可留待未來繼續深入。

第三節　青少年成長小說在臺灣一地的發展情況

　　文學作品中的青少年角色，並不是一開始就受到重視，不論是「成長小說」或「少年小說」在臺灣仍然沒有發展為一種成熟的次文類，歸結主要的原因當然是過去臺灣社會中成人看待青少年的角度所致。這和整個世界文化思潮的轉變有關，在過去父權體制下，

婦女、兒童、青少年都是處於社會邊陲位置，進入後現代時期，不論是歷史、社會、文化、文學等各個領域，都逐漸從大敘述轉為小敘述，這些過去被忽視的對象才漸漸受到關注，也才得以在文學作品中發聲。但除此之外，就臺灣自身的歷史發展來看，一個發展中的國家，從農業社會轉變到工商業社會的階段，不論是對個人或整體社會而言，在一切都要奮鬥努力求生存的環境中，恐怕是很難把關注的焦點放在兒童或青少年身上的。

　　承上所說，在文學領域來說，青少年成長小說在臺灣一直沒有受到重視，包含目前屬於兒童文學領域的「少年小說」和屬於成人文學領域的「成長小說」，都是如此，主要也是在市場考量下，發表和出版的機會很有限，作品的創作也就難以繼續。以「少年小說」來說，一般認為 1964 年林鍾隆《阿輝的心》是國內少年小說的起源，當時在《小學生》上連載，是一部能激發少年向上的勵志作品。為了激發好的創作，教育廳舉辦「兒童讀物寫作班」研習，培養出不少好的兒童文學作家。直到 1974 年「洪建全兒童文學創作獎」設立後，少年小說才逐漸受到重視。（馬景賢主編，1996：194-198）雖然國內陸續也設立了多個兒童文學或少年小說的獎項，以鼓勵少年小說的創作，如：教育部文藝創作獎、高雄市兒童文學寫作會柔蘭獎、臺灣省兒童創作獎、東方少年小說獎、中山文藝獎和國家文藝獎，現在又有九歌少年小說獎，而到目前為止國內少年小說的題材也逐漸多元，但作品水準仍相當有限，市場上少年小說的大宗仍是以外來的作品為主。比較受到讀者青睞的：其中一部分是中國大陸的作品，像：張之路、曹文軒、沈石溪等人的作品，和不少短篇的小說選集。另外一部分則是歐美的作品，除了改寫自世界經典名著的，改寫的品質當然也有待商議；其他就是大量翻譯紐伯瑞文學獎的得獎作品。以一個實際的經驗來說明，也許會更明白。當我們走

進任何一間書店，不管是連鎖書店或沒沒無名的小書店，如果想找一本關於「青少年成長」的小說，最容易發現的是它會出現在兒童讀物區，通常是在樓上的繪本、圖畫書和幼兒教材旁邊，還有木質地板可坐，找到最多的作品可能是改編的「世界經典名著」，如：《老人與海》、《小婦人》等，或是東方等出版社翻譯的外國小說，如：紐伯瑞得獎系列作品《想念五月》、《閃亮閃亮》等，另外大陸沈石溪的動物小說、曹文軒、張之路等人的作品也不少；最後國內作品中比較具水準的就只有李潼。

　　除此之外，就沒有了。我們的「青春書寫」真的如此貧乏嗎？致力於少年小說研究的張子樟，對國內少年小說有以下評論：「本土少年小說雖成長將近三十年，但作品的方向一直搖擺不定，不論短篇或中篇，說教成分依然不低，部分作品又趨向大眾化，如愛情故事、校園趣事，整個質的提升便顯得十分緩慢。如果以較嚴格的標準來檢視作品的質，會訝然發覺，真正值得以其文本作為學術研究的，嚴格地說，至今只有李潼一人的作品，其餘作品多半只在文本敘述時，概略提及。」（張子樟，2005：218）然而，真的是如此嗎？國內少年小說的發展時間不算長，作品在質量上固然仍相當有限，但未必如我們所以為的貧乏，其中最主要的是有不少關於青少年成長的書寫還被隔絕或隱身在成人小說中，這部分有待深入探究。

　　回顧歷史可以發現：「青少年成長小說」這一文類在臺灣始終沒有明確的位置。日治時期有不少以青少年為主角的小說作品，也具有「反成長」的傾向；戰後雖然小說中也有關於青少年的書寫和描述，但常常與國族寓意脫不了關係。多位論者也都認為：八〇年代以前的青少年成長小說通常只是藉青少年來間接表達對社會體制的不滿，更具有豐富的歷史和政治意義，相對的青少年個體本身並沒有得到真正的關注。（楊照，1996；陳芳明，2006：序 12）這一點

與西方成長小說的源起頗為相似，青少年似乎只是代替成人發聲的幕前傀儡。而且鄭樹森認為：許多青少年成長小說是成人經歷過青少年以後的回顧，對事件的描述和感受經過了記憶的重組，不一定能夠真實呈現青少年的成長歷程。但另一方面，事過境遷後的回憶陳述，也許能更清晰地看到其中的意義關聯。（幼獅文藝主編，1996：52）但生命也泰半如此，生命永遠不斷在成長、變化，啟蒙小說多半著重於開悟的過程，而非結果，成長並不是青少年的專利，但青少年絕對是一個特別重要、明顯的階段。

　　而且，國內出版界為了市場考量、增加吸引力，或方便喜好特定主題的讀者可索引，因此有成長小說、啟蒙小說、問題小說、愛情小說……等次分類。至於作家是不是立意為青少年而寫，或者是不是專職寫作少年小說者，則不應在判斷的標準之內。既然如此，現代小說中有一部分以青少年成長為主題、並且適合青少年閱讀的作品，就可能是藏身在成人小說中的成長小說，自然也應屬青少年成長小說。在第一章第三節和第二章第三節都曾經說明過「少年小說」和「成長小說」的共同主題是青少年的「成長」和「啟蒙」。但實際上小說中的成長本質卻大不相同。由於預設的讀者不同、使用名稱上的不一致，也就造成文類上的模糊。前面提過，「青少年」一詞本來就存在著多樣性，而且「成長小說」和「少年小說」在文類界定上，本來就難有一個絕對的判準。而且，文類的模糊，尤其是次文類的模糊，是當前文學的發展趨勢。臺灣青少年成長小說發展和研究的困境，最根本的原因在於：過於侷限在「文類的界定」。事實上，限於出版市場的考量，本土的少年小說作品雖然不多，但並非沒有，而是有更多的本土少年小說作品藏身於成人小說中，甚少被少年小說研究者所提及。李潼就曾經說過：「像小野、張大春、張曼娟、楊照、朱天心、袁哲生的若干作品，便非常適合少年閱讀。

不以作家的『標籤色彩』選讀作品，而以作品的性質來分類，取樣的範圍便擴大，視野更寬闊。」（李潼，2002：261-262）從作品來看，「成長小說」和「少年小說」之間確實存在著極大的斷裂。

　　臺灣目前以「成長小說」為名的小說並不多。幼獅出版社主辦了兩屆的「世界華文成長小說徵文」，分別出版《世界華文成長小說徵文得獎作品集》和《孤島旅程——第二屆世界華文成長小說徵文得獎作品集》二冊，主要是當代年輕一輩作家，例如：黃錦樹、紀大偉、鍾文音、許正平、張瀛太等人的作品。除此之外，便只有2004年出版楊佳嫻主編的《臺灣成長小說選》中，收入以「成長」為主題的小說作品，除了青少年的成長之外，也包含其他年齡層（非青少年）、性別、族群認同的成長為主題的作品，例如：楊逵〈種地瓜〉、葉石濤〈玉皇大帝的生日〉、郭松棻〈雪盲〉、王文興〈命運的跡線〉、李渝〈菩提樹〉、夏烈〈白門，再見〉、李昂〈花季〉、吳錦發〈春秋茶室〉、郭箏〈彈子王〉、朱天文〈小畢的故事〉、袁哲生〈西北雨〉、駱以軍〈ㄩ／川端〉、張惠菁〈哭渦〉、許榮哲〈那年夏天，美濃〉和伊格言〈鬼甕〉。此外，編者也說明其中因私人理由不同意被選入的陳映真〈我的弟弟康雄〉、童偉格〈我〉、篇幅過長而割愛的楊直矗〈在室男〉、已去世的顧肇森〈張偉〉、白先勇〈孽子〉等諸篇流布已廣而不再添花（楊佳嫻，2004），但沒有提及「主流」少年小說的作品。這其中只有少部分「成長小說」作品曾被收入其他以青少年為對象的小說選集中，如王文興、朱天文、袁哲生等作品被收入《青少年臺灣文學讀本》中；另袁瓊瓊〈看不見〉等少數作品受到少年小說研究者、評論者的注意，並運用在少年小說或戲劇教學中。其他在現代小說中成就極高、書寫青少年成長經驗的作家，如白先勇、鄭清文、吳錦發、袁哲生等人的作品，在「少年小說」的研究、教學、推廣中並不多見。我特別逐一列出這本書所選的各篇，就是希

望讀者可以從中與下列主流的「少年小說」選集，相互對照，便可發現其中端倪。在「少年小說」部分，以桂文亞所編的《思鄉的外星人——臺灣少年小說選（一）》、《寂寞夜行車——臺灣少年小說選（二）》來說，所收的短篇小說包含：林海音〈我們看雲去〉和〈竊讀記〉、陳啟淦〈阿輝的一天〉和〈西北雨〉、管家琪〈大衛表哥〉和〈大謊話〉、王淑芬〈寂寞夜行車〉和〈再會〉等等；又如張子樟《沖天炮 VS.彈子王》所選的張友漁、陳昇群、王淑芬、陳肇宜、廖炳焜等專職少年小說作家的作品為主，其中以李潼的作品較具水準和代表性，管家琪、王淑芬等人作品，較接近兒童小說。

　　從上面的作家和作品對照中應該可以明顯發現：「成長小說」和「少年小說」在學術研究和論述中是少有交集的。確實可以發現學界關於「少年小說」的研究或論述中，甚少提及「成長小說」的作家和作品。目前國內的少年小說選集，僅有張子樟主編的《俄羅斯的鼠尾草》所收的作品，嘗試將觸角延伸到成人小說的範圍去發掘更多優秀的青少年成長小說，如：鄭清文〈紙青蛙〉、劉大任〈俄羅斯的鼠尾草〉、張毅〈浪子史進〉、袁瓊瓊〈朋友〉、苦苓〈最後一班南下列車〉、李潼〈鬥牛王／德也〉，但整體而言，所選的作品的主題、風格，仍具有相當積極明亮的調性，「少年小說」的文類性格上仍是相當一致，有著明顯的向陽性格。這主要是因為「少年小說」預設的讀者為青少年，或者受限於少年小說作家的「標籤色彩」，或者有意避開成長小說中那些調性似乎不夠光明的作品；而「成長小說」則幾乎都是成人作家作品，常常讓人有「兒童、青少年不宜」的擔心。「成長小說」和「少年小說」之間存在著一條隱形的界線，雖然不明顯，要打破它卻不容易。

　　目前國內對青少年成長小說的研究論述和教學推廣上，幾乎完全聚焦於專職為青少年創作的作品和專職寫作少年小說的作家上，

同時作品內容也比較適合青少年早期（國小高年級到國一）為對象，
關注在青少年中晚期以後的作品則比較少。倘若僅以標榜少年小說
或專職寫作少年小說的作家作品來界定和研究，未免可惜，臺灣青
少年成長小說的樣貌，自然也就顯得單薄、受到較多的侷限，更難
以多元化。而藏身在成人小說中，這些描述「青少年成長經驗」的
作品，就是國內所稱的「成長小說」，卻一直沒有受到「少年小說」
研究者和教師們的重視，自然也很少有機會提供給青少年閱讀。相
對的，翻譯的西方少年小說在質與量上都有一定的水準，反成為國
內少年小說的「主流」。小說中的「反成長」其實一直存在，只是沒
有受到重視。在臺灣，日治或戒嚴時期小說，不論對殖民者或高壓
統治者是積極反抗或是消極抵制，都有濃厚的反成長傾向，都是社
會中的少數對多數；八〇年代以後社會漸漸開放、多元，受到西方
文化的影響，個體意識逐漸擡頭，在新舊價值交會時，小說中的「反
成長」則是對提出對社會中既有價值、僵化體制的質疑和反思。這
時的「反成長」相對的複雜許多，所反的對象或目標往往是交雜了
中西文化後的產物，因此廖咸浩提出的質疑是：

> 這種條件下的成長當然與西方的成長不會一樣。而成人寫成
> 長小說為少年代言，當然也必須與西方不同。當然，在非西
> 方文化中寫成長小說自也比西方困難……但如果成長小說不
> 單是寫給大人看的，也不只是成人與體制關係的暗喻，而且
> 還附有某種程度的教育意義，就不可不對這些問題有更精緻
> 的理解，對這些小說要有更高的要求，而不能只是滿口反傳
> 統、反封建、顛覆、離化，而不知道所質疑的「體制」到底
> 是什麼。（廖咸浩，2000）

　　問題是：一個社會的規範體制，必然是經過長時間不同文化的交融而形成，可能早已無法明確切割區辨，我們固然應該對「反成長」所反的對象有更深入的了解，不能只化約為「傳統」二字，才能有助於社會繼續前進；然而，執意探問青少年在衝突中所「反」的究竟是後期資本主義的布爾喬亞價值，或是中國的傳統的倫常規範，似乎強人所難，也未必可得。雖然我們不能放棄以上的自我追問，但關於「反成長」我們更關心的是：除了它對青少年的成長意義之外，還有它的社會意義，是如何使青少年在個人和社會中找到平衡點。

　　整體而言，中西青少年成長小說的演變都是由純「教育目的」走向「心理需求」，從「成人本位」轉向「青少年本位」；在小說的主題上，也逐漸多元，涉及族群、同性情感、性行為、墮胎或其他犯罪行為；主題的表現手法由直接轉為間接，也比較不避諱使用青少年次文化用語。何以有這樣的轉變？最明顯的是因為西方到了近代青少年逐漸受到重視，而我們的教育、社會各方面受到西方觀念的影響，也才開始關注青少年這一個族群。

　　臺灣青少年成長小說的發展變化，可以分兩部分來說：少年小說的部分，九〇年代末小說中成人的教育觀點雖然漸漸鬆動，但變化的速度依然很緩慢；在成長小說部分，從日治時期、戒嚴到八〇年代以後社會逐漸開放，走向民主化，成長小說自然也比較能容許小說中青少年「反成長」的表現。在時代的變遷中小說家對「成長」意涵的思辨，透過不同類型、風格的小說文本交相辯證，型塑了另一種與眾不同的成長樣貌。但臺灣畢竟繼承了漢民族所屬的氣化觀型文化，雖然到了近代受到西方文化影響，普遍來說，青少年成長小說中反映的青少年形象，與西方的「反」所帶來的創造性並不相同。在家國的大我之下，個人的小說顯得無足輕重；再

加上臺灣歷經殖民、戒嚴等獨特的歷史發展下，即使是當代的小說中青少年也仍是充滿壓抑、苦澀的，因此形成了本論述中第二章第五節所謂濃厚的「反成長」傾向和「悲劇意識」，同時也是第四章將會再繼續探索的部分。

第四章　臺灣青少年成長小說中的「反成長」焦點

第一節　臺灣青少年成長小說的轉變契機

　　承上所說，臺灣青少年成長小說真正受到注意是八〇年代末期以後的事。不論是目前國內所稱的少年小說和成長小說，都從西方而來，在臺灣此一文類的發展，一方面受西方思潮轉變的影響，一方面受到臺灣獨特的社會文化因素影響，必然產生一些變化。除了寫作技巧上的轉變，更重要的是作品的精神內涵，也就是青少年成長的本質上，最根本的差異在於：作品關注青少年的視角，從過去的以社會／成人中心逐漸轉變為以青少年為中心，也是本論述中一再提到的：從成長發展出反成長，成長意義的多元化，是一大轉變。形成這一重要轉變的契機，便是八〇年代末期政治上的解嚴、社會的開放，多元文化逐漸受到重視。

　　如果說政治是決定社會變化的關鍵，那麼 1979 年發生的美麗島事件對解嚴產生了決定性的影響。美麗島事件雖然讓黨外活動大為受挫，但卻喚醒了民眾；後來的軍事大審判，更因為國際媒體的關注和報導，引起社會大眾討論。接著 1986 民主進步黨的成立，一週之後，「蔣經國在國民黨中常會中表示『時代在變、環境在變、潮流也在變』，執政黨必須以新觀念、新做法，推動革新。這是一個新政策的宣示，也是臺灣進入政治轉型期的前兆。」（李筱峰，2003：93）一時之間，社會上各種群眾抗議、示威、街頭遊

行，對象包含農民、勞工、婦女、學生等等。勢不可擋，翌年臺灣宣告解除了施行三十八年的戒嚴，同年十二月宣布解除報禁。更進一步來說，臺灣政局的改變，其實是來自民間的蓬勃力量。經濟、文化上與國際社會的互動交流，使得社會逐漸受到世界民主化潮流所啟蒙：

> 從七〇年代以降，臺灣的官方外交遭遇許多挫折，但民間卻和西方世界發展出更實質的關係，並促成科技和文化的交流。這是因為臺灣從 1949 年以來不斷在資本主義的分工體系中取得有力的位置，經濟地位日趨提升，已經成為國際社會的重要成員。不過，經濟發展對臺灣內部的影響更為深遠，首先，社會日益多元複雜，更需要以理性的方法管理協調，光憑政治力量來強制架構社會秩序的方法已經逐漸失敗；其次，由於社會各階層都能享有經濟發展的利益，使得一般民眾雖然要求政治改革，卻也傾向於接受現狀，比較不容易發生全民聯合推翻政權的革命。（廖宜方，2006：220）

在政治穩定、和平的前提之下，社會中的執政當局、社會運動和異議人士所形成三股重要力量，相互影響：

八〇年代臺灣轉型為民主國家的因素

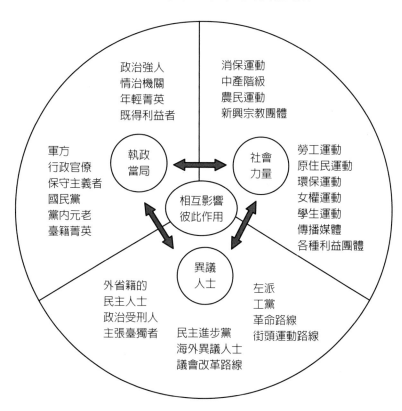

政治強人
情治機關
年輕菁英
既得利益者

消保運動
中產階級
農民運動
新興宗教團體

軍方
行政官僚
保守主義者
國民黨
黨內元老
臺籍菁英

執政
當局

社會
力量

勞工運動
原住民運動
環保運動
女權運動
學生運動
傳播媒體
各種利益團體

相互影響
彼此作用

異議
人士

外省籍的
民主人士
政治受刑人
主張臺獨者

民主進步黨
海外異議人士
議會改革路線

左派
工黨
革命路線
街頭運動路線

圖 4-1-1　八〇年代臺灣轉型為民主國家的因素圖

資料來源：廖宜方（2006：221）

　　也可以說蓄積已久的力量，在政治的解嚴後，瞬間爆發。處於
這種知識、經濟爆炸性的發展中，許多價值都面臨新的挑戰，除了
人與人之間的疏離、家庭形貌的變異，生活型態的改變，還有各種
庶民文化如：電子花車、檳榔西施、大家樂的風靡全島……曾經有
人形容這時的臺灣像一塊海綿，在長期的禁錮後釋放，一時間拚命

吸收而後混亂失序。經過二十年的蛻變，直到 2000 年的九二一大地震，在劇變悲痛中震出了人們對土地的關注，反省和尊重才真正開始。近幾年，親近土地、回歸自然，恢復農村生活的渴望又重新甦醒。這是人們對過去二、三十年工商業社會的反省和再修正，間接的也召喚人們對純真年代的渴望。在這樣的社會變遷中，改變的不只是人們的生活型態，還有人的心理、價值與態度。

更重要的是，政治上的解嚴，社會逐步民主化的過程中，加上西方思潮的催化，多元文化逐漸受到重視，從大敘事轉向小敘事；教育體制和理念的轉變，也使得青少年受到更多的關注，甚至有了發聲的機會；過去青少年成長小說以成人為中心的教育目的，也慢慢轉向了以青少年的閱讀或心理需求為中心。楊照曾指出戰後臺灣的成長小說的發展困境有三個因素：其一，我們的文學中缺乏「成長小說」這一文類的傳承先驅；其二，威權體制下，教育剝奪了青少年表達的權利；其三，文學表達與青少年的成長脫節。（楊照，1998：202-203）早在日治時期也有不少小說有關於青少年的書寫，但多半都是為了表述「大時代」為真正主題，這些作品並沒有完全關注青少年本身的成長歷程，雖然不被視為青少年成長小說的作品，但也可以反映出在那樣的時空背景，成長除了個人內在的調適之外，還要面對更為強大、不定的社會因素，正呈現出青少年在不同社會環境下的成長困境。臺灣青少年的處境和青少年文學的處境，一如島嶼內的政治情勢與社會變化，歷經對成人霸權下的壓抑、反抗和控訴，然後價值開始有了反動與鬆綁，才逐漸找到獨立的發聲與位置。

八〇年代這段期間，性別、族群等議題都在小說中解禁，相對的，關注青少年成長的作品並不多，但多元的價值慢慢醞釀，也對青少年的成長發生影響；到了九〇年代，以書寫青少年成長歷程

的小說越來越多，以青少年為對象的小說選集和相關的研究論述，也在這段時間增加許多。一方面「文學作品受此自由開放風氣的影響，益加百無禁忌；而民眾的購買力增強，消費社會的翻然來臨，也使得文學生產與消費機制產生重大的改變。」（孟樊，2006：67）青少年小說的讀者，包含青少年和成人讀者，對於小說的創作和出版也更具有影響力；另一方面，社會的開放與資訊的多元，使青少年提早接觸成人世界的各種訊息，也越來越早熟，包含生理、心理的早熟。原本就尚未發展成熟的青少年小說，顯然無法滿足新一代青少年讀者的需求，讀者的需求改變，連帶的也使得文學作品產生變化，加上兩岸開放交流，大陸和歐美的翻譯作品大量的進入臺灣青少年文學的市場。以往的青少年小說在題材、風格、表現形式上都開始有了新的面貌，「反成長」傾向的小說也才得以進入青少年的閱讀經驗中，或者說「反成長」才慢慢被接受為青少年成長歷程中的一種可能。值得一提的是：進入二十一世紀，除了《哈利波特》風靡全球，使得長篇小說再度掀起一股風潮，從《追風箏的孩子》開始，接著《風之影》、《失竊的孩子》、《失物之書》、《偷書賊》等翻譯的青少年小說大為風行，這些小說的篇幅結構、寫作技巧和語言文字都不是我們所以為的青春洋溢、純真童稚，不僅是青少年，也吸引很多成人讀者。這一點對臺灣青少年成長小說是很值得深思的。

回頭看八〇年代政治民主化、工商社會的發展帶來臺灣青少年成長小說的轉變契機，由於主流的「少年小說」在成長觀點的侷限性，不及社會的變化腳步，因此歸屬於成人小說的「成長小說」反而彌補了此一不足。小說中逐漸形成另一種青少年風情：「反成長」，或可說隱身在成人小說中的「成長小說」，具有濃厚的「反成長」傾向，豐富了臺灣青少年成長小說的面貌。

第二節　臺灣青少年成長小說的反成長面相

在談小說中的「反成長」之前，得先談談與它對應的小說中的「正向成長」。前面已經說明過，關於「臺灣青少年成長小說」的適讀性，也就是內容上要能適合青少年讀者閱讀的判準，並非本論述主要關注的焦點。但因預設的讀者不同、對青少年需要的認知不同，都攸關少年小說的發展，是影響目前臺灣青少年成長小說面貌的重要因素之一，因此仍有必要就「什麼樣的小說，適合青少年閱讀？」這個部分釐清。

整體而言，臺灣「主流」的青少年小說作品中，專職的小說作家並不多，其中有不少是中小學校的老師，雖然立意為青少年而寫，但受限於預設讀者為青少年，作品題材和風格仍較單一，作品的質與量都仍有待提升。綜觀臺灣本土少年小說有下列的特質：

首先是人物刻畫的侷限。張清榮認為：

> 青少年若在心靈深處有潛存「邪惡」的因數，即可借助於閱讀，仿效少年小說中品德高尚、十全十美的小說人物，取得認同，並且以之為師，必能去除邪惡的心理，遠離邪惡的人事、走向善良的路徑，行為因而獲得導正，長大之後不至於作奸犯科。成人小說主題可以有灰色地帶，因為人性是複雜的，黑中有白，白中有黑，還有不黑不白的灰色雜廁其間，唯有描述人性中最複雜的成分，人物之間的衝突才會提升小說的藝術成分。但在少年小說中要傳達的是明確的訊息，要給予小讀者的是鮮明具體的印象，明確清晰完美的偶像，因此少年小說的「主題」必得使用善惡分明的二分法，並且是「邪不勝正」、「善惡果報」。（張清榮，2002：198-205）

　　好的小說主角人物應為立體的圓形人物，應是善中有惡、惡中有善，畢竟多數的人都是小善小惡。過於隱惡揚善，只歌詠人性光明面、迴避黑暗面，使小說中的人物、情節往往變成可預期，也破壞了閱讀樂趣。不論是成人小說或青少年小說都如此。

　　其次是關於主題的迷思。少年小說一直備受討論的是：「人生的黑暗面」應不應該告訴青少年讀者？如果要說，怎麼說？說多少？不僅是少年小說作者，只要是小說作者都會面對到這些問題，林良指出：

> 小說作者都會面對怎樣處理「人生光明面」和「人生黑暗面」的問題。但是他不能忘記「這是寫給少年看的」這一點。忽略了這一點，就不再是兒童文學世界的「少年小說」了。有了這樣的了解，我們就知道「為青少年的幸福和權益而吶喊」的小說，是「少年問題小說」，屬於成人文學的範圍。（馬景賢主編，1996：16）

　　這裡將「為青少年的幸福和權益而吶喊」的小說，歸屬於成人文學的範圍。這其中，顯然認為此一重責大任，是該由成人來努力爭取，也就沒有出現在「少年小說」中的必要，認為青少年不應了解、無法改變，或是青少年沒有必要閱讀。可是，為什麼我們不直接去聽聽「小說中青少年自己發出的吶喊」？青少年為什麼不應該了解自身應有的幸福和權益、並且努力追求？青少年也許是更具有改造社會的一股能量，如果成人們願意多給他們一些機會的話。此外，張清榮又說到：

> 成人小說的主題可以是灰色的人生觀，也可以是暴力、流血的價值觀，更可以是淫穢不堪的享樂觀……少年小說應是光明、積極、向善、向上的，不可以「黑暗」、「灰色」，少年小說中的「主題」等於「道德意識」，一切以少年的心性培養為著眼點。（張清榮，2002：198）

　　所謂「灰色」，既然是人生的一部分，當然也可以是少年小說作品中的一部分，而非全部。時而昂揚、時而沉潛，不正是人情之本然，何須在小說作品中刻意排除。一個有閱讀習慣的青少年讀者如果能有機會閱讀到不同類型的少年小說，不也對人生百態有更全面的體會。換言之，以「道德教育為目的」的少年小說，或許有存在的必要與價值，這樣的小說也許能服務大部分的青少年讀者，建立其進取樂觀的人生態度；但並非所有的少年小說都必須如此，應該要有另一種不同風貌的少年小說，服務不同時期、不同需求的青少年。如果我們對少年小說中的「黑暗」避之唯恐不及，其實正反映出成人世界對黑暗的逃避、恐懼。大多數父母、教育者可能無法明白：「小說的好或壞，不是結局的問題，而是生命形式的問題。這個形式裡的孤獨感、所有特立獨行的部分，會讓人性感到驚恐，應該有個小說家用文字去呈現他生命裡的點點滴滴。然而，我們不敢面對，我們甚至覺得知道太多生命的孤獨面，人會變壞。」（蔣勳，2007：45）當然他們也不容易察覺自身內在的恐懼和抗拒。文學作品提供的黑暗面，當然不僅止於資訊媒體中所傳播的黑暗面，它固然也有警示的作用，卻更直接的正視黑暗面的存在，提供了青少年讀者面對人生黑暗面、乃至於自我內在黑暗面的態度。重點不是黑暗，而是面對黑暗的歷程和態度。

　　其實不論是對青少年讀者、作者、論者、教學者或父母而言，這些問題恐怕很難有一個明確的標準答案，因為這關係的是每個人的教育觀、人生觀和終極的信念。「強調人生光明面」的作品或許適合小學階段的兒童，可以幫助他們建立對世界保持一種積極光明的態度；但不一定完全適合青少年，尤其是進入國、高中階段的讀者。在臺灣地區，從青少年早期進入中期，也是從國小進入國中這個重要的轉折，國中階段以後學生來自不同社區，文化背景漸漸多元，

形成一個小型的社會縮影，是青少年由家庭進入社會的探索期。而目前「主流」的少年小說作品內容仍偏重在青少年早期、中期的讀者，並不一定適合青少年中、晚期的讀者。當代青少年透過資訊媒體的傳播，往往過早就接觸許多成人世界的陰暗面，他們所經歷的成長也遠比我們所想像的複雜，但卻只是少年老成般的熟諳世事，並不一定真的認真思考其背後的意義。國小、國中和高中這三個階段的青少年，在身心特質、社會需求、閱讀理解上的需求不同，適讀的文學作品自然也大不相同。因此也有人提出：少年小說應可再分類或分級，如兒童小說、少年小說、青少年小說（林文寶，2005），就研究的立場，可條理出這三者的表現特徵和差異，就教學者、輔導者或父母等其他讀者，也可依青少年讀者的個別需求選擇，以形成個人對作品的選擇標準。否則，一方面強調少年小說應符合讀者需求、反映社會現實並且具有時代意識，但過度隱惡揚善如何反映真實世界？更何況作品中「暴力、流血、荒淫的價值觀」，這應是小說優劣的判準，而非少年小說與成人小說的界線。如果作品極盡黑暗、暴力、淫穢之事，而毫無精神意涵的呈現，那這恐怕根本不是好的作品，既然不是一部好的小說，當然也不會是好的少年小說。李潼就說到：「以小說的題旨、素材、背景或結構來作『少年小說』和『現代小說』的分野，往往失去準頭。關鍵在於『視角的升降空間』、『與讀者的對話位置』，少年小說和現代小說的不同訴求也就有了區隔」（李潼，2002：129-130），也就是說，判斷適合青少年閱讀的小說作品，關鍵的是少年小說敘述方式和對話的位置，而非作品題材。

　　綜觀臺灣「主流」的青少年小說，作品中的主題思想常常直接或間接呈現「邪不勝正」、「善有善報，惡有惡報」、「耕耘必有收穫」、「人定勝天，操之在我」等迷思。無怪乎有論者指出本土主流的少年小說的限制是：「過度的溫柔說教與歷史詮釋」、「議題與討論超越

感動與召喚」，以及「寬容大帽子的虛假和解」（黃秋芳，2004）。即
使近年來有越來越多「問題小說」這一類的作品，作品題材也碰觸
到家庭變故、青少年犯罪等社會問題，但許多作品中仍呈現出相當
「積極進取」的勵志特質，小說中的青少年主角在經歷一連串的事
件或變故後，終能突破困境，自我肯定。這種積極、光明、樂觀，
固然是成人想傳達給青少年的，但通常太過刻意，顯得矯情。這裡
我要借用西方青少年成長小說的文本作為例子來說明。當代極受歡
迎的青少年小說家錢伯斯（Aidan Chambers），他的《在我墳上起
舞》、《收費橋》都廣受青少年喜愛。其中《收費橋》的主角是一個
高中生，父母受良好的教育，並且關心子女，但故事一開始主角人
物就對於自己總是依照別人的期望過生活，循規蹈矩、力爭上游考
大學、努力維持人際互動等，開始感到厭倦，表現出對家庭和學校
生活充滿憤怒又無奈的心聲，於是離家到了一座收費橋工作、生活，
而展開自我探索的旅程。當他在經歷了一連串危險的意外後，他的
心境早已和當初強烈渴望離家獨立時大不相同：

> 在這一天的空閒時間裡，我不是時醒時睡便是安逸自在地晃
> 著。醒著的時候，我會玩味過去幾年的回憶和想法，關於我
> 在收費橋度過的歲月、我的雙親、父親在信上所寫的種種、
> 亞當和黛絲、對於我究竟想要什麼的迷惘、一切種種奇怪而
> 陌生的感觸、以及每個生命的不確定性和現實生命裡的不真
> 實性。並非只有在身體孱弱的時刻，我才會覺得他人與生命
> 猶如一道謎，是如此令人詫異又超乎理解範圍，如此的不可
> 知，卻又讓人不禁著迷。當然生命也有它美好和醜陋的一面。
> 用一種更平和的說法，我一直都認為生命對我而言是：驚奇
> 與魅惑、排他性、非我。（錢伯斯，2000：154）

作者對於小說中少年內在深層的孤獨，有這樣的描述：

> 也許就是這種對自我所採取的態度，黛絲與潔形成最明顯的
> 差異：她自豪自己生就是這樣的人，她讚頌生命，不論是幸
> 福或悲傷，當然也不管是好是壞，她是天生的樂觀派；而他？
> 對自己處處起疑，對生命抱持懷疑的態度，是個天生的悲觀
> 派。黛絲身處這世界中是無入而不自得的；而潔則自覺得是
> 個陌生人，只是個過客，無法安然自得地面對世界，甚至處
> 處格格不入，好比一個等待的人，打理好行囊，隨時準備轉
> 身就走。（同上，243）

　　最後，小說中描述了當少年回顧這一段自我探索、成長的旅
程的感受：「當他漸漸走出青春期，他就認定感覺經常會誤導人。
感覺來來去去，帶著出沒無常的憂傷，配合快速的變換；喜歡變
成不喜歡，強烈的渴求變成厭惡感。感覺似乎無法掌控，從外而
來。因為感覺是配合他人表現出感覺的行為，而思考不會形諸於
舉止，需負大部分的責任。」（錢伯斯，2000：251）且不說小說中
「離家—再返家」的典型模式，少年在離家時重新審視自我，重新
建立自我的價值。就小說描述青少年主角的心理歷程，對自我生命
的探索等等，都很少涉入社會價值或道德判斷。這一點和國內主流
的青少年成長小說就有很大的不同。此外，作者的一段話，也回
應了本論述前面曾反覆提過青少年成長小說預設讀者的問題。最
初，他創作小說時確實是為青少年而寫，後來「我開始為另一位
讀者寫書，那就是坐在我心裡的那位讀者。奇怪的是，當我愈能
滿足內在的那位讀者，各種不同年齡層的讀者也愈喜歡我的書」
（同上）。作者一系列以青少年成長小說所表現的內涵和形式，對
於青少年成長中複雜細微的心理歷程的描述，不僅對青少年讀

者，就是對於成人讀者來說，也切中了心中某些未完全「社會化」的「內在小孩」想法，具有一種被深刻理解的心理效果。如果說青少年成長小說必須考慮作品的適讀性，也就是內容要能符合青少年的身心需求，適合青少年閱讀，在這一前提下，所設定的青少年成長小說自然是成人期待的「青少年」形象，乃至創作者也自然會將理想的「青少年」成長樣貌以直接、間接的方式融入作品，甚至是無意識的流露在作品中。因此，既然本論述關注的是小說中的青少年形象和心理，也就必須打破成人與兒童或少年文學的界限，從不同題材、風格的作品中更廣泛地重構出青少年的形象。

就作品的適讀性來說，主流的青少年小說作品中的成長意涵，往往過於簡化、過度美化了青少年成長的歷程，這是當前國內少年小說發展困境的重要原因之一，也就是成長觀點的侷限。美國的中學生指定課外閱讀的世界名著，如：希臘悲劇《奧塞德》，莎士比亞的《哈姆雷特》、《馬克白》，和《戰爭與和平》、《罪與罰》等經典作品，這些作品探討的是複雜的人性，或以龐大的歷史背景為架構，提供青少年有機會發展高層次的閱讀經驗。西方成長小說的代表作品《蒼蠅王》和《麥田捕手》，不但在題材和情節上表現了人性的黑暗面，而且也不如大家所以為少年小說應有的「積極光明」，當時甚至被視為禁書，如今看來並不影響它的文學成就，對青少年讀者影響深遠。《麥田捕手》中侯登的不滿與和失調，其實是人類成長過程中自然的一部分，透露出對生命的無奈，作者本身似乎也無法找到解答，可能走過那個階段才能擺脫這種困惑，或者更多的時候，我們是繼續帶著這樣的困惑，一路向前走去。也許困惑始終存在，矛盾掙扎、試圖解決困惑的過程，比困惑本身更為重要。反觀臺灣「主流」的青少年讀物或少年小說作品，在作品內涵、教學運用和推廣

上，仍顯得過於「純真」。以周芬伶《藍裙子上的星星》來說，雖然已經少了主流少年小說那種明顯的教育目的，但在結局的安排上仍顯得狹隘。小說是一個名叫「醜醜」的十三歲女孩以第一人稱「我」來敘述成長歷程。其中，高個子女孩馮靜被家人帶往美國後，寫信給醜醜說到：

> 恨的力量是多麼弱小，愛的力量才真正強大，他們卑憐的的侍奉我，生怕我再掉一滴眼淚，再受一次傷，我是沒有辦法真正恨他們的……我現在才了解什麼是「危險的年齡」、「狂飆的年代」，有一天當我們真正長大，再回顧這些錯誤，不曉得會是什麼心情？（周芬伶，1998：179）

故事的最後，醜醜自覺成長許多：「決定徹底走出五姑婆的陰影，當一個快樂的囚犯。」（同上，180-181）小說家有意藉馮靜和醜醜之口，說出歷經苦澀酸楚後的成長，似乎體會了父母的苦心，甚至願意當一個快樂的囚犯，接受生活的種種現實。小說家對於這樣的成長給予肯定，但卻令我擔心：終於認清事實後的妥協、讓步，就能豁然開朗，真的就是我們所要教給青少年的成長嗎？同樣的妥協，在具有「反成長」傾向的小說中，並不刻意賦予青少年成長意義的獲得，反而成就了另一種力量。

關於臺灣「少年小說」和「成長小說」兩種文類在預設讀者、人物、內容、風格、表現上，二者的異同如下表：

表 4-2-1　少年小說和成長小說文類比較表

特徵 \ 類型	少年小說	成長小說
預設讀者	青少年	青少年／成人不限
人物	多以青少年為主角,或有成人、動物為主角	多以青少年為主角,有時是旁觀者。也有少部分以成人為主角。
內容	生活小說、問題小說、校園小說、冒險小說、偵探小說、歷史小說、科幻小說、動物小說等。（題材較侷限於學習、家庭、交友等問題）	生活小說、問題小說、校園小說、冒險小說、歷史小說。（涉及的議題較廣泛,如:性行為、墮胎、亂倫、性別角色認同、族群認同等）
表現	著重情節的推展、問題的解決	著重人物的心理刻畫
風格	寫實為主,通常有單一、明確的事件	寫實為主,多重事件,因果關係不一定明確

　　試著比較目前國內所稱「少年小說」和「成長小說」,對於青少年的成長書寫可以發現:少年小說有較明顯的「提供指引、教育」的傾向,成長小說則多半「反映問題,僅提供對問題的反思,不提供解答」。少年小說中傾向於「正向」成長經驗和態度的描述,成長小說中則常常呈現出批判、反抗體制等「反成長」的精神。少年小說中也有悲劇作品,不同的是少年小說中的悲劇具有濃厚的警示、勸誡、教育意味,成長小說中的悲劇則是一種帶著同情和理解的陪伴。二者在作品精神上,是很不相同的。討論少年小說作品時,倘若能擴大視野,去發掘出更多成人小說中以青少年成長為主題、且適合青少年閱讀的作品,可拓展少年小說更多元的樣貌,可提供不同階段、不同需求的青少年,有更多樣化的閱讀經驗。

　　其實,並不是沒有好的少年小說作品,而是成人基於保護和教育目的予以過濾,一直沒有被納入青少年閱讀的領域中研究討論。「反成長」的小說並不是沒有,而是很少受到注意,在青少年成長小說

的論述中更少見。像 1992 年李順興的《廢五金少年的偉大夢想》就是少見的反啟蒙小說，也是當年讓此書獲獎的評審之一──張大春，他的《大頭春》、《野孩子》反而要算後來者。「一種文類的興盛與衰頹，往往缺乏必然如此的因由。所謂的美學判斷、政治尺度，也總是有一時一地的限制。文學創作原來不是圓滿自足的活動，而必須與種種傳播形式交相作用。」（王德威，1998：424-426）因此，從市場和讀者反應來看，九〇年代張大春《少年大頭春的生活週記》的出版，不論是就內涵與表現的形式上來說，在臺灣青少年成長小說的發展，具有關鍵性的地位。不僅是引起學術界的廣泛討論，甚至不到半年的時間，初版就有四萬本的驚人銷售量，深受青少年喜愛，在校園中廣為流傳。蔡詩萍評論張大春選擇的敘述觀點：「成人世界不管其政治意識形態如何分歧，價值信念如何多元而彼此衝突，至少當他們面對一個青少年次文化時，他們的立場卻是一致的；亦即青少年次文化永遠是不成熟而非理性的，至於成人世界的遊戲規則是否真正理性，那也是成人世界自己的事，輪不到青少年次文化插手的餘地；甚至也可以說，成人的世界根本只把青少年視為『附屬』，視青少年次文化價值觀為主流價值的『邊陲』。」（張大春，1993：185）倘若只把《少年大頭春的生活週記》當作是小說家討好青少年的媚世之作，似乎太看輕它，但或許那正是張大春的本意，讓小說說出許多青少年心中想說卻不敢說、不知如何說的話。回想我讀《少年大頭春的生活週記》時，已經是一個高中生，小說中許多對學校、老師、父母或社會發出的辛辣批評與諷刺，卻仍讓我感到既痛快又不安，深怕師長發現自己竟然在讀這種「不良讀物」。齊邦媛認為張大春和他這一代的青年人，也許因為不必揹感時憂國的包袱，而可以冷靜觀察這凌亂的人生、破碎的家庭、無可奈何的現實，進而從容佈局、塑造、顛覆，嘻笑怒罵之餘，為新人類找出新的平衡點來，進而建築一個合理的新世界。（同上，177）大頭春所代表的青少年形

象，已經與過去大不相同，展現出一個看似荒誕、愛搞怪、無厘頭的青少年，對社會和成人世界的虛偽、醜陋面也可以有細微的觀察。

事實上，小說中的「反成長」表現在主題上、形式上，都在挑戰成人社會的既有價值以及對青少年偏執的期待。在第二屆華文成長小說的徵文得獎作品集《孤島旅程》中，鍾文音的〈補〉寫一個十九歲女生小里對出軌的母親感到厭棄，而決定離家工作後，最終又不得不返家，在過程中她終於學會了寬恕，學習面對自身生命與家庭中的最難堪處。駱以軍認為這篇小說，提出了一個對成長小說的反省：也就是「啟蒙」不可能是一次戲劇般高潮的改變（幼獅文藝，2001：32）。對真實生活中的青少年讀者，尤其是中低階層家庭而言，生命和生活的困境未必能有雨過天青的美好，甚至可能是無止盡的黑暗一波又一波襲來；最可怕的不是磨難本身，而是你不知道另一個磨難何時到來，隱隱感覺到它潛伏在某處，看不到未來最是無望。這種情況下，成長就是學會在陰霾中為自己尋找一絲絲光亮，才能繼續面對無邊無際的黑暗。再以袁哲生的《猴子》為例。小說從一個小男孩（我）細膩善感的角度看少婦呂秋美，在嫁給外省老兵後又與一名高中生私奔。發現少婦欲望勃發、拘禁不了的心情，小男孩像懷藏一個秘密，靜靜地知解了一切，既困惑卻又了然於心。文中發春的猴子那抑制不住、發了狂似的掙扎嚎叫，非要一桶水潑下才能清醒冷靜，然後挫敗的如同一塊濕透的毯子。全書便反覆以猴子象徵青春成熟的身體欲望，猴子發春的可笑狼狽，其實是人的移情。當呂秋美離家、少年愛戀著梁羽玲時，一再描述了怒放的紫紅色九重葛，象徵內心躁動不安的欲望；從小就如洋娃娃般純潔完美的梁羽玲，一直是少年對愛情的美好想像，但她卻在家庭的變故下，以青春肉體的交換作為生存之道，當小說中的「我」最後不得不以「令人難堪」的方式去得到愛戀已久的梁羽玲，那一刻，

純真幻滅便是所謂成長的開始。文末這麼寫著：「我看不清楚，陽光好大，好靜。」（袁哲生，2003a：122）對於身處幽暗中的人，有時候這世界明亮的刺眼，就好像少年面對好友榮小強的開朗一樣，讓人無由地想逃、想躲藏。故事中的「我」說：「如果沒有陽光，這世界多麼美好！」正反映成長小說有別於性格上較「向陽」的主流少年小說，表現的是成長中晦暗、孤獨的一面，以一種理想破滅的醒悟為成長，事實上是帶有濃厚的「反成長」意味。楊佳嫻認為廣義的「成長小說」以少年啟蒙過程為書寫主題，著重的不是發展，而是覺悟；不是理性的，而是感性的認識世界與發現時間和現實之本質的悲劇性。」（楊佳嫻主編，2004：7-8）這種悲劇性常被排除在主流的少年小說之外，卻總能在成長小說中得到印證。

　　前面提過，成長小說後來又分化出幾種相類似的支流，如：教育小說、啟蒙故事、發展小說等，臺灣目前的成長小說多為啟蒙故事，不特別強調青少年成長歷程的描述，在篇幅上以短篇小說為主。這類作品通常是針對成長中某一個特殊的事件或者是眾多生活片段的回憶拼湊，青少年在經驗中獲得某種體悟，因為事件沒有明確的因果關係或脈絡可循，因此這種體悟通常也是難以具體言說的。臺灣成長小說中的主人翁，在歷經各種成長事件的試煉後，除了學習適應、豁然領悟、認同之外，有更多的作品是具有強烈的「反成長」取向，反成長的代價經常是悲劇收場。「少年在淚水中成長，放棄了一些什麼，懂得了一些什麼，明瞭了某些事務上自我的無能為力，對於自我和現實的認識，乃是在於發現裂縫，而非增進和諧。」（楊佳嫻主編，2004：8）這是臺灣青少年成長小說中「反成長」的獨特之處。當我們透過小說作品認識青少年的成長時，少年小說過於正向光明的「成長」與成長小說抑鬱苦澀的「反成長」形成了強烈的對比，捨去其一都無法全面呈現真實的青少年成長樣貌。

第三節　成長與反成長的糾葛紓解

　　「大人用盡方法想把小孩拉到他們的世界裡，小孩卻只想待在自己的世界。」（朱德庸，2007：41）我想許多小孩聽到這句話，必然是心有同感。更何況很多大人自己都對這個世界不滿意、不感興趣，卻希望孩子按照大人期待的方式改造世界。這似乎很能反映古今中外不同時期以來青少年與成人社會的互動關係。

　　黃淑琇在〈輕舟已過萬重山——論吳錦發「青春三部曲」中呈現的成長本質〉一文中提到：「青少年在社會化的過程中，問題的顯現，是透過主人翁的遭遇，對既有價值、體制提出質疑、批判；還是透過對應衝突，凸顯主人翁的幼稚不成熟，而肯定了社會價值體制對個人的提升與轉化之功？這個差異，往往導致成長小說中反成長或成長的精神本質。」（黃淑琇，2004：5）然而，這樣的二分法似乎過於簡化青少年在成長和啟蒙過程中的複雜心理歷程變化，在「成長」和「反成長」之間，應不只是單向的直線相對，而是崎嶇蜿蜒的多重曲線，其中存在著更深刻的意涵。心理學家認為：「自我概念僵化是一種發展遲緩的現象，顯示個人在我與人、我與事、我與己三種關係上，並沒有隨環境變化與自身需求而繼續成長。自我成長的過程中，難免有趨避衝突的矛盾，只有在趨向力大於避向力的情況下，他才有追求自我成長的表現。心理發展遲滯現象的背後，隱藏著一個『不願長大』的動機。人本心理學家稱此具有惰性作用的動機為『抗拒成長』，是個人自我概念中的消極成分，青少年思想觀念偏差即是如此。」（張春興，1986：27）漫畫家朱德庸《絕對小孩》中的一段話：「幾十年後每逢我面臨人生轉折點絞盡腦汁想出來的答案，其實都沒有超過童年時『那個小孩』對許多事情的反應。」（朱德庸，2007：序2）漫畫家與心理學家的對話，或許可以提供我們對於「成長」有不同的思考。

　　首先，我們必須承認：青少年的「抗拒成長」就如同小說中的
「反成長」一般，常常是權力結構下的產物。我們很少問成長的標
準何在？誰來決定？其中的權力結構與權力流動如何？少年成長的
主體性何在？究竟是個人成長、還是社會成長？所謂正向的成長究
竟滿足了誰？反成長或許可以說是對社會化的反叛與抵抗，但未嘗
不是個人生命歷程的成長？社會化是否等同於成長？青少年如何
在自我發展與群體和諧中成長？究竟從成長與反成長之間，存在著
怎樣的變異曲線？甚至，在「成長」和「反成長」之外，有無「非
成長」的可能？在高度發展的文明社會中，青少年的生活比較複
雜，面對多元價值並陳，自我概念和自我價值的形成比以前困難，
常常必須隨環境改變而快速調整、修正。「反成長」所反的不只是有
形的體制或教條，反的更是自己內心對現實生活的麻木順服，其實
是一種極度矛盾不安的狀態。成人的反叛可能是理性思考後的抉
擇，青少年的反叛則可能是出於生命本能的直觀感受，這種直觀反
應看似魯莽、無知，或許更接近於真理，一種天地自然之間運行的
大道。其實，青少年成長和反成長之間的糾葛，既是成人與青少年
的拉扯，也是現實與浪漫的矛盾，更是個體與群體的擺盪。

　　其次，關於小說中成長與反成長的糾葛，值得思考的是：主角
歷經挫折和困頓後究竟是否成長，如何認定？作品完成後，讀者可
自行詮釋意義，讀者是否由閱讀「小說」而得到成長，有相當程度
的主觀意識和個別差異；同樣的，故事主角的成長與否，不也是見
仁見智？不同類型、風格的青少年成長小說正提供了不同的成長觀
點？小說中的「反成長」相對應於主流的臺灣少年小說中一貫強調
以「社會化」為正向積極的成長意義，二者之間同樣有許多值得深
入探索的部分。

　　這兩年大為暢銷的《佐賀的超級阿嬤》，故事中許多經典對話在在都顯示出一種超脫世俗價值的成長經驗。比方說：當少年昭廣對阿嬤說自己不會英語時，阿嬤回答：「你就寫我是日本人」；昭廣說我也不太會寫漢字，阿嬤說：「你就寫我可以靠平假名和片假名活下去」；昭廣又說：「我也討厭歷史」，阿嬤便說：「那就在答案上寫：『我不拘泥於過去』」，這看似荒唐又爆笑的對話，必然出自一個沒有受到文明社會「污染」的健康心靈才能夠回答；阿嬤又說：「成績單上只要不是 0 就好，1 啊 2 啊的加起來就有 5 啦，人生是總和力！」（島田洋七，2006：131-136）這真是經典之語，一語直擊臺灣社會長期以來人格、價值扭曲的升學主義。教育與反教育，成長與反成長，僅僅是一個角度的翻轉，就有了不同的詮釋。如果說所有的反都是出於一種對現狀、對傳統的懷疑，多數的成人是漸漸喪失了這個能力的，對人生有困惑、有質疑，正是一個年輕生命最蓬勃求生的力量。

　　還記得小時候曾在新聞節目上看過，國軍的蛙人部隊在最終結訓前，都會有一段名為「天堂路」的考驗，印象中蛙人必須匍匐前進在碎石路上、再加上高難度的搶背動作，直到身體上留下泥水和血跡混雜的斑斑印記，然後驕傲的對著鏡頭說：「我做到了！」淚水和汗水早已不可分，臉上是對自己的驕傲和來自旁人肯定的複雜表情。當時我總憂懼多於肯定，如果說通過「天堂路」代表著一種勇敢、一種榮譽，那麼那一刻承認自己的限制而放棄了，有沒有可能也是另一種勇敢、也得到另一種榮譽的肯定？要在媒體和全國人民面前承認自己的恐懼和軟弱，需要多麼強大的勇氣啊！但我想，沒有一個人會希望聽到英勇的國軍也有害怕退卻的時候吧？我們的文化中鼓勵人從失敗中記取教訓再站起來，失敗時不可懷憂喪志、自怨自艾；卻很少教人承認自己的軟弱、恐懼，很少教人如何接納失

敗經驗，正視內在的悲傷、沮喪、憤恨等負面情緒，尤其是對青少年，更是如此。天堂路的考驗，總使我聯想到我們的社會賦予青少年的種種考驗，就是一種訴諸輿論的情感暴力，我們鼓勵青少年面對合理的、不合理的要求，都勇於承擔，而非勇於質疑、打破慣例。俗話說：「樹大招風」，傳統的文化中總是趨於保守的教導青少年「有耳沒嘴」，不要太求表現，日本諺語也說：「凸出的釘子會被敲扁。」被敲扁的釘子或許扮演了某個螺絲釘一樣的角色，成就了整部機器的運作，使社會維持著穩定的秩序，所以在群體中隱蔽自我、消弱自我，是必須的。但我們的社會能不能允許一根釘子，有它獨自存在的必要，而不需要來自任何的功能或效益的肯定？

　　人類的發展是一個複雜的過程，成長和變化通常表現在生理、認知、人格、情緒和社會等方面，各方面往往交互影響。但生理上的發展與第二性徵的成熟，是進入青少年一個明顯的特徵，也因為如此，青少年常常被視為生命過程中一個充滿風暴和危險的階段，這與人類進入文明社會後對性的禁忌與壓抑，不無關係。

　　比較臺灣「成長小說」與「少年小說」在青少年本質上的差異，可以發現：成長小說中的成長不一定來自某個特殊事件的發生，通常也沒有戲劇化的高潮迭起。畢竟生命不一定是線性的發展，並不是所有成長歷程中的苦澀和痛苦，都有因果可循，都能合理解釋。某些不為人知、難為外人所道的時刻，或許「不說什麼比說什麼重要」，成長小說中的「不刻意說什麼」或許可以為主流少年小說中「想說的」，留下更多思考空間，不僅僅是對青少年讀者如此，對成人讀者更是如此。這是本論述一開始就以「青少年成長小說」之名來涵括現有的「少年小說」與「成長小說」的主要用意。

第四節　重新看待臺灣青少年成長小說中反成長的途徑

詩人佛洛斯特（Robert Frost）說：「森林中有兩條路，我選擇的是人煙罕至的那一條。」德萊頓（John Dryden）也說：「群眾的判斷不一定正確，多數人也會跟少數人一樣犯錯。」〔艾朗森等（Elliot Aronson），2003：410〕大多數人或多或少都在內在心理或外在表現上經歷過「反叛」，社會少數分子其實也相當程度代表著同時代人的生存狀態，但比一般人更勇於表現；因此，我們如何看待青少年成長小說中的「反成長」，其實就是我們看待社會中少數分子的方式。人類學家米德說明：「文明社會中的青少年，所面對著各種不同文化、價值、族群遠比原始部落來的複雜，其中可能互有矛盾，青少年必須從中判斷選擇，更顯艱難，當然心裡情緒的波動更大。此外，在薩摩亞沒有精神疾患。雖然我們的社會使個性得到更大的發展，但我們的社會也使更多的人在現代社會生活的複雜而苛刻的要求面前屈服敗北。」（米德，2000：157-163）不同的文化背景的社會，對每個青少年提供的選擇往往大相逕庭，尤其是原始部落和都市文明的強烈對比下，更能凸顯社會環境如何影響青少年的成長歷程，成人社會應正視當代青少年所面臨的挑戰。

過去教育學和心理學常用「問題學生」、「問題行為」來形容青少年，現在大多以「偏差行為」、「反社會人格」、「邊緣性人格」、「非行少年」等稱之，從這些名稱就可以看出多半是不符合主流價值的行為表現，至於人們看待它的態度是否隨著名稱的改變而有異，則未必如此。一般對青少年「偏差行為」的理解，就是行為表現不符合社會多數人形成的「社會規範」或「社會期待」。然而，所謂的「標準、正常」相對於「偏差、不正常」，是一個模糊卻強而有力的概念：

正常比偏差更難定義，在現代結構複雜且變化迅速的社會裡尤其如此。傳統心理學強調個體對環境的適應，然而許多現代心理學家認為「適應」一詞含有順從別人之意，不能充分描述健全的人格，因而更重視獨立性、創造力和自我潛能的實現。但能達到自我實現的人少之又少。雖然正常行為或人格的定義莫衷一是，絕大多數的心理學家卻都同意下列特質就是心理健康的指標：「現實的充分知覺」、「自我了解」、「控制行為的自我能力」、「自我尊重和自我接受」、「形成親密關係的能力」、「工作能力」。〔艾金森（Rita Atkinson）、希爾格德（E. Hilgard），1991：721-722〕

　　上述的向度可作為我們了解青少年成長歷程的參考向度，而非只是以既定的印象為青少年的外顯行為貼上標籤。其實從個人生理、心理、社會與文化等觀點來看青少年「成長」或「反成長」，不難理解何以臺灣的青少年成長小說具有濃厚的「反成長」傾向。性的成熟、生理上的急速發展，連帶影響青少年的自我概念、情緒，再加上我們的傳統文化對性、個體的自我是比較壓抑的，因此青少年在初期從家庭向外接觸社會時，往往更加扞格不入。而且「科技發達與社會改變對青少年的影響：『過去』更遠離『現在』，無法從過去經驗中學習經驗成長；對未來生活無法預測掌握；社會價值多元化造成適應困難，失落了生活的意義；學習的時間越長、內容越多，依賴成人的時間也越長。都市化生活的貧富不均、空間狹小、人口壓力、犯罪、意外；物質主義高漲，自我成就和社會服務等內在價值等降低；大眾傳播媒體對休閒生活的影響、負面資訊的傳遞；解組失能的家庭等，都對青少年有不良影響。」（黃惠惠，1998：6-8）更重要的是前面的章節提過：在西方所屬的創造觀型文化中，青少

年的反成長，能夠產生連鎖效應，透過具體行動的破壞後還能再創新，或者比較能得到社會的接納，進而產生改變；相較之下，臺灣所屬的氣化觀型文化中，青少年的反成長，常常只能是隨機的、零散的，難以匯聚成一股具體的破壞力，當然也就沒有破壞後再創新的可能。因此，臺灣的青少年成長小說具有濃厚的「反成長」傾向，對成人社會來說更深具意義。

從社會發展來看青少年成長小說中的「反成長」，「反」有其存在的理由。拉岡（Jacques Lacan）的精神分析理論中，藉由小孩子看見鏡中自我，提出「他者」的概念。人類由內而外，藉由確定他者（other）的存在，使自己更加確定自己與環境的關係。「社會所給予的『知識』，在個人身上累積，可以決定一個人對事物的『反應』，因此當一個人認同某特定知識，其實是認同由權力核心所介入的『社會價值』」（陳瀅巧，2006：32-36）。這是大多數人選擇從「善」如流的原因，至於這「善」究竟如何、對誰善，則未必明白。所謂的成長，如果不經過衝突、思考，也只是不經選擇的認同「社會主流價值」。在社會影響力的研究中也顯示：「簡單、熟練的行為會有社會助長的現象（因為這種行為是情境中的優勢反應），然而較複雜的行為或剛學習的行為（在這種狀況下，優勢反應通常是錯誤的），則會受到阻礙。」（艾金森、希爾格德，1991：862）從這樣的觀點來看，青少年成長小說中「反成長」的反抗、批判精神，或許可以提供我們另一種不同的觀點。

此外，社會心理學家卡爾曼（Robert Kelman）指出社會影響力有三個基本過程：順從、認同、內化。許多人並不是在「服從」和「自主」間選擇，而是在「服從」和「從眾」間作選擇。服從和從眾雖然不是英勇的選擇，卻為人類提供了社會黏著，尤其對青少年更顯得重要。經由順從、認同到內化所形成的信念、態度和行為，

具自主性、且具有長期的穩定性。（同上，884、893）正因為如此，個體面對社會期待或群體規則能從順從到認同，進而產生內化，對於個人和社會確實能得到穩定和秩序，但過度追求穩定和秩序，卻也可能因此失去了一些珍貴的部分；有許多循規蹈矩的人內在卻十足反叛、反成長，所謂的「成長」不能僅用行為表現的適當與否，更要考慮心理過程，只以符合既有價值規範的表現來界定青少年成長與否，是不恰當的。至於特立獨行的人，不同於一般人的行為表現其實必須承受相當大的輿論壓力，大多數時候受到的貶抑多於褒揚、孤立多於認同，就算是特立獨行的人仍渴望受肯定，因此需要更強大的勇氣來抵擋，在行為背後往往也有更巨大的趨力，使得個體做出不同於一般人的選擇。

　　紀大偉在〈牙齒〉獲得第一屆華文成長小說徵文作品的得獎感言中提到：「不符合正統標準的他們被修剪、被規訓、被併入正軌，欲望萌芽後隨即被撲滅。」（幼獅文藝編，1996：91）即清楚的表達出社會規範對個人的影響，尤其對成長中正在尋找自我、探索世界的年輕人，更是影響深遠。長久以來，人們以社會化作為青少年成長的重要標準，但別忘了「反方向社會化」的可貴，成人由小孩、少年身上所得到的新經驗、刺激，也是社會進步的重要動力來源。在大陸電影《看上去很美，小紅花》中，幼兒園裡一個特立獨行的小男孩方槍槍，不肯輕易向規定屈服，小紅花作為一種世俗價值的象徵，對於仍保有相當自我的小男孩方槍槍，會不會發生作用？如果他改變行為以如願獲得小紅花時，真的值得慶賀嗎？還是因此失去了更多珍貴的……？這是電影要留給觀眾的思考。個人在遵循社會規範時，能夠保有多少個人獨特性？能有多少空間探索和展現自我？小說家無法回答這問題，但透過小說提供青少年思考自身與所處世界的關係，更提醒成人在面對這些少數非主流價值表現的青少

年時,有多一點的理解和包容。成長與否,並非單一事件、結果就能認定,受到家庭、同儕、學校、社區、社會文化影響,對成長歷程的回溯、反思、醒悟,就是成長的最可貴之處。成長,永遠是現在進行式,存在著不定性,過程重於結果。

回顧歷史也可以發現:「反」始終是人類文明前進的最大動力,在生活中其實也無不充滿著「反」的各種表現,尤其青少年身上,更常常蘊含了這股強大的能量。社會學家們認為:「世界上多數人形成的社會規範,是一股強大的力量,可以得到整體的『服從』。相對地,少數人很少有這股社會力量,但是如果他們有可信度,便可以有產生內化作用的力量,而促成發明、社會改革與革命。」(艾金森、希爾格德,1991:886)小說中的「反成長」或許正代表著這少數人的力量。就青少年個體而言,小說中的「反成長」提供了替代的負向經驗和深層的心理支持;就社會群體而言,「反成長」提供了決策者思考個別化彈性空間的機會。其實,人類社會的一切規範,無論是有形的法律、典章制度,或是無形的道德、文化,原都是為了維持群眾能共同和諧生活。然而,當這個規範失去彈性的空間、失去變動的可能性時,也就成了桎梏。相對於目前國內主流少年小說中往往以社會化作為「成長」的獲得,本論述嘗試指出另一種詮釋的可能,因為「反」在人類歷史中是其來有自,了解這一點,我們看待青少年成長小說中的「反成長」也就有了更多具積極意義的可能。「反成長」未嘗不是一種成長。

近日造訪了美濃的鍾理和紀念館,館前是數十位臺灣文學作家的文學步道,看著石頭上刻著的精鍊語句,多半是支持這些創作者的文學信念,或可說是人生信仰。假日裡人並不多,走在步道上,回想一路尋來,路標不明,倒是禪寺的指標沿途都有,只能依循著禪寺的方向走。想鍾理和這樣的創作者的生前和生後,似乎總是孤

獨的，再看著石頭上那些語句，陽光照耀下，格外令人有一分觸動。其中鍾肇政的一段話：「我們未始不可徹底做一個弱者，探索弱者的世界，追求弱者的人生真相，一樣可以不朽。」一個反叛者在心靈上是勇者，在現實生活卻往往是弱者，青少年的反叛、小說家的堅持，都在絕對的孤獨中展現力量，一如「反成長」小說的珍貴之處，珍貴的不在於是非取捨，而在於不同聲音的存在；珍貴的不在答案，而在對話。一個有理想的小說家在創作時，固然不是盲目讚揚青少年的「反」，也絕不會自限於取悅父母、符合成人或社會期待的狹隘中，而是希望藉小說提供整體社會有新的思考。

　　「成長」的定義，本就隨著時代脈動、社會文化而不同，成長與反成長之間應有更多的可能，成長小說中的「反成長」所呈現的「問題意識」，對青少年、父母、師長和社會都具有積極的意義。在生理、心理、社會和文化等觀點之上，更重要的是小說本體的美學觀點，「反成長」除了表現在主題意識上，也表現在形式上。小說在中國傳統裡被視為「不入流」者，既然如此反而得到更多自由，許多經典小說，如：《水滸傳》、《西遊記》、《紅樓夢》和《封神榜》等在內容和形式上，都徹底顛覆主流的社會價值。「反成長」對青少年的心理或閱讀而言，不如大家所以為般的洪水猛獸，從小說美學、教育、心理輔導、社會互動、人類發展等觀點來看，都有其獨特的意義與價值，此部分接著在第五、六、七章將繼續詳論。

第五章　臺灣青少年成長小說中「反成長」的美學表現

第一節　情節的構設

　　故事不等於小說。不過大體上，我們都同意「故事情節是小說裡一個重要的部分」這樣的看法。先看看小說家對小說情節的解釋：「小說的魅力，往往是提出一椿奇異的想法、非凡的狀況，然後苦心經營一段過程——使奇異、特殊、非凡成為可能、可信的過程。這個過程也正是情節。合情合理可說是小說情節的最重要因素，然而又必須有超出實際生活的日常情理之外的東西，才能使人在驚愕訝異中，驀然反省自己的生活，然後獲得一份震撼，或昇華的喜悅。」（李喬，2002：110-111）可見情節符合的不是現實生活的真實合理，而是人類情感思維上更高一層的真實合理。

　　至於故事和情節有何不同？眾所皆知的是佛斯特（Edward Forster）提出的論點：故事是按照時間順序安排的事件的敘述。情節也是事件的敘述，但重點在因果關係上。他舉了一個簡單的例子說明：「國王死了，然後王后也死了」是故事。「國王死了，王后也傷心而死」則是情節。在情節中時間順序仍然保有，但重要性已經不及因果感。對於王后之死這件事，如果我們問：「然後呢？」，這是故事；如果我們問：「為什麼？」，就是情節。這是小說中故事與情節的基本差異（佛斯特，2002：114）。這種出人意表、隨即讓人感到「啊，就該如此」的情形，就是情節成功的表徵：人物自應發

展平穩,但情節需引人驚訝。(同上,119)我和大部分想研究小說
的人,一開始很容易滿足於這樣簡明的定義和舉例,以為得到了一
張通行證,可以在作品中穿梭自如、來去無礙,但很快的就會發現
事情並沒有這麼簡單。佛斯特所舉的例子以因果關係說明故事和情
節的差別,只是因果關係顯而易見或者隱微不明的差別。事實上,
在小說情節的因果關係隱微不明的情況下,讀者依然可以依據自己
的假設和詮釋,形成因果關係。

　　對佛斯特這段關於情節的解釋,張大春便說了:這樣恐怕只能
簡化我們對情節這個課題的理解,它絲毫無助於我們對「因果律為
什麼會是情節的根本特徵」這個問題的深刻認識。因為因果律是人
類對時間之流中發生的諸多事件所能採取的最方便的解釋方法。(張
大春,2004:54)這裡有一個重要的訊息是:因果律對於人生來說,
是令人安心的;同樣的,對小說情節來說,它可能是最方便的,但
未必是唯一或最好的。一般來說,中國傳統小說相當注重情節結構
的組織安排,西方小說則在情節結構外,還有人物心理的刻畫和背
景氣氛的描繪營造(周慶華,2002:212)。這種差異與中西的文化
美學和小說的歷史發展有關:「中國小說的發展到了元明清臻於成
熟,主要受到宋代的話本的影響,話本即說書人的底本,具有強烈
的說唱表演特質,為了聽眾能理解故事的發展,當然也就得講究情
節的時間順序和因果關係。」(張大春,2004:54)雖然如此,經過
二十世紀各種文藝思潮的變化,現代主義帶來的各種小說形式和技
巧的創新,但整體而言,大多數小說仍以情節為作品的重要評斷標
準,自然也是小說家的費心之處。而一般的敘事結構基本上包含了
開頭、發展和結局三個階段;再複雜一點的,在發展的過程中還有
變化和高潮等兩個階段。(佛斯特,2002:114;周慶華,2002:197)。
本論述既然有意擴大青少年成長小說的面貌,所觀照的作品並不預

設為青少年閱讀，雖然都以青少年的成長歷程為題材，但在情節的
安排上，呈現出兩種截然不同的方向：其中以「少年小說」為名的
這類作品，情節發展大都單一、明確，依循「問題、衝突、解決」
的模式，結局也多半讓衝突事件有明確的落幕，風格上積極、光明，
是國內少年小說的大宗；推究其原因，應該與作品預設為青少年讀
者，以及出版市場的考量有關：認為情節發展不明確的小說，無法
吸引青少年讀者，或對青少年的閱讀理解能力有困難。桂文亞和李
潼所編《思鄉的外星人：臺灣少年小說選（一）》和《寂寞夜行車：
臺灣少年小說選（二）》中所選的就多半屬於這類作品。其中如：林
方舟的〈畫眉鳥風波〉、王令嫻〈冬暖〉、林立〈深紅色的大理花〉、
木子〈母親節那一天〉等，作品完成時間較早，自有其時代發展上
的侷限。晚近致力寫作青少年小說的作家如：桂文亞的〈班長下臺〉、
〈直到永遠〉、管家琪的〈大衛表哥〉、〈大謊話〉、王淑芬的〈寂寞
夜行車〉、〈再會〉等作品，大體上來說，也都是情節明確、單線發
展的作品，這是目前臺灣青少年成長小說中的主流。

　　因果關係明確的情節發展，通常建立在衝突之上。至於衝突類
型，青少年成長小說與成人小說並無二致，通常可分為四種：個人
與自我的衝突、個人與他人的衝突、個人與社會的衝突、個人與自然
的衝突。小說情節主線多為青少年主角所面臨的衝突事件，而具有
「反成長」傾向的作品，往往是來自個人與自我的衝突、個人與社
會的衝突兩類居多。這與青少年階段的主要發展任務就是探索自
我、建立自我認同、發展社會角色有關，在個人成長與社會化歷程
中各種心裡衝突、適應、抗拒，也就是小說所最關切的；也或許是
小說家對內在探索、自我追尋比一般人來得深而反映在作品中有關。
受到西方現代主義的影響，使得「小說情節必須結構嚴謹、有明確的
因果關係」這個觀念，漸漸有了鬆動。如果說，臺灣「主流」（目前

被討論較多的）的青少年成長小說，情節主要是以明確的因果關係來
傳達成長意義；那麼「反成長」傾向的臺灣青少年成長小說所具有的
共同特徵是：開放式結局、反高潮、因果關係模糊。在這裡我特別想
著重在這一類的作品，以有別目前國內現有「少年小說」的相關論述。

　　首先，是關於開放式結局。小說的結局，有時候作者會提出關
於問題、衝突的解決方法，有時則故意不提供解答，甚至小說家本
來就無力解答，許多現代小說都喜歡留下開放、曖昧的結局，留待
讀者自行想像。而臺灣青少年成長小說的結局也正有這兩種截然不
同的傾向：問題得到解決，或者問題仍在、甚至留下更多疑問；具
「反成長」傾向的小說，通常是後者居多。比方說：洪敏珍的短篇
小說〈你有看到我媽媽嗎〉獲 2006 年度教育部文藝創作獎學生組短
篇小說特優，並入選郝譽翔編的九歌《九十五年度小說選》。小說敘
述一個少女玉婷尋找母親返家的過程，全篇情節的開展，起於弟弟
的老師來作家庭訪問，於是少女玉婷外出找母親返家，一路從鄰居
長輩探問，經過了廟口、麵攤、風月場合，轉到商店街，穿梭在街
道巷弄中沿途所遇的人、所見的事，正是她每日生活的場景，委婉
透露出一個乖順少女因家庭困境而顯得早熟的幽暗心情。

> 她走得很慢，不知什麼原因，心裡一直泛著莫名想哭的衝動。
> 察覺自己這種心情，玉婷開始在心裡哼歌；玉婷爸爸過世前，
> 就告訴她：難過的時候，就替自己點唱一首快樂的歌。（郝譽
> 翔，2007：289-290）

　　文字猶如鏡頭，帶領我們穿梭在少女住家的街道巷弄中，一路
上透過少女的眼所見的人、事、物，呈現社會底層青少年的生活面
貌切片。小說最終並沒有讓少女玉婷獲得奇蹟般的拯救，而是把這
樣的無奈又拋向無盡的懸問中：

夜裡，玉婷又聽到越南新娘的嗚咽哭聲，並且聽清楚哭聲中含混的話：

救救我，好不好？救救我，好不好？

遠處，機車聲轟轟震耳，彷彿為了證明自己存在似的咆哮，許久許久，才呼嘯而去。（同上，293）

透過那一句「你有看到我媽媽嗎？」的反覆探詢，最終仍未得尋，似乎也暗示著少女渴求的溫情，在現實生活的壓迫下，如此遙不可及……越南新娘嗚咽的求救聲，也是少女最深切的求助。單純的情節，凸顯了少女面對家庭困境、生活現實時的茫然和卑怯。這些難以啟齒、無以名狀的心情，往往就藏在看似乖順的假性平和之下，或者以叛逆姿態呈現，但不論何者，都被忽略和掩蓋了！除了小說，還有什麼能夠讓人如此透視那些糾結、複雜、無從說也無法說的心事？小說家不刻意對身處困境中的少女強加上積極樂觀態度，反而以少女刻意壓抑下內心的無助無望作結，對於讀者，包含成人讀者和青少年讀者，小說留下了更深的思考。

長篇部分則如李潼的《魚藤號列車長》，這是他在 2004 年往生前的半年所寫的最後一本小說。小說一開始以范翔的回憶拼貼，發出對生命的感懷，在一句句對於朋友的殷切探問和疑惑中留下伏筆，到了第三章主角之一的柳景元便在年初二因癌症過世，讓范翔懊悔自責，也讓讀者一陣錯愕，此後的章節則是范翔今昔交錯的回憶，最終眾人齊聚在魚藤號列車啟動時。這樣的安排，遠比順序式的將死亡留在小說最終，多了一份的希望和溫暖的傳遞，似乎是李潼離世前，在面對無常的人世時，始終堅持的樂觀信仰。最後一章〈秋　列車啟動的好季節〉似乎沒有寫完，小說家就已然離去，所以小說結尾沒有預期會有的高潮，小說中的一些懸疑未

解……留下疑問，停在最後那一句：「誰是魚藤號列車長？」究竟
是生命無常的玩笑？還是小說家有意為之？不管如何，反而更留
下許多的想像，餘韻不絕。

　　其次，是反高潮。有不少「反成長」傾向的青少年成長小說雖
以描述青少年成長歷程為主，卻沒有明顯的衝突事件，而以平淡的
人、事、物作為線索來開展小說情節。情節鬆散、沒有高潮或變化，
少了逆轉和驚奇，在小說美學上來說是反高潮的。在「反成長」的
青少年成長小說中，這種形式上的反高潮其實也是有意為之，乃是
以小說形式作為挑戰既有價值方法之一。小野〈誰來陪我放熱氣球〉
中的少年，他沒有奇特的才能、也沒有破碎家庭，平凡得不太符合
一般人對小說人物的期待。通常好像非得要家庭破碎、童年受創或
是遭遇重大意外的青少年，才有足夠的正當性叛逆，才得以進入小
說家的筆下。可是小野筆下的「他」，具有極大的代表性，他是一個
和父母、同學幾乎都沒有甚大衝突的平凡少年，至多只是一個課業
壓力大的苦悶少年。

> 他回家之後便把這個大計畫告訴了爸爸和媽媽，媽媽第一個
> 反應是：
> 「是誰提出來的？」
> 「是……是其他同學都說要做的，而且他們都已經去買單光
> 紙、鐵絲、螢光筆了，我們約好在除夕那天晚上，施放熱氣
> 球。」他撒了一個小謊。（詹宏志、陳映霞，1993：24-25）

　　父母在懷疑和擔心中，還是選擇讓他去做，雖然父親心裡總不
相信他能成功，沒想到他果然完成了熱氣球。這樣一個少年只是渴
望在平凡得可憐的生活中，創造一點點不同，就是突發奇想地要在
除夕夜做一個熱氣球，讓全國老師嚇一跳；而這樣簡單的一個期待，

最後果然如父母所預料，竟也因為同學的爽約而失落了。結局沒有
什麼預期該有的驚人結局，少年聽到父母討論公司的經營問題，而
轉換心境，決定自己把熱氣球放上去，而感到自得。

> 他忽然想到，也許明天，買一大堆沖天炮，然後把熱氣球綁
> 在沖天炮上，在熱氣球上面寫著：「恭喜發財」四個字，沖上
> 天，落在誰家的屋頂，那家人今年就會有發財運。
> 想到這兒，他就偷偷的笑了起來，這個計畫連爸、媽都不要
> 說，到時候，讓他們嚇一跳，最好，那個熱氣球沖上天以後，
> 又落到我們自己家的屋頂，那就太妙了。
> 他摸著小小的熱氣球，非常欣賞自己的發出了怪笑聲，外面有傳
> 來了鞭炮聲。明天，就是新年了。(詹宏志、陳映霞，1993：30-31)

　　小說在這樣極度平淡的情節中，透過少年將平凡的生活片段，賦
予它成長的意涵，而這不正是最貼近廣大青少年的成長。更重要的是
這篇青少年成長小說，提出了一個思考是：即使平凡如你我生活所見
的大多數青少年，看似循規蹈矩、沒有任何偏差行為，但同樣會有成
長所帶來的內在衝突，多數的成人是不是忽略了這一點？這篇風格
頗為溫和的青少年成長小說，結局充滿積極明亮的成長意義，但我
以為它仍具有一定的「反成長」意味，反的整個社會環境的情感枯
竭，因為小說中的少年仍保有一絲面對煩悶空洞生活的純真熱情。這
樣幾乎無情節、無高潮的作品，在臺灣的青少年成長小說中並不多見。
　　再者，是因果關係模糊不明。別忘了前面提到過：因果明確的
情節是小說最方便的方法，但未必是唯一或最好的方法。「反成長」
青少年成長小說中的情節安排另有面貌、別有一番風情，常常被歸
在成人小說之中，或以「現代小說」稱之，或以「成長小說」為名。
這類作品所描述的青少年成長歷程，幾乎像是成長中的浮光掠影，

不但沒有具體的問題解決作為圓滿結局，沒有明顯的情節發展高潮，也可能沒有明確的衝突，甚至事件之間沒有清楚可辨的因果關係，這類作品常常籠罩著一股青春的哀愁感傷。例如：幼獅舉辦兩屆華文成長小說徵文的得獎作品多半都是如此。比方說：李季紋的〈洞〉從弟弟穿耳洞回憶自己年少時的一段感情。吳億偉的〈跳舞機〉少年回憶成長中母親深夜的忘情裸舞等種種瘋狂行徑，透露出少年痛苦憂傷的心事。許正平〈小鎮的海〉的少年返鄉尋訪記憶中的海邊，卻不可得，反而和瘋女孩小招在夢中回到記憶中的海。其他如鍾文音的〈補〉、楊美紅的〈臨帖〉這些作品中的青少年，似乎都在某種童年的創傷經驗或家庭的悲劇中不斷的掙扎、逃脫又自我囚禁，成長後的回顧未必更強壯到能夠樂觀以對，但總有一分看清生命本質的清明和淡淡的傷感世故。

　　這類作品比較像是一些片段的組成，圍繞著一個中心的主題，但這些片段組成的關係幽微不明，不是顯而易見的，不具有特定的衝突情境，讓人有如置身五里迷霧中的混沌和困惑。小說著重於青少年內心的困頓，以及其面對周遭環境、人物的扞格不入，人物行動背後所隱藏的情感、信念似因為果，過往經驗形成了人物性格，又常倒果為因，事件呈現的因果之間，往往糾結難以釐清、辨析。

　　事實上，傳統的小說，不論中西，大都是以全知觀點來敘述事件、塑造人物、鋪陳細節。這類作品也特別重視外在寫實，基本上是以情節為主來推展故事，比較忽略人物的內心世界。（鄭樹森，2007：11-12）青少年成長小說既然是小說的一類，當然也受到中西小說發展脈絡的影響。由於主流的青少年成長小說，設定為青少年讀者閱讀，基於對青少年閱讀理解能力有限的考量，因此更強調小說情節的因果關係。然而「套句佛洛伊德的用語，寫實主義小說裡的動機常是『多元決定』的，也就是說，任何行動都是許多人性格中非單一層面中欲

望與衝突下的產品。」〔洛吉（David Lodge），2006：238〕但許多青少年成長小說中通常只要一個動機，就能促使行動。把問題過度簡化的情節，這是部分作品讓讀者倒盡胃口的重要因素。我們也不可忘記：曖昧未明、零散疏離未嘗不是一種可能，或許才是小說作者想要指認的。這一類作品在青少年成長小說中也所在多有，不論是反抗、破滅或是曖昧、零散，都在挑戰社會既有的理性秩序，令讀者茫然或驚恐，因此也常常被成人基於各種理由過濾、排拒在青少年閱讀之外。

　　身為小說的創作者、研究者或其他教育青少年的成人們，不可忘記的是：「無論如何，小說，作為一種『敘事的藝術』，它所描述的故事，儘管十分重要，但不是終極目的，是取決於塑造人物、表現一定的思想意識。因此，無論情節的因果明確與否，情節與作品思想的契合最重要。其次，追求情節本身的藝術性。最後，是對人物的刻畫。」（傅騰霄，1996：107-109）大體說來，目前臺灣「主流」所稱的「少年小說」以青少年為預設讀者，在情節的構設上也仍是一貫強調事件的因果關係；具有「反成長」傾向的青少年成長小說，情節往往鬆散、不一定有明確的因果關係，不講求嚴謹因果關係，更難以簡化成「因為……所以……」的單一敘述，在為數眾多的主流「少年小說」作品中，益發顯得孤獨而與眾不同。不論是預設為青少年的或是歸屬於成人的，小說既然以成長歷程、成長的啟蒙為主要敘事，則成長歷程、事件與成長的意義之間，也需要藉著情節的因果關係來達成，但其中的因果關係，是由小說家預設給定的，或是留下更多空間由讀者發展，也就成就了不同面貌的臺灣青少年成長小說。至於二十世紀以後更多實驗精神的小說，也逐漸影響了青少年成長小說的各種表現，使得小說情節的必然性受到更多的挑戰，這類作品留待第八章時再談。不可忘記的是：當我們討論情節時，更重要的是，情節與人物、主題的關係。

第二節　人物性格的塑造

　　小說的主題、情節無非仍是以人物為主。因此也有人主張:「小說就是塑造人物的藝術。小說根本上就在寫人的生活,寫一個人,呈現這個人。但是並非把某特定的人的人生加以再現而已,而是表現某一個人活下去的意義——這個『意義』,正是作者的『我』滲進去醱酵而成的。」(李喬,2002:136-137)。過去小說的人物刻畫往往重視外型的塑造,如相貌、姿態、服裝、動作、對話等,來表現人物的個性;現代小說比較著重在心理的刻畫,像:氣質、情緒、思想等。這個改變主要是受到西方小說的影響,或者應該說是受到整個西方文藝思潮的影響。在這個影響下,青少年成長小說比成人小說發展的時間慢,但從外在轉向關注內心的變化,這種趨勢大致是相同的。這並不是說過去的小說家就不在意人的內在心靈、思維,而是關注和呈現的途徑不同;自古以來,小說關注的無非就是人的生命,這應是小說在時間的發展演變中永恆不變的焦點。在「反成長」的表現來說,人物刻畫的特徵有三:靜態人物的內在混亂多於外在行為的改變、對反面人物的同情與肯定、青少年語言特質的忠實呈現。

　　巴赫金在〈教育小說及其在現實主義歷史中的意義〉一文中,以「人的成長」為起點重新梳理體裁被通稱為成長小說(*Bildungsroman*)的長篇小說,巴赫金認為:

> 這裡主人翁的形象,不是靜態的統一體,而是動態的統一體。主人公本身、他的性格,在這一小說的公式中成了變數。主人公本身的變化具有情節意義;與此相關,小說的情節也從根本上得到了再認識、再建構。時間進入人的內部,進入人

物形象本身，極大地改變了人物命運及生活中一切因素所具
有的意義。這一小說類型從最普遍涵義上說，可稱為人的成
長小說。（巴赫金，1998：230）

　　靜態人物是指在小說中性格沒有太大變化的人物，一般來說短
篇小說中較多靜態人物，但大部分是相對的靜態，其中還是有變化。
至於動態人物是指小說中性格有變化、會隨著事件環境而發展的人
物。「人物的動和塑造動的人物乃是小說藝術的主要任務。至於這種
變動有時與外在環境密切相關，但人的特質也就是性格的基調，有其
基本結構的統一性，不允許輕易改動。」（劉世劍，1994：80-84）青
少年成長小說的青少年主角，常常必須代替作者傳達某種理念或精
神。具有批判精神的「反成長」傾向的青少年成長小說，作者更費心
著墨，如何讓青少年主角不斷與周遭父母、師長和社會環境進行對話。

　　「反成長」表現在人物性格的塑造上，首先是人物的內在混亂
多於外在行為的改變。侯文詠的《危險心靈》，因為改編為戲劇播出，
並且獲得電視金鐘獎的肯定，可說是國內近幾年來較受矚目、同時
受到青少年讀者喜愛的長篇青少年成長小說。小說描寫一個國中生
因一次上課時看漫畫的違規事件，從而引發了一場對教育體制的衝
撞、抗爭。過程中包含對學校的校長、主任、導師、其他老師、父
母、媒體記者、中輟生、援交少女等各種人物的描寫，透過教育問
題反映出社會看待生命的根本態度。其中主角謝政傑的愛搞笑、無
厘頭，正是許多當代青少年的形象，少年用外在的搞笑形象來包裹
內在的嚴肅，以對抗學校和社會的僵化，兩相對照，看似幼稚，卻
充滿力量。少年主角因為上課看漫畫的違規而意外引發一場對教育
體制的抗爭，然後身歷其中，抗爭活動的發展變化、影響所及，遠
遠超乎他所想像，並且在過程中不斷地對學校教育進行反思：

我不停地搖頭，又清了清喉嚨，最後終於說：「我怕萬一我相
信的事情是錯的。」或許主持人有意讓我喘一口氣吧，可是他
實在不該那樣問的。因為我的確說出了我最害怕的事情，而說
出來之後一點也沒有讓我覺得好過一點。我想著，會不會所有
的理想、熱情與正直只是一種激動狀態？這一切終究還是要
喪失，當世界能量趨向平衡時，它是陰暗、冰冷、沒有道德的。
（侯文詠，2006：299）

少年在抗爭活動中清楚看著媒體介入報導、學校的表裡不一、
老師的自保、其他家長的現實考量、同學的漠然等等，認識了真實
世界裡複雜的利益糾葛，所謂的公平、真理和正義，似乎越來越遙
不可及。

「我沒有後悔，」我搖搖頭：「只是這一切似乎變得愈來愈荒
謬了。我真的很迷惑，你想，反對那些錯的，是不是就代表
我們是對的？」
「我不知道。我沒有你那麼會想。」高偉琦嘆了一口氣，然
後說：「這幾天我一直在想你跟沈杰的事。你們讓我覺得自己
很糟糕，至少你們還在乎什麼是對的，什麼是錯的。可是我
根本分不清楚。我的人生只會一味地反抗、破壞，搞到最後，
連我自己都受不了我做出來的事情。好像除了反抗以外，我
真的什麼都不會，什麼都沒有了。」
我沒有回應，只是靜靜地想著最近這些日子裡，我在經歷過
的許多人與事。會不會我們或多或少都掉入了共同的困境，
以至於除了反對與抵抗之外，我們真的什麼都沒有了？（同
上，333）

經歷這一切的少年，再也回不去那種純真、愛搞笑的狀態了！他會因此而變得世故嗎？他還能再乖乖去補習、考試，和大多數的國中生一樣，雖然苦悶卻仍默默接受一切？時間過去，快樂會回來，或許也可以繼續搞笑，三個月來的一場抗爭活動對於學校、社會，乃至生命的諸多疑惑，並不一定都能得到答案，少年在困惑中重新形成新的看法和價值。這是帶著相當「反成長」意味的少年的成長。

　　其次是對反面人物的同情與肯定。青少年成長小說中人物性格、內在的改變，是小說成長意義的關鍵所在，不論是「成長」或「反成長」皆然。通常青少年成長小說中是以青少年為主角，父母、家人、同學和朋友為小說中常見的次要人物，也就是青少年的重要他人。既然以描述青少年成長歷程為主，青少年成長歷程中的轉變，除了反映在生理成熟和舉止行為上，更讓人想要探究的是內在心理。尤其「反成長」的青少年成長小說中，主角人物常常面臨與家人、學校、社會或自我內在的衝突，因此人物的性格、心理、情緒變化等尤其重要，小說著重在青少年人物的心理的困惑、矛盾、抗拒等等的內在衝突。

　　一般來說，長篇小說所能容納、描繪的人物比較多，對於成長的心理歷程變化能有較深入的刻畫；短篇小說在有限的篇幅中，人物相對也少，以青少年成長小說而言，多半刻畫青少年在事件中剎那間的頓悟和領會。當然，也不完全如此。也有卷帙浩繁的長篇，但人物較少的情況；或者少數作品在極短的篇幅中，卻有大量的人物描繪。如前面提到洪敏珍的短篇小說〈你有看到我媽媽嗎〉，篇幅短、情節單純，但描繪的人物不少，這樣的情況下，次要人物的刻畫必須更精準的掌握不同人物的特徵、動作。在不算長的篇幅中有許多社會底層人物的速寫：行動不便的阿嬤；兒子欠債失蹤的伯公只能以資源回收維生，並扶養兩個孫子，以酒來自我慰藉；三歲了

還不會說話的鄰居小妹；阿豐叔新娶的越南新娘，身上有傷，常夜哭；玩老鼠牌的婆婆媽媽們；解籤的勇伯丫，先生外遇的婦人；抓手轎仔的出陣少年張耀煌；同年卻早熟的少女艷秋；麵攤的麗姨，急著標會以支應孩子私立大學的學費、生活費；商店街裡因名牌包爭吵的男女；幫男友還高利貸的歡場女子；離家出走的姊姊；吸安而削瘦的銘堯哥；引發玉婷心底深深悲哀無奈的就是住大廈、拍大頭貼的同學呂安琪，手裡吃著 7-11 的 Haagen-Dazs 霜淇淋，聽著 iPod；以及一開始暗示過、到小說最後才揭露出：已經國中一年級仍學不會兩位數加減的特教班弟弟。在短小的篇幅中有大量的人物速寫，配合不同背景情境、場所的變換，在小說中短暫現身，卻不令我們陌生，每個次要人物都以一、二處細節描寫，來增加人物的真實感，所寫的次要人物多以社會底層人物為正襯，最後再以富庶家庭的少女同學為反襯，形成強烈的對比。「小說中的人物並非一律都稱得起典型人物，然而就一般而論，優秀的小說不能不塑造典型。簡言之，就是因為典型人物既具有高度的概括性，又具有充分性格化的個別性。」（劉世劍，1994：65-66）青少年成長小說和成人小說一樣在人物的個別性之外，更重要的是共相，也就是須具備典型性。這種「反成長」的典型性，未必形諸於外，而是訴諸於內。像是郭箏〈彈子王〉裡的阿木、張大春《少年大頭春的生活週記》裡的大頭春……這些人物都在短小的篇幅中活出鮮明的性格，讀者總能從這些人物身上讀到自己。

　　「反成長」的小說中的青少年主角人物常常是現實生活中「反面人物」，但作者偏給予正面肯定，給予讚揚、同情或諒解。張大春《我妹妹》中的敘述者「我」對於自己習於以身體換取熱情，有一番自剖：

> 如果我妹妹在那時刻問我在想什麼的話，我會毫不猶豫地告
> 訴她，我之所以一直隱瞞我和馬子們幹那件事的原因是它對
> 我來說太簡單、太容易、太輕盈、太不像一回事；而我又完
> 全不能忍受自己竟然是個一點也不複雜、一點也不艱難、一
> 點也不沉重、一點也不像回事的人。我不肯向我妹妹承認我
> 的性經驗其實也並非因為它汙衊了我的愛情，而是我根本沒
> 有什麼可汙衊的。（張大春，1995：110）

透過「我」的自我回顧、自我反思，看似玩世不恭的風流行徑，實際上藏著軟弱和恐懼，對此小說裡少了批判、訓示，多了一分諒解和寬容。小說中的正、反面人物，並不是以現實中的道德作為判斷，而是由作者的價值和態度所判定的。正面人物並不代表都是完美無缺，一如許多我們識與不識的青少年，他們身上固然有許多的不成熟或缺點，但卻總令我們感到充滿生命力；而成人倒是常常成為小說中的「反面人物」，顯得虛偽、僵化、固執。當然，不論是正面或反面的典型人物，在小說中都有其審美價值。

臺灣青少年成長小說中長篇作品不多，尤其主流的「少年小說」中只有李潼的作品比較成熟、有可看性。《魚藤號列車長》中人物眾多，但大多有比較細微的刻畫，在臺灣「主流」所稱的少年小說作品中，極為少見。但整體來說，小說中的各個主角、配角人物，似乎仍顯得過分光明，從范翔、柳景元、完顏先生、夢幻俠薔姊、漂泊者鬍子馬各等人，整個村子裡的人都本性良善敦厚，真誠可喜。就算是寫牧師和完顏先生一家的恩怨，也都極其含蓄收斂，包容善解。

> 完顏先生和徐牧師多年不見的姐夫和小舅，終又在柳景元的
> 病床邊相見。
> 原本，久別重逢，未必歡喜愉悅。

原來，世間的恩情和怨恨，也會連帶感染。

原來，像徐牧師這樣崇高懷抱的人，未必超脫人世的糾葛。

原來，像完顏先生這樣精明能幹的人，也會陷在感情的泥淖。

牧師娘、柳景元、我和完顏茲被完顏爸媽和徐牧師重逢的尷尬波及，一時竟無話可說。那時，我們不明白他們之間的恩怨，但他們刻意的生疏，尷尬的迴避，禮貌的輕蔑或高傲的不屑，讓柳景元的病房溫度一直下降。（李潼，2005：225-226）

大人一翻臉，怎麼一切就都不算數了？

修道人的徐牧師怎麼也這麼深沉的介入這樁恩怨情仇，他這樣冷漠鄙夷的態度，有助這樁恩怨的弭平乃至復合嗎？（同上，248）

　　透過范翔對大人們之間的恩怨糾葛的思考，正是李潼想要傳達給讀者的態度，對人世的一切應帶著諒解和包容，懷著希望和光明。相較之下「反成長」的青少年成長小說中的人物，並不逃避人性的陰暗面，畢竟多數的人往往小善兼有小惡，這些陰暗面或惡不一定是有意為之，卻更可能帶來傷害而不自知；小說家深知其中幽微而著重於此，想是要藉此提供成人與青少年讀者有更多思考的可能。

　　一般的小說人物分析是就作品中的人物刻畫個別討論，至於分析人物結果為何？最重要的是：闔上書之後，還有哪些人物停留在心裡？他的動作、事件我們未必能完全記憶，但他的性格、氣質、情感應該是鮮明的，這就是人物刻畫的成功。「小說的特出之處在於作者不但可以通過人物之間的言行來描述人物，而且可以讓讀者聽到人物內心的獨白。小說家可以闖入個人自我交通的領域，甚至可以深入到潛意識領域裡去。小說情節中的人物與戲劇情節中的人物大不相同：後者多少為舞臺環境所限，有其一定的條件；前者則一

無約束，深不可測，隱而不顯，就像一座四分之三深藏在水中的冰
山一樣。」（佛斯特，2002：112-113）這最隱微、神秘的內在世界，
正是所有小說家想要探索的世界，不論寫實、現代或魔幻，只是表
現方式不同。小說情節的真實合理，要能切合人物的性格和心理，
而人物的性格和心理的內在衝突，也正是小說最動人的部分。王文
興〈命運的跡線〉裡深入刻畫了十一歲男孩高小明的性格，因病而
身體孱弱所形成一種孤傲自賞、自負又自卑的矛盾心境，因著同學
看手相時一句話「你只能活到三十歲」而感到憂慮不安，最後甚至
不惜以刀片來拉長生命線。小說中以第三人稱的全知觀點大量描述
人物的外貌、性格和思考，其中有多處直接敘述，例如：

> 高小明是一個身材弱小的孩子，不過一雙烏黑的大眼射出炯
> 炯的光芒。他屬於那類奇特，神秘，而復具異稟的孩子。雖
> 然他的身體孱弱，他的靈魂卻有著熾熱的火焰和固執的意
> 志……說生病加於他的痛楚，反不如說缺課加於他的痛
> 楚……（王文興，2001：127）

　　他是班上唯獨一個不肯忘記命運的孩子，因為這固執顯出他的
與眾不同，卻也引向了一個令人驚恍的行動。當他想到三十就結束
的生命，平時連病也不輕易請假的他翹課了，在防空洞裡的一段內
心獨白，思索著生命與死亡，對自己的存在感到茫然。這種直接刻
畫人物外貌、個性，在短小的篇幅中，凸顯了高小明性格中的獨特、
極致。
　　從作品中也不難發現：「反成長」傾向的青少年成長小說的主角
人物，經常都是比同年齡早熟的青少年，普遍都敏感內向、較為陰
鬱，但他們並不是一般少年中的特例，這樣的青少年在成長過程中
對內在心理有更敏銳的自我覺察，當然也能涵括了多數青少年會有

的心理狀態。如：張大春在《我妹妹》中的敘述者「我」對於爺爺代表的成人世界與妹妹代表的少年世界，則有犀利近乎冷酷的比較：

> 他之所以讓人感到嚴肅中常常滑稽乃是因為他極想要證明自己其實是個非常嚴肅的人，但是每當他往嚴肅裡證明一分，就會相對地將自己滑稽的本質或遭遇暴露一分……荒謬，我那越嚴肅便越滑稽的爺爺讓我體會到巨大無比的荒謬。而我妹妹，她和我爺爺竟是如此相近又相反的人；她彷彿努力想要證明自己是個很滑稽的角色，但是每當她把自己扮成一個小丑的時候，我反而發現她是一個多麼嚴肅的傢伙。（張大春，1995：12-13）

　　小說使用第一人稱的方便，讓張大春藉由敘述者「我」的觀察，可以像這樣冷靜、精準的評述人物，其中無不是對成人世界所代表的父權體制表示強力批判。然而回顧妹妹的成長，敘述者「我」當然也不可能自外於那些記憶，於是在觀照他人中進入觀照自我，那些關於妹妹或我的生活瑣事、細節描寫、片段零碎的記憶，更凸顯了少年內在的孤絕與疏離。這種成人後的回憶，在時過境遷後，也許記憶經過篩選、過濾，也許不完全接近真實，但也可以說經過篩選、過濾後的記憶，似乎決定了詮釋、認識自我成長的一把鑰匙，而這把鑰匙往往也是日後人生各種情境下，恆常具有魔法般的關鍵所在，甚至迫使他不得不回憶、不得不書寫。年少的經驗，不隨著時間流逝而消失，反而更強烈的重現在成人生活中。青少年成長小說常常有濃厚的自傳色彩，使用第一人稱「我」來敘述，可以貼近少年的心理；除此之外，有時候小說中的敘述者則是透過觀看同儕中的那些與眾不同、特立獨行的邊緣少年，得到啟蒙與成長。郭箏的〈彈子王〉中的「我」看「阿木」從一個膽怯的菜鳥到成為彈子王，也是如

此。李潼的《魚藤號列車長》中憨厚的范翔從率性的柳景元身上，學習對自身文化的自豪與認同，也學習面對生命中各種變化的豁然。

最後，「反成長」在人物性格的塑造表現在青少年語言特質的忠實呈現。小說人物的語言，對於人物性格的刻畫是極其重要的。張大春《少年大頭春的生活週記》以生活週記的形式，和主角大頭春的語言風格是這部小說的凸出之處，也是深受青少年讀者喜愛的主要原因。

> 最近我經常抱怨大人，快要心理不平衡了，就去逛書店，想找一本大人心理學來看。但是我發現書店裡只有什麼青少年的心理學、兒童心理學、幼兒心理學之類的書，原來這些書就是大人研究好了來對付小孩的。真是他媽的，我越想越不平衡。（張大春，1993：34）

> 我太氣中視了，不小心罵了一聲「幹」，爸爸聽到就罰我寫悔過書。我一面寫一面想：反正平常在外面我很「幹」的時候也講過幾千百次，只寫一張悔過書已經有夠偷笑了。（同上，23-24）

這種頗能代表青少年語言特質的口吻，在臺灣的青少年成長小說中極為少見。這是一種稱作「史卡茲」的敘述方式，以張大春《少年大頭春的生活週記》來說還算是含蓄的。「史卡茲（Skaz）指一種帶有口語特質，而非一般書寫文字的第一人稱敘事法。馬克吐溫的《頑童流浪記》與沙林傑的《麥田捕手》都是代表作品。語法簡單，句子短而複雜，許多句子並不完整……還會出現口語說話時常見的語法錯誤……」（洛吉，2006：32-34）在臺灣主流的青少年成長小說中，我們反倒難得看見如此在小說形式上的忠實反應，最多只見青少年流行語的運用在表現小說人物對話中。

　　此處所討論「反成長」的臺灣青少年成長小說以寫實的作品為主，小說中人物刻畫和一般小說同樣可概略分為：生理層面、心理層面、社會層面和文化層面。通常只就形貌上的一、二特徵描寫，其餘就留給讀者自行想像。當然，各個層面也互為表裡，比方說心理的刻畫也常間接透過形貌、姿態、動作的描繪和對話來表現：

> 「哇，水溝水真涼快！」榮小強把整支冰棍含在嘴裡。
>
> 梁羽玲的臉紅到脖子上了。
>
> 我轉過頭去，不敢看那雙生氣而美麗的眼睛。一口冰，一顆泡泡糖，我貪心地嚼著。泡泡糖混合了冰渣子在溫熱的口腔裡攪拌著，漸漸變澀，變硬，像是腳踏車胎一樣。（袁哲生，2003：66）

社會、文化層面的刻畫也融合在個性、心理特徵或動作上：

> 母親說我太靜了，像個女兒。
>
> 我喜歡跟在母親身旁，跟著母親上菜場交會錢；跟著母親提一桶衣服去院子裡的石流樹下搓洗；或是去阿霞的裁縫店裡說悄悄話，去隔壁村的診所拿藥、打針。（同上，9）

　　至於一般小說技巧所分析的人物的出場、主次人物，乃至外圍人物、關鍵人物、背景人物等等安排，或性格描寫的各種方式，在此也就不再一一細論。無論小說人物的主次、出場、性格如何，最終要能契合小說的主題。這並不是說小說主題決定人物而具有優先性，而是說小說是一個整體的生命，人物的刻畫最終必得符應於小說家所念茲在茲的一個中心理念。就「反成長」的臺灣青少年成長小說而言，小說本身的氣質、性格和小說人物一樣，在人物的生理、心理刻畫及社會、文化描寫，往往都不離一種「敏感、孤獨、疏離」的生命情懷。

第三節　主題的安排

　　小說中與某一面或某個元素有關的決定，絕對不是孤立的，它會影響所有其他面向與其他元素，也會受到所有其他面向與元素的影響。「小說是『Gestalt』，這是一個沒有對應英文解釋的德文字，在我的字典裡它的定義是：『一種感知的模式或結構，具備一體成型的性質，無法單靠計算其細部成分總和的方式來加以描述。』」（洛吉，2006：297）可知小說中的每個要素是不可分割、彼此依存的，各要素所組成的形式姑且名之為「情節」，而連結每個要素的就是「主題」。小說的主題無非是作者對生命的價值、態度、觀察與體會；作者如何將之展現在作品中？就是透過小說中主要人物的動作、事件、環境的相互關係來呈現。因此，也可以說青少年成長小說的主題，事實上即為作者看待青少年生命的觀點，也就是小說如何透過青少年與環境的互動來傳達主題。青少年與社會環境的互動關係，一如郭玉雯提出「中國現代小說中的幾種人物與現實環境的關係：逃避與絕望、隨順與自然、掙扎與妥協，以及反叛或超越了。」（鄭明娳，1993：40-68）但無論積極或消極、樂觀或悲觀，青少年成長小說也和一般小說相同的是：對於小說主題，我們首要關切的並非道德意識健康與否，而是該主題在小說的呈現中是否具有統一性，以及它是如何呈現。

　　臺灣的青少年成長小說常常被賦予理想的教育使命，情節不僅有明確、正向的因果關係，有時更強烈的傳遞主題思想，部分作品因此帶有說教意味；「反成長」的青少年成長小說則往往將帶有教育理想的主題傳遞對象由青少年轉向成人社會，它所表現在主題上的特徵有：超越道德判斷、反社會化、反戲劇化。例如：袁瓊瓊的〈看不見〉用極短的篇幅寫一個十七歲男孩游泳池溺水事件。一個平凡

地沒有引起任何注意的溺水事件，在少年心裡留下了比溺水死亡本
身更令人驚懼的發現是：自己的不被看見。

> 從水裡浮起來的尚勤發現世界一如舊狀。救生員坐在高臺
> 上，池邊坐著人在講話，他左邊的男孩摟著他女朋友，不懂
> 在教她什麼，女孩子輕聲發笑。右邊的仰泳者仍然迂緩的、
> 平和的遊過來。太陽淡淡的，天色明亮，藍中帶白的水平滑
> 地鋪設著，只讓經過的人攪起花邊似的波浪。
> 原來根本沒有人看到他。
> 那麼近，在每個人面前，可是沒有人看到。（梅家玲，2006：45）

　　經歷了瀕死邊緣的他，急欲從母親那得到關懷，卻在母親的數
落中再度沉溺：

> 他帶著心悸重又想起方才泳池中平靜祥和的畫面，父母親帶
> 著兒女們在淺水區，溫暖的陽光。尚勤在做他的生死掙扎，
> 沒有人看見。
> 他不知道要怎樣才會被看見。
> 尚勤想起泳池的景象時，忽然覺得媽媽也跟那些人很像，媽
> 媽也是看不見的，在她面前她也未必能看見。
> 他不知道要怎樣才會被看見。
> 也許溺死。（梅家玲，2006：46）

　　小說在篇幅上的極其精簡凝練，一個溺水事件在現實時間上也極
短暫，沒有帶來什麼驚人的發展和變化，一如青少年成長中許多成人
看來無甚重要的事件，例如：課業、人際、情感等困擾，實則為青少
年心理發展的關鍵。少年內在的驚懼和沮喪與旁人、家人不明所以的
漠然，形成強烈對比。這種不被看見、不被聽見的孤獨感，尤其使敏
感早慧的青少年將自我禁錮在其中，久了，不是釀成悲劇，就是形

成人格上的缺陷。這是這篇小說所關注的主題，透過極短的篇幅，著重於人物在事件中的心理變化，一再重覆：青少年的不被看見，與成人的看不見、視而不見。最終一句：「也許溺死。」令人怵目驚心，少年的絕決，不應只看作少不更事的任性，而是小說家對青少年的深沉關懷，和對成人世界的懇切呼籲。前一節曾提過侯文詠的《危險心靈》小說是由國三學生謝政傑因為上課看漫畫所引發的一連串對教育體制的抗爭，透過少年與導師、主任、學校的衝突，甚至與其他同學的對立，導引出教育問題的最核心就是「共犯結構」，最可怕的則是人人都身在共犯結構而不自知。「反成長」的「反」並不是一種單選題，而是一種過程，少年在掙扎中逃避，反叛了又妥協，或是絕望後的隨順或超脫，都是「反成長」小說更為關心的成長意識。

　　長篇小說中，李潼的小說主題相較於主流的青少年成長小說是比較豐富而深刻。《魚藤號列車長》的故事發生在三義鯉魚村是客家人、河洛人和平埔族巴則海人共居的村落，交談語言多半是河洛話和普通漢語，多元族群正是此地的特色，自有作者取材於此的一番深意，更是小說關注的重要主題之一。小說中的女真族人完顏先生與柳景元初相識時的一段機辯過招，頗為精采。

　　　　柳景元的不屑：「不知和沒有是不同的，不知自家堂號不要說是沒有，打個電話到宗親會請教，就會有人告訴我們。」完顏先生神態自若的答道：「我姓完顏，女真族人。我的祖先是完顏阿骨打。女真人的宗族和中國漢人不同。不同和不知是不一樣的。不了解別的宗族沒關係，但不能以自己的成見套用別人的生命認知。」（李潼，2005：161）

　　作者藉柳景元與完顏先生的這段對話，將族群自我認同的理念藉兩人之口間接傳達給讀者。又柳景元那一句問：「你是客家人嗎？」

和大笑著追問:「混血兒,健忘症和恐懼症?」表現出對自身文化的認同。范翔的敦厚和柳景元的率性兩相對照,讓雜貨店的山東老馬也提醒景元別太傲慢、太自以為是的瞧不起村裡的人;乖順的范翔對於課本從不懷疑,從景元身上發現課本以外的學習,對自己土地的驕傲,也是李潼有意藉柳景元和范翔的互動、對話傳達給讀者。讀者還可以在故事中發現層出不窮的社會事件:農會搶案、靈車搶生意、金光黨、人口販賣、包二奶、外籍新娘、大陸臺商、憂鬱症、失憶症、聯考壓力等等社會現實題材。但不論社會如何變遷,人與人之間的各種誤會、衝突中永恆存在的愛與良善,這是李潼小說中始終堅持的。

有人說:「面向陽光,陰影就在你身後」;有人則說:「讓陽光回到陽光不到的國度」,當陽光越是燦爛時,有人總是寧可要向黑暗裡探去,這是兩種不同的生命情調。相對於李潼小說中的積極、光明、希望,張大春在《我妹妹》中以荒謬為悲傷帶上面具,以滑稽為憤怒穿上鎧甲,這不僅僅是新世代青少年的一種表達方式,其實也是人類所共有的一種生存模式,以致於那些內在底層的悲傷,並沒有太多機會得以見人。小說一開始便慎重其事的回憶了爺爺和奶奶對於「王八蛋」一詞意涵的爭執。小則大之,高則卑之,向來是張大春擅長的表現方式。全書的情節、人物、語言等表現形式,無非就是要提出對於生命中的真/假、喜/悲、美/醜、崇高/卑下等等一切價值的再省思。「小說成為一種獨立的藝術形式,其獨特的技巧就是敘述觀點。單一觀點的使用,可以逼使作者『視界』狹小;視界狹小如何謀篇?那就只有『深挖』內涵和心理描寫一途。深挖題材與心理描寫,是短篇小說的精緻部分。」(李喬,2002:124)。張大春在小說中從事寫作的敘述者「我」藉由回憶妹妹與自己成長中的諸多事件,並且自剖創作、書寫、真實、虛構之間的種種,直視生命的本質,就存在這種真實和扭曲、虛構、重組又解離的反覆中。

瘋狂竟是真實所賴以存在之必須，瘋狂不是逃避現實，瘋狂是勇於直視現實的極致清明。

其次，是主題的「反社會化」。青少年成長小說最重要的主題是：青少年與社會的互動。而「反成長」的青少年成長小說則揭示了此一互動過程中青少年與環境的對立關係，這種青少年與重要他人、周遭環境的互動中，形成青少年內在一股莫名所以卻又其來有自的躁動和抗拒。面對這種躁動和抗拒，成人社會除了名之為叛逆，歸咎於青春期的荷爾蒙變化之外，小說家更嘗試在個體與環境的關係上有更深刻的思考。比方說：《我妹妹》中就有許多關於青少年對生活事件的心理描述，雖是成年後的回顧，卻相當精確呈現青少年內在的衝突：

> 在那個年紀，你眼裡必須除之而後快的東西真他媽的多，最可惱的是你連青春痘都擠不乾淨。（張大春，1995：71）

> 一個怨氣沖天卻無可如何的十六歲痞子管它圖騰二字在人類學或心理學上的定義是什麼？我祇消知道圖騰意味著一種禁忌也就很夠了；我祇消感覺到渾身上下都被禁忌著也就很夠受了。（張大春，1995：72）

> 我猜想我妹妹和我（也許還有我爸爸）都是在這種突如其來的發現、尷尬、再發現、再尷尬的循環之中接受了那句「吾家有女初長成」的俗話的。是的，禁忌。一種明明存在卻不可探觸的東西。（同上，76-77）

> 我想：拉小提琴那幾年的熟練對我妹妹或許有些微妙的影響，她的意識底層因之而醞釀出一種對結構、秩序和準確性的要求；相對地，也因不耐於這種種要求的鞭笞而渴望自由。（同上，85）

　　透過小說中「我」對妹妹的觀照也暗示著：執著要一個明確意義才能賴以繼續生活下去的人，終究也只是徒然，生命經驗無從化約成為一則因果律。

> 在她生命中留佇又飄逝的事件、信念、活動、人物、夢想以及感情，她在還沒有能力抓住什麼的時候，就不想要了。「有什麼意義？」她會說。言說的虛弱，讓我發現再也不會了解她更多一些——即使她親口告訴我種種關於遺忘的秘密。（同上，49）

　　一般而言，人們期待小說能提供可理解、符合邏輯，乃至於健康、符合道德的主題思想，畢竟人們也總是如此期待生活中的事物，能維持一定的秩序感。成人對於「心智和理解力都尚未成熟」的青少年，更是如此，青少年成長小說自然必須提供較明確可辨和健康的主題。青少年成長小說中「反成長」的主題意義如果隱微不明，則是令人不安的。因為成人面對無力深究的事，最方便的辦法便是把它當成無須深究的事，放棄徒勞無功的追問，並且將它合理化為「大人都不懂的事，青少年怎麼可能懂」。因為有大部分的成人作者根本無力面對「你自己都說不清，憑什麼告訴我們？」這一類的質疑，所以青少年小說如果不給個成長意義，是讓人驚惶而無所適從的，畢竟多數成人並沒有準備好向青少年坦誠自己的無能為力，也禁不起青少年的執意追問。然而，年輕生命的困惑，或許並不在於追尋一個明確答案，而是追尋的過程本身。如果有人願意和他討論那些困惑的過程，雖然並沒有答案，是不是能因此而減少一些憤怒或悲傷？《我妹妹》適合青少年閱讀嗎？這是另一個可以討論的問題。但它肯定寫出當代青少年成長小說前所未有的深沉主題，確實是許多青少年成長小說作者所無力敘說，或是畏懼去敘說的。

　　張大春對小說的野性有生動的形容:「稗字如果不作『小』、『別』義解,而純就其植物屬性論;說小說如稗,我有滿心景慕。因為它很野、很自由,在濕泥和粗力上都能生長;人若吃了它不好消化,那是人自己的侷限。」(張大春,2004:13)這段話在說明「小說」形式的野性本質,卻也相當符合青少年階段的生命特質,這不也是成人面對青少年的不合禮教時,應有的反省?對於不合於「主流」或「傳統」少年小說理想規準(事實上年歲太短,連傳統都尚未形成)的「反成長的青少年成長小說」,我更把它視為翻案的依循。誰說小說一定得如何如何?不易消化、不合理解、不符期待的小說,或也提供了某種養分,不容取代。我們所以為成長啟蒙必然有一個明確的事件或時間點,其實是成人在回顧成長中的諸多事件時,習慣予以合理化、系統化、意義化的過分執迷,是成人需要這個意義和正當性,來自我提醒、自我驗證。

　　最後,是主題的反戲劇化。關於成長的啟發或成長意義的獲得,也許總不如我們所以為的戲劇化。在本章第一節談到情節的安排時,曾以小野〈誰來陪我放熱氣球〉為例。小說裡那個少年在除夕前的寂寞心事,就是一個日常再平凡不過的事件,然後在某一個心靈啟發的狀態,這件平凡事突然有了意義,這意義只少年自己明白,不可言說。其實,青少年成長小說也未必得有什麼高懸的成長意義不可,小說中成長意義的直接給予,並無助於我們更了解青少年的成長,這是「反成長」青少年成長小說不約而同要提示我們的一點。總的來說,臺灣「主流」的青少年成長小說,經常在情節接近尾聲時直接描述主題意旨,或透過人物對話來提出成長意義;相對的,「反成長」的青少年成長小說,則往往在小說終結時留下更多更多的曖昧和疑問。小說主題的超越道德批判、反社會化、反戲劇性,三者是相互關連的。

「主題就是對一篇小說的總概括。它是某種觀念，某種意念，某種對人物和事件的詮釋，是體現在整個作品中對生活深刻而又融貫統一的觀點。」（布魯克斯、沃倫，2006：220）雖然主題可以說是作者對人、對生活的一種觀點，但是「主題沒有健康與否、正確與否甚至深刻與否的問題，它只有完整與否以及禁得起重複和展開與否的問題。能夠禁得起重複與開展的主題勢必能夠輻括出小說所必須處理的許多細節，也正是這樣的主題使人物的個性、情感、動作、生活、處境、思想成為這個主題的隱喻。」（張大春，2004：310-312）因此，小說的主題絕對不可能被化約成簡明一句或寥寥數語，如果可以的話，那何必需要小說？當小說必須借助主題的說明才得以被讀者所理解時，那麼小說和小說家存在的意義為何？經過轉譯和摘要，那小說也就失去了它獨立的生命，我們也就不需要小說了。更何況小說家常常有意讓主題處於一個曖昧的位置，要藏得夠好，又必須留下線索；執意讓小說主題以清楚明白的面目示人，不過是一場你追我逃的迷藏罷了！或許我們可以說：小說的珍貴之處，也是它的迷人之處，便在於無法完全理解所產生的困惑和思索，以及對小說的理解無法完全訴諸言語的這種窘困，小說因此有了它不可取代的位置。這一點對成人讀者和青少年讀者來說，是相同的。也是「反成長」的青少年成長小說所擁有主流青少年小說最缺乏的氣質。

第四節　象徵隱喻的運用

小說作為一種藝術表現的方式，「如何說」比「說什麼」更為重要。象徵便是其中一種極為重要、廣泛使用的美學表現。何謂象徵？「任何一種抽象的觀念、情感，與看不見的事物，不直接予以

指明，而由於理性的關聯、社會的約定，從而透過某種具體形象作媒介，間接加以陳述的表達方式，名之為『象徵』。」（黃慶萱，2004：477）張錯則說：「象徵，通常是一個具體的意象或物體，由於其本身特性或意義上的關聯，而代表或指涉另一個更大的意義，或較抽象的觀念。例如：西方的獅子象徵勇猛，百合花象徵純潔。」（張錯，2005：283）可見以「具體」的形象來表現「抽象」的概念和情感，象徵的事物和象徵的概念之間，含蓄委婉，不直接說明，這是我們對象徵的共識。

　　「從文學發展史上觀察，象徵首先以神話的形式出現。如果說夢是個人潛意識的象徵，那麼神話就是集體潛意識的象徵了。神話折射出人類對大自然的觀感以及對自身生命的希望。無論神話或是寓言，都是把整個故事作為象徵；因此，象徵幾乎可視為一種體裁，而不純為一種方法。」（黃慶萱，2004：482-484）因此，本論述所討論象徵的運用是採取顏元叔的分類：「象徵分為三類：一類是象徵結構；一類是象徵人物；一類是象徵事物。小說中的象徵結構，大體把人生視為一個旅程或尋求。不過，現代小說的追尋目標，似乎都集中於對生命的了解。這種追尋的結構可能佔據一個短篇小說的全部或部分。而肉體的行動，總是反應內心的變化。」（轉引黃慶萱，2004：493）在反成長小說中大部分以象徵結構為主，象徵事物為輔，象徵人物的運用最少。「反成長」的青少年成長小說中，經常以青少年在離家、追尋、涉世、返鄉的歷程，完成了啟蒙儀式，作為小說的象徵結構。黃瑋琳入選臺東大學文學獎的短篇小說〈門〉，全篇在段落、場景轉換之間，以一道道的門和窗象徵少女面對父親性侵害的心理困境，這種小說象徵結構上的運用在一般的少年小說作品中比較少見。

　　她拉了下車鈴，公車在下一站停了下來。

　　她下了車。

第二扇窗

　　在她下車的那輛公車裡，一個中年婦人從車窗探出頭來，揮著手對她說：「妹妹，自己要保重喔。」

　　她呆呆地望著那扇窗，公車走了。

　　她眼前霧氣氤氳。（張子樟，2005a：187）

　　小說敘述中以門和窗作為象徵，門窗都有開／關、進／出的雙重象徵。當少女穿過第十八道門，終於她決定帶著妹妹離家，拿起電話打給關心她的陳老師。事件當然沒有就此結束，少女仍要面對許多困難，未來仍有一道道的關卡，但走出家門，反而是希望的開始。倒是許建崑的評介中認為：「有暴力，人間太悲慘，並不適合兒童閱讀。」這是少年小說的徵文，不知所謂的兒童是什麼年齡而言，以國、高中的青少年來說，結局其實相當的光明，即使過程的描述少女痛苦的心情，也是合情合理，才能引起讀者共鳴，不知評介者的擔憂為何。同樣是家庭傷害為題材，鍾文音〈補〉在象徵的運用更細微。小說中的少女小里，帶著厭棄、自憐而急於逃離家庭時，回憶起阿嬤：

　　阿嬤總是喚她小里子，常做草丫粿給她吃，裡面的餡有小蝦米和蘿蔔絲，粿下襯著月桃花葉，青葉香氣襲來。阿嬤向她說，月桃花之心可以救心……

　　她在阿嬤的墳上種了一株月桃花，年年去望她，在乾涸中月桃樹的葉子卻油亮亮的，像是伊阿嬤長年掛在手外腕上的翠綠玉環，光可鑑人。

　　她的家則有一株家族樹。

　　一棵傷痕累累、滿枝枯葉的樹。（幼獅文藝，2001：11）

　　家族樹的隱喻，月桃花心的象徵。家族至親帶來傷痕，最終只有愛能撫慰，一如可救心的月桃花之心。全篇又反覆以海的意象，象徵母體的子宮。小里對海的注意和感受，反覆暗示著與母親之間的愛怨糾葛，當她自絕於家族時，決意離家工作時，被廣闊的大海吸引，象徵著她枯竭的內心非常渴望情感的滋潤：

> 她在第一口呼吸裡聞到了海風夾送來的鹹水味，潮濕的海霧攏在四周。她喜歡這種朦朧的泛濕感，把她體內日久乾涸的旱象惡土慢慢驅除。（同上，19-20）

　　離家相遇了愛大海的男子，經驗了一直使她厭棄、翻騰的，也是她所渴求的：

> 男子在海邊弄著釣線，並向小里說著話，也不管小里愛不愛聽。他望著海，深沉地說著他是海的子民，你看海洋像不像一個人類的繁衍子宮，巨大的子宮，每當我潛入海洋時，我就像回到了母親的肚子裡，讓羊水浮盪著我……小里聽了，深覺詫異，詫異的不是內容，而是男子那種返回海洋、聆聽潮濕的呼喚神情，久久不回神的樣態，小里長年的失神生活被男子的魅力點點換回了一些專注。她的生命已死亡了十多年，她想像著正值年輕的男子在海底的交配季被億萬隻的珊瑚精卵緊緊環住包裹的身影，她倒抽了一口氣，心想那絕對是人間美麗的極境了。（同上，21）

　　離家二天後，她又被迫回家面對母親，母親的死亡讓小里彷彿又回到了在母親子宮內浮盪著，這就是生命的一切本源。這才發現自己害怕乳製品等醱酵、酸腐的氣味，對聲音的敏感潔癖，原來都來自心裡對身殘父親的無能為力，對母親外遇的怨恨，為大姐被母親阻

斷的初戀而不平，面對患癲癇和智障的二姐過世的矛盾心情，家庭的種種隨著時間轉化為對自己的厭棄。最終，少女對性的憎恨厭棄，經由自己對性的真實自覺來終結；由至親之愛帶來的傷害，終須由愛才能彌補。在極欲離家又被迫返家的過程中，僅僅是兩天的時間，少女已在心裡完成了一次啟蒙。在許正平的〈小鎮的海〉中，海則成為一種童稚純真的渴求，卻不可得。少年主角「我」從城市返鄉過暑假，近乎執迷地尋找記憶中的海，一如生命重回母體的深深渴求。

> 記得小時候愛跑上家裡三樓頂上的露臺，看遠方，遠方有一閃一閃粼粼發光的一點一點，那時我想，那就是海吧，海面上的波紋或海豚破水跳躍時漸起的光浪。長大了，才漸漸明白那可能只是別人家屋頂水塔上光的折射，海，則還遠在視線盡頭之外。（幼獅文藝，2001：77）

小說的末了，「我」在夢中又和小招回到了海邊：

> 海水狂奔出去，奔過防風林、水塘、稻田、樹影、樓房、路燈與街道，帶我們回到黑暗的小鎮，水中的小鎮。家家戶戶的窗戶裡流瀉出小孩子們的玩具，洋娃娃、小汽車、ㄅㄨㄅㄨ火車、竹蜻蜓、風箏、棒球……我們一一點亮那些沒有光的視窗，點亮闔家團圓的晚餐，點亮照相館正喀嚓一聲照下去的全家福……海水持續湧動，升高、爆裂，像鯨魚噴出水柱那樣，將我們托著升至天際擦過最亮最遠的一顆星，然後退去。（同上，89）

象徵不是解謎，讀者不應強作解人、望文生義，作者的本意也不是作品詮釋的唯一標準答案。袁哲生〈秀才的手錶〉中秀才是知識分子的代表，手錶則象徵科學至上，這種情況的象徵比較有具體意義可指認。但有時候後象徵並不一定有明確可循的指涉對象，像

上面所舉的許正平〈小鎮的海〉中以海為題，並在文中反覆出現，貫穿全篇。透過某些象徵事物的反覆出現，這種看似無意的重複，大部分都出於小說家的刻意為之，目的仍是為了切合主題，並營造出小說的氛圍和基調。這是「反成長」的青少年成長小說常見的一種象徵作用，而不在提供一個清晰的象徵意義。

要把深而廣的主題，壓縮在短篇小說中，象徵便成為一個重要的手法。小說並不只是反映現實，它還必須深入人的內在的心理，用具體的形象把它表達出來。「象徵既要發掘人心內在的奧祕——人類的潛意識，又把它隱藏在一個文學作品之中。於是文學作品由於象徵，也就超越時空的限制，放射出普遍而永恆的價值。大抵而言，一個短篇最好豎立一個中心象徵，而後一再重複而變化地使用這個象徵；另外可視情況的需要，使用一些能夠配合的附屬象徵與意象，則條理井然，這便形成了意象或象徵結構。」（黃慶萱，2004：507-508）比方說：李季紋的〈洞〉中的敘述者「我」透過自己和弟弟的穿耳洞一事，回憶失去的情感，延伸到穿生命的「洞」。姊弟之間也存在著某種曖昧的情感流動。

> 脫離少年身體的響尾蛇，盤據在靠窗的茶几上，籠罩在紅色的夕陽下，紫色的螺旋尾巴似乎正發出咻咻挑釁的聲音。我把頭髮梳成一束，響尾蛇把它們收服成髻，這是牠之前原來作為我的髮夾的功能。（幼獅文藝，2001：103-104）

以穿耳洞一語雙關，象徵女性的刺穿情結。除此之外，全篇反覆出現的響尾蛇，弟弟貫穿在耳骨上的響尾蛇耳飾，象徵的正是小說中的「我」所害怕卻又渴求的生命本質「性」。前面鍾文音的〈補〉中也不約而同的以穿耳洞來象徵女性的刺穿情節：

　　我想像外婆情願自己一個人穿耳洞的原因，母親、姊妹都不
　能跟她分享的原因。是因為女孩子就該穿耳洞？還是為了
　誰，讓女孩願意承受刺穿的痛的那個人是誰？癒合的傷口，
　變成記憶的洞。（同上，95）

　　「小說的創作，最終的理想是：主題故事人物，能脫離本身的有
限性而產生無限的涵義，也就是產生象徵作用。」（李喬，2002：142）
通常象徵的事物會在人物身邊重複出現，或者在人物的內心閃現。在
象徵事物的運用，李潼《魚藤號列車長》是比較特殊的，小說以苗栗
三義的魚藤坪為地理背景，當地人對此處的地理傳說，象徵寓意十足：

　　魚藤是我們景山常見的野生植物，生命力強勁的攀藤。砸的
　扁碎後，流出乳白汁液，能迷昏大小魚蝦。它可是暫時迷昏
　水族，半小時後，你不抓魚，他們就恢復原狀。所以說，魚
　藤不是毒藥，他是迷幻劑，只在某種時候對某種生物有效，
　據說有點像醉酒。二十世紀初，日本人建造臺灣縱貫鐵路，
　在魚藤坪造了大鐵橋，地理的魚藤乳汁流出來，迷醉了我們
　的鯉魚村的風水鯉魚，把我們村莊的人，迷得醉茫茫，幾十
　年都沒出現腦筋清楚的讀書人或做事有頭緒的體面人物……
　鬍子馬各喜歡這則地理勘輿的傳說，他說，這種俯瞰大地山
　水的看法，準不準、好不好，都不影響人們敬畏天地神妙和
　有趣的擬人、擬物的想像。（李潼，2005：20-21）

　　以地方傳說作為小說的背景，同時也貫穿整部小說，更以此為書
名。一方面象徵小說家所要表現的生命情懷，一方面也很能顯現客家
少年范翔悲喜交集青春記憶，以及每一個在成長中出現過的友伴和人
物，除了柳景元外，像是漂泊者鬍子馬各、夢幻俠薔姊等等，都像魚

藤般具有強韌的生命力，並且帶著令人迷眩的神秘感。這種以地理傳說作為象徵的運用，在主流的臺灣的青少年成長小說中是極少見的。

　　隱喻與象徵似乎頗為相近，然而就小說整體而言，二者的呈現方式和效果大不相同。「隱喻是不直說，以一物暗指另一物，所比擬的兩物必須呈現出來。象徵則是以一物代表更抽象、普遍、閎大的事件、觀念或意義，不需指出象徵所指涉的意涵，只要象徵物本身的呈現，就可引起人直接的聯想和反應。因此，也可以說『譬喻所含的意念，容易尋找，也容易確定；但象徵卻表現出高度的曖昧。』」（黃慶萱，2004：478）這是象徵和譬喻不同之所在。「轉喻是以果代因或以因代果，例如：火車代表工業，因為它是工業革命後的結果；提喻則是以部分代全部或全部代表部分，例如：馬兒代表自然，因為它是自然的一部分。」（洛吉，2006：189）張錯則將上述二者合為「換喻」，就是用一種事物的部分特徵或相關特性來代替此事物。例如，用冠冕代表帝王，白宮代表美國總統等等。同時也有人認為其實所有的隱喻都是換喻。（張錯，2005：165）這在國內修辭學上一般皆以「借代」稱之。我在此處所談的隱喻採取較廣泛的界定，包含一般所稱的明喻、隱喻，以及所謂的轉喻，即修辭學中所稱借代。當然，隱喻自然因個體經驗、文化背景差異，隱喻的主題和解讀自然不同。

　　溫小平的〈想飛〉中缺乏家庭溫暖的十一歲男孩小沛，放學後經常留連在一家鳥店，他了解相思鳥的寂寞，因為他也很寂寞；當他發現了白頭翁，一種野生的鳥，他開始擔心牠怎麼適應籠內生活，擔心牠會撞死在籠裡，將孤獨的心情藉著鳥店中的鳥自比：

　　　　這天晚上，小沛反常地沒有開電視，他邊寫功課邊看向窗外，
　　　　似乎隱約聽到鳥店傳來的鳴叫聲，會是那隻白頭翁嗎？他已

經做了許久的籠中鳥，他體會得出那種苦痛，即使籠內擺設
豐美的食物，白頭翁肯定寧願回到風霜雨露的野地裡。（桂文
亞、李潼編，1998 上：282）

為此，他決定偷偷放走白頭翁，把自己無法擁有的自由交給白頭翁：

他多不希望白頭翁也像他處於悽涼荒地，被孤獨折磨。萬一
他孤獨而死怎麼辦？……趁趙叔叔到店後頭拿鳥巢給客人，
小沛悄悄把籠門打開，白頭翁尚有懼意，遲疑著，他心焦地
催促：「快點飛啊！」白頭翁終於衝出籠門，展翅飛向芒果色
的天空。望著牠愉快的身影，小沛興奮又激動，他覺得白頭
翁是代替他飛的。（桂文亞、李潼編，1998 上：284-285）

以籠中鳥隱喻家庭失和、破碎的少年小沛，孤獨的心被困在牢
籠無處可逃，這層喻意在小說中顯而易見。這樣的隱喻是建立在人
們共同的經驗和文化理解下，直接產生共鳴；然而，有時隱喻也超
離我們原有的認識或想像，隱喻事物帶來嶄新感受和豐富意涵。紀
大偉的〈牙齒〉主角是一位牙醫，小說中一開始就連結了牙齒與記
憶的關係：

牙齒和記憶：齒縫充塞的食物細屑、琺瑯質附著的黃垢，無
不記載了細瑣而深切的生命痕跡。一顆看來無甚大礙的齒
冠，經過鑽研之後，總可以在微縫中發現臭氣四溢的黑洞，
而這種不悅的黑洞就是牙齒私藏的記憶。（幼獅文藝編，
1996：56）

又反覆以牙齒隱喻記憶中幾段同志情誼：

> 本來整個人像是一顆不敢接受體檢的牙齒，打算一直繃著全
> 身的琺瑯質以為自己刀槍不入；可是，在肅穆抑制的環境中，
> 我不知從何處獲得了勇氣和藉口，竟可以倒在小唐的床墊
> 上，任憑穿透我的牙冠鎧甲，鑽入牙髓，撫摸神經，我是一
> 顆接受治療的齲齒。身為牙醫，我深知：打開牙齒黑洞也就
> 開啟了痛楚和惡臭，可是非如此不可啊。（同上，63）

　　紀大偉在得獎感言中自剖：「成長小說也是一種戀物癖，書寫這
篇小說就是一次模擬戀物的歷程。戀物癖普遍受人（無論是不是異性
戀的人）所鄙夷，因為其愛戀的對象不被認為是完整健全的，整個愛
戀形式被認定為喧賓奪主的——可是，我不禁想為戀物癖辯護；愛戀
的形式千百種，其中哪一種愛戀才有資格被稱為完整健全？賓／主
的界定又從何說起？」（幼獅文藝編，1996：91）小說中將牙齒與情
感黑洞的連結，頗為凸出，卻不突兀。由於「象徵或隱喻經過常用、
慣用、熟用和濫用之後，喻符與喻旨常呈現可逆而公式化地鎖死」（張
大春，2004：313），這與「使用成語會使人思想懶惰」的說法，其
中確實有令人警醒的道理在。「反成長」的青少年成長小說中，隱喻
事物和意義的連結，往往更具有開放性。「反成長」的青少年成長小
說經常以「象徵」、「隱喻」來表現青少年對社會價值的壓抑、質疑、
反叛的心理，就小說的美學表現而言，「象徵」在提供一種小說的氛
圍，而不一定具有明確的意義可循，能提供讀者更多的想像和思考。

第五節　啟蒙儀式的開創

　　短篇小說在有限的敘述中，事件和成長意涵常常有更明確的因
果相關；長篇小說則常常借助一個主要事件情節，才能引領讀者繼

續閱讀,這個事件情節的最高潮處通常成為小說中青少年成長的「啟蒙儀式」。啟蒙儀式在不同文明、族群有相通之處,也都具有相當重要的意義。文化人類學所謂「『生命儀禮』,這些儀式由三個階段構成:分離、轉變與融入。以強調個人社會地位之改變的重要性,並確認其在社會中的新定位。除此之外,也透過儀式來強化社會中的主流價值。」(沃華德,1997:387-389)依社會的特殊文化或習俗,將生命自出生、成年、結婚以至於死亡,劃分成若干階段,而在每一個階段之間,透過儀式的舉行,賦予身分角色不同的變化及其意義。在現代社會中,這種儀式越來越式微,成長的啟蒙、不同生命階段的轉變,逐漸由有形轉為無形,對個體而言,尤其是成長中的青少年,卻彷彿失去了一種支撐,也可以說啟蒙儀式變成非儀式化的生命事件,不在特定的時間和預期中出現,所經歷的時間也就長短不一,帶來的改變也有相當大的個別差異。

　　傳統的小說情節基本上就是由衝突構成的,青少年成長小說更是如此。這個衝突的歷程,便是小說中青少年成長的啟蒙儀式。因此,也可以說「啟蒙儀式」基本上就是由衝突所賦予的。衝突的歷程會有結束的時候,至於啟蒙是否完成,那是另一個問題了。不論是正常的生活轉變(如:國小畢業,進入國中)或是非預期性事件,對青少年而言,是危機也是轉機。這些事件的發生,常常如同儀式一般宣告青少年的成長、啟蒙。例如:「離家/流浪」,不論經歷家庭變故或衝突,青少年離家,展開社會生活,是觸發青少年展開探索世界的方式。張瀛太〈繫一條紅絲帶〉描述的就是一個孤兒女孩的流浪記,學習各種生存的本事,雖是歷經艱辛,卻透露著青少年對冒險生活的浪漫感覺。如果說「離家-返家」的模式是典型的成長模式,那麼「無家可返」似乎是反成長的宿命。就像前面提過許正平〈小鎮的海〉裡的少年,帶著某種無以名狀的渴望,回鄉尋找

記憶中小鎮的海，卻只存在夢中，再也不復尋找。〈你有看到我媽媽嗎？〉裡的少女玉婷同樣在現實生活的壓迫下，難以得到渴求的家庭溫暖。《少年大頭春的生活週記》裡的大頭春每一次與成人、學校、社會之間的各種衝突，爆笑的、可憐的、憤怒的，在酸甜苦辣的滋味中完成一次次的啟蒙，卻沒有因此向彼方靠近更多。《危險心靈》裡的少年謝政傑在衝突中認識了世界的陰暗面，這個陰暗面大到遠遠超乎他的想像，知道自己再也不可能回到純真無知的狀態去，少年與學校的抗爭落幕了，但在社會的許多角落，與整個社會價值的對抗卻仍在繼續，啟蒙完成了嗎？

> 受傷以後，我變得很愛哭，我也不知道為什麼。其實我並不是被他的故事感動，真的要追究的話反而是那個形式——我常常想，如果人與人之間，在一起的目的都只是單純地像這樣為了了解彼此，那該有多好。（侯文詠，2006：356）

代價何其大，少年在苦痛中認識了真實世界。但小說家關注的不只是少年個人，還有整個教育體制、社會價值的啟蒙。其他如：「死亡」、「性的發生」、「情感／關係的開始與失落」、「自由/自由的失去」等，也常常是成長小說中青少年主角必須通過考驗的啟蒙儀式。大部分的研究指出：「青少年遭遇重要他人死亡、或情感關係失落後的喪慟，往往更成熟，而青少年的哀傷過程，來得快去得也快，但會延續很長一段時間。當然，並不是每一位青少年都能順利解決這些任務，但研究顯示青少年常將創傷視為成長的動力，而比同年齡未遭遇創傷的青少年更快進入成人期，也改變了青少年的世界觀，體會到自己的脆弱和無力控制生活中的事物。由哀傷中復原的經驗讓他們變得更世俗，比同儕成長得快些，啟蒙儀式留下的創傷通常能帶來成長。」〔（寇爾、貝克（Charles Corr、David Balk），2005，

11-12、182〕。在新近的青少年成長小說中，死亡不再是一個禁忌的題材，在許多作品中都有青少年面對至親好友死亡的題材，像《魚藤號列車長》就以主角的好友癌症過世，描寫少年面對生命無常時的驚愕，但仍不失其樂觀豁達。而《危險心靈》中的沈杰最後同樣因血癌過世，他是啟發謝政傑對教育問題深入思考的關鍵人物，他的病使他比同年齡的人更認真思考生命，他的死對謝政傑也就形成更強大的震撼。生命既是強韌，也是卑微的。「反成長」小說處理「死亡」的題材時，更顯真誠。

　　「情感／關係」也是青少年成長小說中常見的題材之一。這種情感／關係常常是青少年愛戀的異性、同性，或同性友伴，有時則是逾越道德規範的對象，在和這些重要他人的互動關係中，包含智識思維的開啟、情感的萌發和變化，探索內在自我的啟蒙。這一類啟蒙是極為內隱，而非外顯的。賴香吟的〈霧中風景〉中一個敏感早慧的少女，與美術老師之間似母女、姊妹般的關係，又有著曖昧的微妙情感，同時少女卻愛戀著老師的先生。少女高健如男性的外表，在青春無限的高中女校卻無比尷尬，無法與人自在相處，以至於寂寞到對於自己和沈老師、沈先生之間的情感／關係，自己也說不明白。

> 年少的我雖懵懂，多少也看得出來沈老師的生活仍在渴望一種愛的境遇，她以為這能夠快速地推進她人生的深度。所以，有的時候，她不知不覺會去誇大這份感情的形式，以至於連身世性別都混淆，而且所謂激情何嘗不是經常發端於對禁忌的冒犯呢。（陳芳明，2006b：176）

　　當她回憶起這段關係，知道這並不是愛情，而是一種啟蒙，藉著一段情感／關係的自我探索、認識：

> 我似乎總是能夠清楚地回憶生命的細節，當然我也可能不自
> 覺地假造回憶來逃躲生命的困難，以回憶作著緘印。
> 多年之後，每當這段回憶來到我眼前的時候，或是，我仍舊
> 遇見這些不實在的人物要挽我而去時，我經常被提醒著，這
> 份記憶裡的關係並不是愛情，那不過是一種啟蒙。（同上，174）

　　對沈先生私密的愛戀，在事過境遷後，一如霧中的風景變得模
糊難辨，帶來的成長是：少女終於在時間回憶中，學會了肯定自我，
了解生命並非只為了符合秩序、符合他人期待。

> 當我意識到例外，我就必須回答我就是那例外，唯有那樣，
> 才可能飛翔，才可能表達，而表達會走到真正的平安，或休
> 止，表達是愛的全部……
> 「我是愛你的。」
> 我搖搖頭，我們再不需要這樣的表達，我們站在窗前，張開
> 眼睛，看見一片，無人的風景。（同上，188）

　　因愛戀沈先生而傷了沈老師的心，真實情感帶來的殘酷和毀
傷。但學習勇敢表達，才能真正讓心安頓，這啟蒙是少女在時間的
河流中泅泳後得到的成長。「反成長」的啟蒙超越了倫理、道德和是
非利害，而是誠實面對自我。

　　「反成長」的青少年成長小說中，啟蒙儀式並非青少年被動的
接受，以符合社會的期待，啟蒙儀式的主體性在青少年自身。或者
啟蒙是通過時間來完成，而不是青少年的個體的主動完成；有時是
在成年後的回顧中賦予事件新的意義，以完成一次啟蒙。而袁哲生
〈秀才的手錶〉中的「反啟蒙」要算是極為特殊的了。小說中的男
孩自始自終就鄙視秀才的手錶，透過秀才執著於對手錶精確計時的

迷思,最終還因此命喪鐵軌,在在都說明了:生命應該傾聽自身的本能感受,遠勝於仰賴科技文明。一如小說中反覆的幾句:

> 自動錶裡面有一個心臟,需要不時刺激它一下,否則便會停止跳動死翹翹。(袁哲生,2004:11)

> 倚賴手錶的人聽力怎麼會好得起來?(同上,14)

　　阿公因對地震的恐懼,執意買錶,猶如人們對知識科學因無知的盲目推崇。

> 阿公早晚會發現到,只要一戴上手錶,他就註定和秀才一樣,只能呆呆地守候在大郵筒旁,感慨這個世界實在太不準時了。(袁哲生,2004:23)

　　火炎仔不時向阿公確認時間,也都頗為準確,每次臉上總帶著一抹笑。這正是嘲諷那些仰賴科技文明人們的可笑和軟弱。小男孩的純真反而如先知般,預知一切:

> 火車不會準時開出來的,這我早就知道了。即使全燒水溝的人都戴上手錶了,火車還是火車,郵差還是郵差,當然,我也還是我。要知道火車到底來了沒有,還是要用「聽」的才準。(同上,29)

> 其實,我們每個人的身體裡面本來就有一隻手錶,只要讓自己安靜下來,就可以清楚地聽見那些「滴答滴答」的聲音正毫不遲疑地向前狂奔著。(同上,33)

　　秀才的死讓男孩更加肯定，生活必得來自真實的內在感受。與其說是男孩得到了成長，毋寧說是男孩對現代社會所崇尚文明、科學、精確、理性價值的一種「反成長」。

　　青少年成長小說中的啟蒙儀式，不外是青少年在家庭、學校和人際等生活上所面對各種變化、衝突，「成長」與「反成長」小說在啟蒙事件的類型上並沒有太大的不同，也就是說家庭變故、死亡、性、冒險、離家，是青少年成長小說中常見的題材；不同的是小說家如何賦予啟蒙儀式的意義，也就是小說家安排青少年主角如何看待啟蒙事件，青少年主體的詮釋才是最重要的。而「反成長」傾向的小說，則往往將那份驚愕之後重整的生命觀，隱藏的更含蓄，交予讀者思考和選擇。臺灣的青少年成長小說中「反成長」的啟蒙儀式，可說是一種兼具小說內涵和形式上的「反」。反的是青少年成長的「絕對意義化」、「道德化」，小說家追求的是青少年主體性的成長，而非被動的接受、調適自我以符應社會期待，成長意義不只是對青少年，也應包含成人社會。小說中呈現的「反成長」，不是目的地，而是過程。

第六章　臺灣青少年成長小說中「反成長」呈現的問題意識

第一節　僵化的教育體制

「文以載道」一直是中國文學中極受推崇的傳統，一般評價為偉大的作品往往承載「反映社會現實」的道德倫理使命。到了二十世紀六〇年代夏濟安等人引入的「新批評」以形式主義研究反對作品的外緣研究後，才漸漸沒落。當時，最為人所知的是夏志清肯定傳統印象式批評與顏元叔主張的新批評，有一番爭論。大體上來說，傳統印象式的批評，強調主觀的閱讀感受；新批評則認為作品是獨立的個體，不受社會文化、時代背景、作家生平等因素影響。長久以來因為文學受政治意識形態決定，當時「新批評」可以擺脫這個桎梏，自然是略勝一籌。隨著社會環境，各種文藝思潮的交流，評論和創作的觀點更多元化，小說批評與小說的創作之間，當然也就相互影響。鄭明娳指出：「如果想要把小說的實際批評鎖定在某一個批評流派的視野中，是不切實際的想法，就好像堅持臺灣小說的正統是寫實主義或現代主義一樣，都只是一種專斷的意識形態。」（鄭明娳，1993：22-23）青少年成長小說當然也是如此。從歷史來看，任何一種文學批評或作品風格的盛行，必定有其時代背景因素，如果執意停滯於歷史的某個階段，是虛枉的。和「過去」相比，「今日」最珍貴的便在於從時間的洪流中奠基了更寬廣、包容的視野。

今日，一個小說論者不可能從中取捨，而是應該學習相容二者：

以正文為核心輻射而出的討論可以包含文化、政治、社會的批判與評價活動；當然，在品評當代小說創作的時候，也不見得無法從文化研究、文學的社會學模型、新歷史主義文論等思考角度重新編繪一個時代的光譜；從作品中心論移到讀者中心論，從形式主義逆轉到反形式主義，從文體論滑翔到意識批評，從傳統詩學過渡到當代敘事學，到了臺灣文壇逼進世紀末的時候，預備跨越世紀的小說批評視野可以無限寬廣，但是也沒有任何一種批評理念和方法可以壟斷所有的言談市場。（鄭明娳，1993：22-23）

楊照認為：「比起顏元叔和夏志清，葉石濤對臺灣文學批評更有開創性的貢獻。葉石濤努力想要尋找出一個文學傳統，再將作品放進傳統裡來討論。而這個文學傳統的存在，不是孤立的、不是懸空的，是必須從種種社會、政治、經濟的因素裡去看出來的。他不相信作品可以離開作者單獨來談，所以他會優先選擇那些他能夠同情理解他們身世遭遇、所經時代、寫作困境的人，作為評論的對象。」（楊照，1998：26-27）但在今日，青少年文學的論者中仍有人固守新批評，以致於對作品的討論僅自限於情節、人物如何如何，而少了作品與時空環境的對話，是極為可惜的。這是我期許自己在論述時不同於其他青少年成長小說論述的地方，也因此在本章初始就必須自我說明。

正因為如此，在研究臺灣的青少年成長小說時，除了第五章的小說美學表現之外，另一個相對應的重要面向是：小說的社會文化層面內涵，就本論述來說，也就是臺灣青少年成長小說中「反成長」所呈現的問題意識。所謂問題意識，主要來自於小說的主題，而不僅僅是小說中的社會現實題材；小說的問題意識並不是來自社會問題的再現，而是來自小說的內在邏輯。如果小說是小說家關心人類

生命的一種方式，那麼人在社會環境中的種種處境，就是小說的主題。以此，本章所討論的「問題意識」便是定位於「反成長」傾向的小說中青少年的成長處境，以及小說家對該處境的觀察、質疑和反思。

　　身為一位教師，也是一位小說讀者，當我為小說中的「反」而吸引、而震撼、而喟嘆，當我讀《危險心靈》為謝政傑感到心痛，當我被大頭春直接又犀利的言語刺得想要棄書而逃卻還是著迷，想那也是因為年少時曲折的學習經驗積累了我對教育體制的內在抗拒。而今，無論願不願意，一旦進入體制中，我就成為自己當初對抗的體制的一部分。

> 歷經多年代課生涯，終於成為一位教師，初任教便進入一所講究嚴謹紀律的偏遠校園中，我內心的困惑和衝突常常不亞於剛升上國中的學生：每日讓人透不過氣的課外輔導，從週六、日到寒暑假，從七點早修到晚上九點的晚自習，中秋團圓、耶誕的歡樂、跨年狂歡，都不是一個國三學生和國三老師應該期待的。大大小小的考試成為一張通行證，有些學生順利通往了看似美好、卻令自己茫然的未來，有些學生則早早放棄了這場不公平的考驗，最令人心疼的是那些沒有勇氣放棄、費盡心力仍苦苦追趕不上的學生。服裝髮型的堅持或鬆綁，生活的規律和彈性，究竟怎麼樣才不會扼殺了一個年輕心靈的翱翔？卻又不淪為漫無邊際的放縱？只為管理方便，豈能是至高無上的準則？任何體罰都違反人權，包含罰站、跑步都算，我有沒有別的方法，還是只因為它是最快速有效的方式？我總是擔心：這樣的校園、這樣的老師，我們將會教出怎樣的下一代，那一張張的笑臉，會不會因此而失去生命應有的光彩，會不會成為一個徒有智識、卻情感枯竭、價值扭曲的「社會中間分子」？

　　這是我初任教時的札記，從學生到成為教師，經過了十幾年，教育現場雖有改變，但本質上並沒有太多的差別，此刻我心中的疑惑並沒有隨著時間而減少或消逝，而我已是這體制中的一員。「反成長」的青少年成長小說能夠提供多少力量給體制中的學生，我不知道；可是我知道它會在某些時候撫慰那些身陷黑暗中的年輕心靈，一如年少時的我。在教學生涯中，過去那些曾經陪伴過我、給過我無比震撼的小說，它們始終提醒我，關於成長應該保有更多的彈性和空間。

　　在大部分以青少年成長歷程為主題的小說中，或多或少都會提及青少年對教育體制、學習環境的反感或抗拒，但臺灣青少年成長小說中真正以教育為主題的作品並不多，多數是作為小說中青少年主角的背景刻畫之一。許榮哲〈那年夏天，美濃〉裡的陳皮，就是學校裡被貼上標籤的偏差學生，把空城記改成空床記的幽默，偏偏訓導主任無法懂；「當然，任何一個吵雜無趣的上課片段，也都是逃離現實的好機會」（楊佳嫻，2004：280），學校顯然無法提供更多元的學習空間給這樣的青少年，他們不是流放在校園以外的各個角落，就是棲身在校園中、教室裡、成績單上最末端的位置。袁哲生的〈猴子〉裡的榮小強上私立中學，一所據說是老師打得兇的好學校，把若瑟中學諧音讀成「垃圾中學」，十足的揶揄諷刺；而敘述者「我」說到：

> 升上國中之後……我爸爸再三叮嚀的，叫我不可近視。不可近視的原因是我爸要我國中畢業之後報考軍校，準備將來可以修飛機，如果近視，便無法通過體檢了。因為這個緣故，所以沒人逼我看書，我成了全村第一個沒有課業壓力的國中生，連學校的老師都為我感到高興。（袁哲生，2003：53）

在少年看似平淡的敘述中，反襯出在這個眷村社區中青少年普遍的升學考試壓力。林奎佑〈阿尼〉對學校教育裡許多像阿尼一樣成績不佳的「問題學生」的心理也有精準的一段描述：

> 學校生活真是完全無法選擇的無聊，那是一種無法做什麼又不能不做什麼的狀態。阿尼討厭這樣不由自主的自己，所以不肯念書，寧可被記過也不想繳作業。但是最根本地，他連「不念書不繳作業什麼都不做」的自己也感到討厭。因為這種不作為一點價值也沒有，其中沒有任何反抗的意思，只是等待，等待戰爭將一切停止，將一切破壞，然後重新開始。這種等待是懦弱的，阿尼隱隱約約也意識到，因此不管前進或後退，都讓他焦躁不堪。（袁瓊瓊，2003：154）

學習如果沒有提供對生命本質的認識和思考，也只是徒然。說起來面對這樣的少年根本無所謂成績好壞的問題，因為他們早早就已經放棄了學習，在可預見的負面評斷之前，他們早就先一步的拒絕被評斷。阿尼其實藉由一種看似墮落、荒唐的方式努力地想生存下來，在那些冷酷近乎無情的話語裡，傳達了對生命無可奈何的沉重，而枯竭的年輕生命終究沒有找到一個便捷的補血鍵。

臺灣青少年成長小說中大多數的作品是以教育體制作為青少年成長歷程的其中一個背景因素，可能也因為短篇的侷限。在長篇小說中，有少數幾部作品對教育問題有較深入的刻畫。這裡要舉例的有三部作品：分別是李潼的《魚藤號列車長》、侯文詠的《危險心靈》和張大春的《少年大頭春的生活週記》。《魚藤號列車長》雖然並不以教育為主題，但其中幾個段落，透過人物對話，和少年主角范翔內心的疑惑，都間接批判了學校教育的僵化，也明確傳達出李潼的教育理念，著重在對自身土地文化的認識。當鬍子馬各初遇見少年范翔時：

你問我除了讀教科書，背英文單字，我看不看課外書或英文
名著。

除了考試有用的教科書，為什麼還敢看、要看沒用的課外閒
書，你不覺得這問題有點蠢嗎？（李潼，2005：60）

這裡可以顯見作者想要傳遞給青少年讀者的學習態度，也可
以間接看出學校仍以升學主導學習活動，當然也就教出功利、缺
乏思考的學生，尤其是那些循規蹈矩的學生，更是將考試等同於
學習，完全不去思考、質疑自己的學習內容和學習方式。後來范翔
在夢幻俠薔姐和柳景元的帶領下，讀波特萊爾的詩，但心裡仍是
不解：

更重要的問題是，讀這種詩，就算感受很美，也有想像空間，
但它描述的情境，跟我在山村的少年生活有何相干？

還有，最要緊的是，我們學校內或學校外的考試，會考這些
有的沒的詩嗎？讀這些詩、背這些詩，有用沒用怎麼看？

這些問題，我問過柳景元，他回說得不明不白：「讀書，讀到
現在有用，將來未必有用；讀到現在沒用的書，將來不見得
沒用。讀書要讀得有感受、有感動、有想法、有思考，讀得
出快樂的滋味最重要。」（同上，122-123）

乖順學生范翔的疑惑代表多數學生和家長心裡的想法，與聰
慧、早熟、有獨特見解的柳景元形成對比，李潼藉著兩人之間的對
話，讓小說與青少年對話，也與現有的教育體制和社會價值對話。
另外也寫到地理老師經柳景元的抗議，開始自編苗栗地理教材、繪
製掛圖、講述苗栗的地方故事，種種的改變讓原本沒反應的同學也
都從課堂中甦醒過來。

我們班同學沒反應，也就是教不教都無所謂，就像我們對許
多切身的或遙遠的事物，沒啥意見，反正大家從小都習慣這
種平凡、平靜的平常心，我們不覺得有意見或沒意見，對事
對人會有啥影響、能有啥改變。（同上，128）

范翔的話批判了臺灣的學校所教育出對生活、情感麻木的學
子，沒有懷疑、沒有思考，安安靜靜順服一切；勇於質疑、勇於反
抗的柳景元，促使了地理老師和國文老師的改變。這一點，李潼是
樂觀積極的，相信年輕生命能為保守、僵化的教育體制，帶來新的
活力。這是我們樂見的「教學相長」。

相較之下，侯文詠的《危險心靈》則沉重的多。《危險心靈》拍
成電視劇在公視和有線頻道播出，尤其在獲得金鐘獎後，我發現它
開始在學生之間傳閱和討論。小說中的少年因上課看漫畫意外引發
一場對教育體制的抗爭，過程中牽涉到的人越來越多，媒體報導也
引來更多社會輿論的關注，不同身分、立場之間複雜微妙的依存關
係，最終導引出小說家認為臺灣教育問題的根本病因在於：扭曲的
社會價值，其實來自學校行政、教師、學生、家長、媒體等所形成
的「共犯結構」，最可怕的是身處於共犯結構的一員卻不自知，正如
謝政傑的父母當初同樣也將孩子送去參加詹老師的課後補習。不同
於主流少年小說的是：當少年在一連串的抗爭中獲得學校的讓步而
重返校園，卻反而在同學的敵意中決定轉學，小說就此落幕，不刻
意賦予少年在事件中獲得明確的成長意義，反而給人更多的反省空
間，真正讓小傑受傷離開的不是學校，而是其他同學所代表整個社
會的共犯結構。我們在閱讀後心裡必然會有個聲音：我也是共犯結
構之一嗎？閱讀時可以強烈感受到作者用力的想將對教育的批判、
反省，透過小說中的各個人物的談話傳達給讀者，這部分顯得不夠

自然。但侯文詠以長篇來寫教育問題的企圖可見一斑：成長的意義
不只是著重於青少年主角而已，對於跟青少年相關的主、次要人物，
例如小說中的謝政傑父母、詹老師、高偉琦等等，也都經歷一番成
長，這是具有濃厚批判意味的「反成長」小說。「反成長」的青少年
成長小說，通常青少年主角會在歷經衝突後傷痕累累、付出極大的
成長代價，以幻滅作為成長意義的獲得，而不過分強調主角順利調
適自我，以符應社會期待。

　　至於張大春的《少年大頭春的生活週記》，則透過一個少年大頭
春自述生活的點滴，用無厘頭、嘻笑怒罵、引人發笑的方式，對教
育體制作最強烈的抨擊。大頭春和大多數人一樣順服在成人的期待
下成長，上才藝班、補習，卻對成人世界、學校教育不以為然，極
盡能事的嘲諷：

> 督學來的那一天，有一個不知道哪一班的同學偷偷把一張密告
> 信夾在督學的車窗前面，要他下午降旗以後再來，這樣才能
> 抓到我們學校老師給同學補習的情形。校長知道了很生氣，
> 就在週會上宣布：一定要把這個告密的同學抓到才行。可是
> 後來好像沒抓到。這件事我們都有聊天聊過，覺得告密是一件
> 很賤的行為，因為如果督學真的抓到我們補習，那以後我們就
> 考不過別校了。可是假如告密是很賤的行為，為什麼老師常常
> 會聽信那些告密的同學去講的一些事情？（張大春，1993：51）

　　《少年大頭春的生活週記》和前面所提的《魚藤號列車長》及
《危險心靈》最大的差異在於：徹底地從語言和形式上來批判教育
體制。不論是溫柔敦厚或厲聲吶喊，都是基於成人、理性表達的一
種方式；而借少年純真口吻的戲謔嘲諷，則是另一種跳脫既有思考
的方式，對許多規訓、真理發出質疑。

　　十幾年過去，教育環境並不是完全沒有改變，但不論考試方式如何改變、課程如何調整，教育的本質上並沒有掙脫「萬般皆下品，唯有讀書高」的枷鎖，社會價值對學生的期待也往往如此。這是小說對教育問題提出的反省：對於學生的「偏差行為」、「學習成就低落」除了不作負面標籤的評價，或是歸咎於家庭問題、社會風氣，極力導正學生的「偏差」，更重要的是青少年的「反叛」、「偏差」正反映出學校教育、師生關係中所潛藏的權力結構和運作。成人唯有承認這一點，所謂的青少年問題、教育問題才能真正得到改變的契機。

　　近日讀到非馬的〈鳥籠〉：「打開／鳥籠的／門／讓鳥飛／走／把自由／還給／天／空」（李敏勇，2006：208-209），詩人的慧心巧思將鳥、鳥籠，以天空來取代。我才發現原來鳥籠關住的不只是鳥，失去自由的也不只是鳥或鳥籠，更是天空，少了鳥兒飛翔的天空，看似廣闊，確實也失去了一些什麼。這不也很像學校和學生的關係？這又使我想起了曾經看過的一幅圖，一個十足荒謬的畫面：畫面中被關在牢籠裡的人對著外面的人喊著：「哈哈！你們都被我關在外面了！」；如果學校真如一座牢籠，那究竟是牢籠關住了少年，還是學校自禁於牢籠中而渾然不覺？失去蓬勃多元生命力的世界，是不是也很像失去了鳥兒飛翔的天空？我們是不是可以打開門，把自由還給每一個獨特的生命？

第二節　多重扭曲的家庭面貌

　　隨著社會的變遷，過去「天下無不是的父母」已經慢慢由「家庭會傷人」所取代。家庭對青少年的影響深遠，不需要多說，但是看著一張青春的臉龐覆上驚恐不安，純真的眼神連求救都反覆遲疑時，是遠比任何家庭結構改變的統計資料都真實得令人心痛：

一早社工來學校了解情況，詢問妳複雜難解的家庭背景，我
才知道談完話後，要陪著你去報案。基於安全考量，妳必須立
刻轉學，緊急安置到中心去。也許來得太快，妳眼淚直掉；
我不敢看妳，想讓自己的情緒抽離，抑制住心裡的激動，對
妳說：「真的希望妳到那之後，會有一個全新的開始。千萬要
好好愛惜自己，懂事一些……」在分局完成冗長的報案程序，
蓋完手印，妳左手的拇指上留下了鮮紅的泥漬，看妳反覆地以
衛生紙搓揉手指，如果這令人厭棄的、醜陋的一切，也能夠
一手擦去，那該有多好！那時的妳，是不是也這麼盼望著？離
開前，妳依舊睬著眼睛看我，看不真切的眼神，有太多太多的
什麼，我再不敢回頭，關上了門。妳慣常睬著眼的神情，生氣
時問妳為何說謊時妳的無言，笑鬧時、心虛時，駝背的樣子、
生病虛弱的樣子……會不會再見到妳？我希望不會，至少短
時間內不要，因為當妳再回來時，那表示一切對於父親的指
控沒有成立，妳將必須再回到那個家裡去，如果那是家的話。

　　這是我教學生涯中極其難忘的一個記憶。在教學現場中最令人
無奈的應該就是家庭帶來的悲劇了，這些故事真實上演著，隨著新
聞報導結束終將慢慢被遺忘，而悲劇中人的生命卻仍每天在繼續。
我們能給的，除了有形的資源，就是一份陪伴、一份力量，讓家庭
破碎的青少年能足夠茁壯堅強到面對自身家庭的黑暗，和自己內心
的黑暗。教師是如此，對小說而言又何嘗不是如此？

　　以家庭為題材的青少年成長小說中，親子溝通是常見的一
種。親子溝通最大的問題來自價值觀的衝突，像是呂紹澄〈學音樂
日記〉裡的少年，即使學業成績和運動表現優異，卻始終無法得到
音樂家父母的肯定：

> 饒恕我吧！原諒我猶如原諒一個不曾相識的人。
>
> 十二點四十分，鐘仍滴答滴答地響。你們一個個睡了，誰也不來管我了，你們絕望了是嗎？我在哭，有誰聽得見。（桂文亞、李潼編，1998 下：216）

這內心的吶喊，是青少年與父母之間因價值不同而產生衝突時，共有的無奈。不同世代之間的價值觀，尤其是對學業表現的態度，往往是青少年與父母的最大衝突，二、三十年來升學主義下「唯有讀書高」的觀念並沒有太大改變，還是經常出現在小說中。溫小平的〈蝶夢片片〉中的追星女孩小蝶，在父母失和、父親外遇且忙於工作的家庭中得不到關愛，轉而寄託在偶像李寧亞的身上。透過偶像的歌聲彷彿安慰了她內心的寂寞，繼而變成迷戀，一心一意懷抱著與偶像的各種憧憬，最終事情的真相使她純真的夢境幻滅。

> 小蝶搖搖頭，這些對她已經沒有任何意義了。她不明白的是，為何爸媽總喜歡做些「亡羊補牢」的工作？等她的心滿是傷痕的時候，才想辦法縫縫補補？即使是世界聞名的整形權威，怕也無法拼湊回小蝶失去的夢了。（桂文亞、李潼，1998 上：300）

這兩個短篇都以青少年、少女為第一人稱敘述者來表露心聲，小說在情節安排和人物的心理刻畫上比較單薄，並沒有特別凸出之處，但卻是現有少年小說選集中關於家庭親子衝突題材，少見以「反成長」作結的。

除此之外，青少年面對父母外遇、離異等家庭變故、家庭破碎的情形，更是青少年成長小說中常見的題材，這確實也反映了社會現狀。比方說：《危險心靈》中盡是家庭缺乏功能、家庭破滅的青

少年圖像：像中輟生艾莉，經商失敗的父親酗酒、躲債，母親離家，小學五年級就寄人籬下，到了國中以後翹課到公園晃蕩、賣盜拷光碟、援交，等到荒唐後想重回學校又不被接納；國三生高瑋琦，騎摩托車、混搖頭店、賣搖頭丸，一開始很容易被他弔兒郎當的樣子欺騙，一個學校中常被視為行為偏差的少年，隨著情節的推演，作者才慢慢揭露他也是出自一個功能不全的家庭。小說重現青少年生活在這種家庭的無奈、憤怒心情，希望為人師長、父母正視自己對孩子的責任和影響力，如果他們看小說的話。除此之外，小說還能做些什麼嗎？還想說些什麼嗎？我想是人面對生命的根本態度吧。剔除了年齡、階級和權力以後，人和人之間存在的是什麼？這些關於家庭的書寫，其實都還沒有真正觸及家庭對青少年成長的根本意義。

　　昆德拉說：「沒有意識到自己出身的人是自由的，從掉在樹林中的雞蛋裡生出來的人是自由的，從天空落下來，沒有一絲感恩的痛楚而接觸到地面的人是幸福的。」（昆德拉，1992：136）家庭對青少年的保護功能之餘，同時也產生了束縛，以愛為名的傷害最深；青少年反叛學校、反叛師長都不是最艱難的，最艱難的莫過於反叛家庭、反叛父母。臺灣小說對家庭的反叛最極致的非王文興的《家變》莫屬：「但如果王文興只說了個兒子長大，逼得老父出走的逆倫故事（或政治寓言），並不足以凸顯《家變》的激進性。王文興的敘事方法及文字措辭是這樣的離經叛道，才令我們大開眼界。如果父權建構得力於龐大象徵體系一以貫之的運作，那麼打倒父權必得釜底抽薪，質疑所謂的『象徵』敘述究竟是怎麼回事。而王文興對文字符號象徵的謔戲實驗，不啻是他叛父的第一步：小說的形式就是內容。這樣的作法今天或許是見怪不怪了。但擺在彼時的環境中，依然有教科書式的示範意義。」（王德威，1998：198-199）由

此來看青少年成長小說，二十世紀八〇年代以後，能在小說主題和形式上都徹底「反成長」的非張大春莫屬。張大春的《少年大頭春的生活週記》裡的大頭春即使面對父母離婚，似乎仍不改酷酷的模樣，但在看似冷靜的外表下，是無可奈何的心情。這也是許多青少年面對父母離異的典型反應：

> 我最擔心的一週大事終於發生了，爸爸媽媽在星期二那天跑去律師那邊辦離婚。星期一晚上，他們假裝很民主、很開放那樣叫我去客廳談話，說我已經長大了，應該對我們這個家庭的事情參與一些意見……如果這兩個人是完全不同也不能一起生活的人，我不就更怪胎了嗎？我是他們生的，總有一天我也會變成和自己完全不同的人，也要決定不能和自己一起生活，那我寧可去得自閉症算了，要不然得蒙古症也好一點……那天晚上我睡不著，也沒有很難過。這個世界上的事情就是這樣，你怕了很久的事如果發生了，就沒什麼好怕的了。（張大春，1993：88）

這種異常的冷調，也許很不符合一般人的期待，但卻又相當真實；讀者先是為大頭春另類、犀利的語言風格感到某種痛快，然後便逐漸隨著篇幅開始感知到大頭春內心的混亂、矛盾、悲傷，繼續在嚴肅和搞笑、純真和世故、幼稚和成熟中來回穿梭，並不會感到錯亂，反而更貼近了青少年真實的成長樣貌。相較之下，青少女面對家庭變故有較強烈的情緒反應，張惠菁〈哭渦〉中的少女小月，懷著對母親死去的罪惡感，面對太年輕而稱作哥哥的父親有著糾結的愛與恨。然後自己在十七歲也經歷墮胎時，才領悟到自己的罪，乾涸已久的眼才終於有了想哭的念頭。

是的我想要哭。像個孩子一樣嗚咽乃至嚎啕，直到有人聽見
了聲音過來探看，問我怎麼了，我終於也想像那個哭於腹內
的孩兒一樣毫無驕傲地索求注意。我不知道倘若那個受精卵
繼續留在我的體內，是不是會長成一個腹哭的孩子，這念頭
令我想要哭。（楊佳嫻編，2004：267-268）

　　前面也提過鍾文音的〈補〉，已是二十歲的小里同樣受困於母親
外遇、殘疾的父親、患癲癇又智障的二姊等等的陰影中無法自拔。

母親常出門送養樂多和牛奶，送貨常一送就是個半天，也沒
人敢問他怎麼去那麼久。殘疾的父親常在看店時打著瞌睡或
是看色情刊物，有時唾液還在嘴邊發出嘟噥聲響；父親清醒
的時候通常是看著窗外，由於路家雜貨店地勢較高，小里的
父親坐在輪椅上便可目擊騎樓行過的女生們的乳溝，這時候
他喉部發出的聲響和某個部位的震動，每每讓小里感到心
慌。（幼獅文藝編，2001：17）

　　各種家庭變故中，違背風俗、道德和倫常的的家族秘密，是
青少年最難以面對的。父母的悖德對青少年的衝擊，遠遠超越了父
母離異本身，那種無以名之的罪惡和恥辱感，通常需要經過很長一
段時間才能坦然看待，那些不堪、醜陋的家庭秘密，其實都顯露
出生命本質中的軟弱，它既不可愛、也未必可恨，領悟了這一點，
禁錮的靈魂因此得到釋放，進而從苦痛的回憶中重新詮釋而得到
啟蒙。
　　青少年小說中為數不少的家庭描寫，顯然與臺灣二十世紀八
〇年代的社會變遷、家庭結構改變、離婚率升高有密切相關。經
濟蓬勃發展後的臺灣社會和所有發展中國家或先進國家相同的

是：家庭結構在劇烈變化中。當代的家庭結構多元化，包含完整的核心家庭、單親家庭、繼父母、隔代家庭、同性父母組成的家庭等等。當大多數人討論新型態的家庭組成所帶來的青少年問題，其實很容易變成站在主流價值的觀點去評斷、貶抑了其他的家庭型態。小說卻提醒我們最重要的一點：家庭結構與家庭功能之間，沒有必然關係，也就是說最傳統的核心家庭，看似結構完整，還是會因為父母互動、教養方式而導致家庭功能不彰，對青少年產生負面影響。社會如何變遷，婚姻的形式有各種可能，最根本的還是在於心靈的支持。多元的家庭組成樣貌，不必然等於問題家庭、問題青少年。這也是何以我的論述希望回饋的並不僅限於青少年，更是成人讀者。

第三節　人際的疏離和孤立

人都渴望親密，青少年的人際關係從家人、手足、師長、同學逐漸向外拓展，其中又最重視同儕。「反成長」小說中的青少年都有人際疏離的傾向，例如：前面多次提到《危險心靈》中的謝政傑與沈杰、《魚藤號列車長》裡的范翔與柳景元、郭箏〈彈仔王〉中的我和阿木，以及許榮哲〈那年夏天，美濃〉裡的廖國輝和陳皮。陳皮也來自一個破碎家庭，母親外遇離家、哥哥在父親的打罵中被趕出家門，在學校受到主任羞辱，受同學嘲笑，如同隱形人一般的坐在教室最角落，不愛說話，這樣的他卻偏偏愛跟敘述者「我」說話，而「我」也覺得陳皮很有智慧，「覺得他雲淡風清的話裡，帶著遙遠的什麼」（楊佳嫻編，2004：275），那是記憶中最純粹美好的時光，兩個少年就這樣留連在竹林裡和螢火蟲捉迷藏一般：

「ㄟ，蕭國輝，螢火蟲一定很寂寞。」陳皮說話的時候，一隻
螢火蟲悄無聲息地落在他的衣領上，並沿著衣緣緩緩爬行。」
「你又知道了。」
「屁啦，我怎麼不知道，如果你是隱形人，大家都看不到你，
那你會不會寂寞？」螢光一閃一滅，螢火蟲沿著陳皮的頸脖
環行一周後，便展翅飛走。
現在回想起來，螢火蟲會讓人感到寂寞的原因，除了牠是隱
形人之外，另一個原因便是牠的安靜無聲。（同上，280-281）

廖國輝、陳皮和螢火蟲三者，心中都懷著那不被看見、不被了
解、無法言說的寂寞，而這份寂寞像密碼一樣聯繫著彼此，只有彼
此能知解，不須言語。這些小說的共通之處是：都是以一般人看來
循規蹈矩的少年作為第一人稱敘述者，敘述在成長記憶中的一些
人、事、物而得到啟蒙，但這些啟蒙者不來自成人，而是來自身旁
較為早熟、聰慧、特立獨行或是被視為問題學生的少年同伴。

周芬伶《藍裙子上的星星》裡的醜醜和馮靜也是強烈對比的組
合：相貌、身材不佳的醜醜，極度自卑，在學校總是孤單：

一大堆的石頭堆在一起，它們誰也不屬於誰，誰也不關心誰，
就好像我周圍的人一樣。（周芬伶，1998：21）

當她遇見了像女神般高瘦、亮眼的馮靜，醜醜看著馮靜挺身而
出，為一個瘦小的同學向體育老師抗議時：

我也很想哭，好像也被她救了一樣，而她是英雄。在我心裡
有一種從來未有過，很奇異很微妙的感覺，有點喜悅也有點
心酸。為什麼我從來不知道她？（同上，33）

當馮靜和幽靈相戀時，醜醜強烈的不安和嫉妒湧現：

> 我真的無法接受這個事實，我想我再也無法喜歡她也無法崇
> 拜她了。那一天晚上，我把所有關於她的日記撕下來，點一
> 把火全部把它們燒了。第一次感到心碎的感覺。（同上，52）

小說中描述了青少女在同性情誼之間有欣賞、崇拜又夾雜著嫉
妒的複雜心情。早慧、敏感的少年少女，如果在人際上缺乏「同儕
的認同」或「認同的同儕對象」，也就必須花費更多氣力處理個人內
在的孤獨感。賴香吟〈霧中風景〉一開始就寫出少女對自我形象的
困惑，在青春洋溢的校園裡感到格格不入。

> 而我，一個高健沉默如男性的少女被塞在青春的速食罐頭
> 裡，使我感到茫然的與其說是周遭氾濫的女性，倒不如說是
> 那種徒具感官、毫不遮掩的放蕩青春令我心生抗拒。像是失
> 去了回應的能力，找不到欣賞自己的規則。（陳芳明，2006：
> 172-173）

少女對自我形象的貶抑，帶來對人際互動的矛盾：既渴望被了
解，卻也害怕被了解；無法肯定自我，同時也懷疑別人。張老師基
金會 2004 年開始一項針對青少年為期三年的研究發現：「在身體意
向方面，青少年最在乎自己身高體重及別人對自己個性的看法；在
人際關係方面，青少年最容易因不認同朋友的價值觀而產生衝突、
和父母聊天平均每天在半小時以下；在青少年次文化方面，青少年
最常從事休閒活動是上網，且每天上網時間平均一小時以下。」（林
世莉，2005：2-3）由此可知：當代的青少年是在一個家庭結構、社
會價值都處於極度變化不定的環境中成長，這種變化不定的心理素
質，使得當代青少年比過去的青少年更加仰賴青少年次文化所形成
的同儕認同。在科技通訊、傳播媒體蓬勃發展的今日，人際關係的

網絡越來越頻繁、越來越複雜，交友和互動的模式也與過去大不相同。一方面，青少年的交友範圍更廣闊，但同時也暴露了當代青少年所須共同面對的挑戰：現代社會的人際關係常建立在物質、外在條件的認同，心靈上的交流是微弱的；但無論社會如何變遷，人內在的心靈渴求並沒有減少，因此更強化了人內在的孤獨感。在青少年熱絡、頻繁、看似黏膩實則疏離的人際關係中，這種內在的孤獨感多半隱藏其中，可能連青少年都不自覺，成人也不易察覺。人際關係在一般青少年小說中是常見的題材，但「反成長」小說看待這種現象並不只是處理表層的人際互動技巧，更深及人物的內心世界。

第四節　性的壓抑與放縱

禁忌。一種明明存在卻不可探觸的東西。（張大春，1995：77）

我們儘可能作一些小小的變化——換房間、換燈光、換衣著、換姿勢、換一切可換的東西；除了我們的身體。我們在變換著一切的同時也發現一種變換不去的感覺一直隱伏在我們變換不了的體內：恐懼；我們都在恐懼著我們那太容易厭倦和被厭倦的軀殼。（同上，112）

　　性的壓抑與放縱，不僅同時存在社會現實中，也表現在青少年成長小說的書寫本身。對於性，青少年接收到的「規範」遠比「認識」多，在弄明白它「是什麼」之前，往往在成人「應該如何」、「不應該如何」的規訓中先行以行動認識了它。蔡素芬〈暗室〉寫一個少女在聯誼中相識了念專科的青年，很快的就在第二次相約時發生了關係，其中還夾敘了少女破碎的家庭、叔叔的對她的上下其手的回憶：

她穿了一件灑花長裙去赴約，青年看了那長裙就覺刺眼，一直想把它脫掉。兩人拉拉扯扯，雖然她才國三，但從叔叔那裡得到肌膚之親的經驗，她並不慌亂，甚至期待著什麼。現在她信任這青年，幽暗的室內飄著青年衣上的煙味，她期待溫暖，卻又擔心後果。青年沒有給她太多的機會考慮，他用他甜蜜的口才和溫柔的舉動占據她。（張子樟主編，1998：175-176）

她也很快的發現青年並不認真看待這段關係：

他還是送她下樓，她卻沒有上次感動了。她不知道和他是什麼關係？好像很親又好像很不親。她甚至不能完全記得他的容顏。第三次去青年住所，青年對她草率又粗魯。她像醃菜缸裡的鹹菜，給任意地翻來覆去。她不禁哭泣，青年皺起眉頭說：「你煩不煩？」

她開始怕去青年那裡，又覺得自己似乎已經是青年住所的一部分。（張子樟主編，1998：176）

接著她在生理的變化中擔心自己懷孕，青年知道後索性消失、避不見面，少女終於在朋友的陪伴下看了醫生，才發現虛驚一場，知道自己並沒有懷孕。這是許多青少女發生性關係的典型，多半是在對戀愛浪漫的想像中來不及思考、反應就發生了；但是性的發生並不全然是被迫的，多半也都是帶著一點好奇和期待，平日受壓抑的欲望一旦受撩撥，也就難以抗拒了。但不論是對戀愛或性的美好想像，其實還是反映了少女內心對愛和親密的渴求，這是成人在導讀時必須小心的：

這種故事一再重演，一再讓人惋惜，整個事件並不完全是她的責任，至少她的媽媽也得承擔管教不嚴的罪名，何況自己

　　給女兒的是個壞榜樣。丈夫不在家,公然把男友帶回家,女
　　兒看在眼裡,當然有樣學樣。(同上,181)

　　本書的編者張子樟對於這篇小說的心得,頗讓人心驚,這樣的
評論失之武斷,也顯得過於僵化、狹隘,甚至隱然有種父權思想而
不自覺。其實,從小說中可知少女身在一個功能不全的家庭,父親
出海捕魚,長年不在家,母親則另有交往的男朋友,由於沒有更多
的細節,讀者也無法了解父母的互動、情感如何,是否另有其他問
題,小說中並沒有交代。但是當少女的母親發現男朋友對自己女兒
毛手毛腳時,將男友趕走,並對少女緊迫盯人,後來甚至常歇斯底
里的罵她,當少女想向母親求助時,母親則三更半夜從新男友那裡
回來……這些描述都可以發現這個母親角色固然失職,但在破碎的
婚姻中或許也有她的痛苦之處,以致於她內心對女兒的愛也給扭
曲、掩蓋住了。如果只把罪名歸在不負責任的母親外遇、把男朋友
帶回家,似乎太簡化了問題。小說家提出問題在於:一個缺乏愛、
也渴求愛的母親,根本無力好好的愛孩子,以致於少女也和母親一
樣缺乏愛、更渴求愛,卻在不真實、不確定的對象上尋找愛,而忘
了保護自己。如何使自己內在的需求,不論是愛或性的渴望,得到
適當的表達和滿足,才是避免悲劇的關鍵,對於成人和少年都是如
此,尤其對於女性更是如此。雖然小說最後還是給了溫暖光明的結
局,但社會看待這樣的事件,需要有更深入的關懷,而非妄下評斷。
以這篇小說而言,對於青少年「性」的發生仍具有相當的教育、警
示意味,也是多數以「性」為題材的主流少年小說的共同之處,並
沒有直接描寫青少年的「性」。

　　但「性」確實是一個開啟少年啟蒙的重要儀式,不論是性的自
覺、性的發生、性的追求。社會發展和變遷中,「性」觀念和行為的

變化是一個重要參考指標。李昂〈人間世〉中的大學女生因為對愛情和性的無知而懷孕，求助學校輔導中心反遭到退學，反映出過去的學校教育和社會環境中對「性」高度壓抑的荒謬，尤其對女性的壓制更多，一旦觸碰禁忌的結果，往往是悲劇收場。〈花季〉中早熟的少女更是透過對性的幻想，意識到自我內在的欲望，而「這樣在心理或行為上逾越社會規範的表現，其實人人都有，少女好像反而給成人上了一課。」（楊佳嫻編，2005：14）兩篇小說發表在二十世紀六〇年代時，都受到許多批評和非議，或許這正是作者所期待的，唯有如此才能迫使社會面對此一問題，該反省的不只是故事中的女孩，還有社會大眾。雖然這兩篇小說已有一段時間了，現在看來在青少年成長小說中卻還是相當「異類」。臺灣青少年成長小說中真正出現較多以「性」、「情欲」為書寫的，一直要到了九〇年代以後了。

　　其中八〇年代出現的同志文學，被視為代表之作的應該是白先勇的《孽子》。以同志情欲的書寫在當時不但驚世駭俗，更衝撞著傳統的父權體制、社會倫理，由書名「孽子」即可知。九〇年代則有紀大偉、許佑生等人；除此女同志方面的書寫，則有陳雪、邱妙津等。「我們要怎樣面對這波情欲寫作風潮？說這是末世的頹廢現象，人心不古的鐵證，難免要遭假道學之譏，更不談自我性壓抑的嫌疑。說這是後解嚴、後父權、後資本、後現代，後殖民時期的症候群吧，又顯然犯了歷史的短視症。只要我們把眼光放大，就可以發現在古早的晚明，人心可能比現在還不古。我無意嘲諷當代的情欲述作少見多怪。我所關心的是，何以在中國（文學）現代化的過程中，有關情欲主體的探勘，發軔如此之早，發展卻如此的生澀緩慢。」（王德威，1998：251-252）而這波成人小說中的情欲書寫風潮，也才開始緩慢出現在青少年成長小說中，當然多數還是會被不安的成人有意隔絕在青少年的閱讀之外。而張大春《我妹妹》中就直接寫出了

青少年面對身體變化的尷尬、忐忑，感覺到體內一股奇異的力量，卻無法完全以意志來駕馭，是很令人不安的：

> 海綿體早在我小學時代就經常充血，它並不像書本寫的那樣
> 「由於性欲的刺激」而膨脹，反而常常在我騎腳踏車、溜滑
> 板、跳繩的時候悄悄壯大起來。國中二年級，歷史課本裡描
> 述抗戰期間「共匪乘機坐大」，我想我的老二無端勃起就是
> 一種乘機坐大的表現；它不一定祇能接受性的刺激而已。性
> ——作為一種本能和一種知識；的確足以讓一個十四歲的少
> 年既耽溺又不安。（張大春，1995：54）

成人們走過青春年少，但卻不敢面對青少年對性的自覺，那些在腦海中出現的畫面和想像，透露了對「性」的困惑，並且隨著時間產生罪惡感，或者在行動實踐中逐漸麻木、不再思考。

> 有很長很長的一段時日，我總在擔心：我體內的某處藏著一
> 頭怪獸，牠隨時可能撕裂我的皮肉，竄跳出來，嚙咬吞殺我
> 爸爸、強暴我媽媽。而且一次又一次重複幹這件事。每當我
> 的視線中同時出現他們倆的時候，那怪獸彷彿可疑地存在了
> 一下。問題不在於牠是不是確實存在？而在於你不知道牠是
> 否存在？這樣的洗腦會令人無從判斷：質疑自己的父親是否
> 僅僅源於你想佔有自己的母親？呈甦醒狀態的男人願不願意
> 招認或自白他對血親的性愛渴望？（張大春，1995：138-139）

「性」在我們的社會中是一種禁忌。雖然有許多研究都告訴我們：臺灣的青少年初次性行為的年齡逐年降低、青少年發生性行為的比例逐年升高，因性行為連帶發生的未成年懷孕、未婚媽媽、墮胎或是感染性病、愛滋病的情形也日益嚴重；即使近年來傳播媒體、

學校教育對性教育的大力推廣，即使性的話題，包含：對象、姿勢、場所、情趣等一切細節都可以公開被討論，但性仍是一種禁忌，尤其是對青少年而言。關於自身的性欲、渴望，性行為的發生對伴侶之間親密關係和情感發生了什麼影響，並沒有真正被討論。「性」也常常離不開「愛」來談，我們的社會還沒有足夠強壯的準備面對「性」自身的存在，特別是對青少年。

第五節　尋求科技慰藉的空虛與苦悶

當代青少年的生活已經高度依賴科技文明，其中以網路交友、線上遊戲、及時通和手機等影響最為深遠。但這些情況表現在小說中的並不多。陳南宗〈鴉片少年〉以電腦遊戲作為小說敘述者，「第二人稱」的「你」是一個決意離開校園、丟開書本，投入虛擬遊戲的少年，企圖在虛擬的世界中尋找心中神聖偉大的目標。

> 舊世界早已衰敗無趣且容不下一顆可以恣意馳騁夢想的心，你說你必須完全疏離才得以解脫。
> 為了追求新生，你拋丟舊靈魂。你及一幫相同意志的新夥伴，飢渴且亢奮地在一手打造的家園中重新定位自我，第一次（你們無法置信），人竟可以決定自己的命運，創造自己的故事。（陳南宗，2006：12）

一心追尋「神聖偉大的目標」的少年，最終不過是落入資本主義社會的市場利益操縱中。

> 總是等到現實的口袋空了，你才驀然醒悟，原來寸金真難買
> 寸光陰，（一單位上線點數要十元去買！）而你的生命在金錢
> 面前反倒無足輕重（復活，只消五十枚天幣買份德魯依祈
> 禱！）這也是你第一次察覺兩個世界的價值觀竟是如此相
> 似，那骯髒的、陰暗的欲望黑水再度悄悄滲透整個夢想的莊
> 園……（陳南宗，2006：13）

　　逃進虛擬世界的少年仍抵擋不了現實逼迫而來，遊戲中的戰士
只好在現實中賣起了大補帖，來維持戰士的生命和偉大的聖戰目標。

> 在那個世界，現實和虛擬的速度接近一致──不，應該說，那兒
> 不再有現實與虛擬的分野──無分晝夜，大補帖像泉水般源源不
> 絕地流洩著，到處是狡獪的商人，看不到戰士的身影，當然，沒
> 有人提起民族聖戰這個字眼……直到某天，你雙手被查緝盜版
> 的員警銬上，你才猛然從鴉片的酖毒中覺醒過來。（同上，20-21）

　　「壓片」和「鴉片」的諧音雙關，隱喻網路遊戲如同現代鴉片，
使生命枯竭。少年最終對虛擬世界的純真破滅，才知兩個世界原來
是同一個世界，同一個狡獪商人橫行的世界，揭露了遊戲背後的殘
酷面，少年所著迷於遊戲中的風光、神氣，其實是建立在商業利
益上。尤其各種遊戲軟體日益翻新，不但增加了遊戲者的人際互
動，竟然也訴求於傳統鴛鴦蝴蝶派的淒美愛情故事；更進一步突
破了真實和虛擬的界線，遊戲者可以在實體商店中購得遊戲中的
寶物，遊戲世界的寶物在真實世界也有著驚人的市場價格。整個遊
戲軟體在現實中龐大的商機和產值，正是建立在看似虛擬的遊戲
上。但無論是消極逃避，或是勇於追尋，在虛擬世界中闖蕩的少
年終究須面對真實人生。小說家看青少年沉迷遊戲的行為，其實
是看到青少年行為背後的存在焦慮。

青少年迷失在商業利益所建構出來的遊戲世界，最令人擔憂的還是：主體的不復存在。駱以軍在〈降生十二星座〉寫電動玩具陪伴成長的這一代青少年，如何在電玩遊戲中尋找挑戰和刺激，卻又在結束遊戲後抑制不了內心的寂寞空洞。

> 十二星座乍看是擴張了十二個認知座標的原點，實則是主體的隱遁消失。他人的存在成了一格一格的檔案資料櫃。認知成了編排分類後將他們丟入他們所應屬的星座抽屜裡，而不再是無止境的進入和陷落……可以挑選任何一套權式的系統，只要你按下你所屬的或你要的星座，所有的表像於外的乖詭行為、歇斯底里的扮相、你不能理解的沉默或空白，都可以彙編入它的星座剖圖。啊！你只要握有那個星座的指南，就可以按因應於他（她）們性格節奏而設計的謀略，照著路線，一步一步直搗私處。（陳芳明，2006b：148-149）

透過電動玩具、星座知識來認識世界、認識他人終究是徒勞無功的；青少年渴望愛、渴望認同的內在需求，卻使少年執迷不悔。小說以電玩遊戲、星座辭彙拼貼成長的記憶，穿插了一些記憶中的事件或片段，如：父親工作的變化、女同學的自殺和幾段戀愛，對電玩無比認真的投入和眷戀，實際上正好投射了少年心裡的矛盾和苦悶。

小說除了反映時代與社會變化、描述青少年執迷於電玩遊戲的深層心理之外，我們更不應該忽略：青少年純真的企求在遊戲世界中得到成就，看似年少無知的悲哀，其實是社會的悲哀之處。林奎佑〈阿尼〉裡的少年阿尼將遊戲視為生存之必須，他自傲於「HARD CORE」不同於一般遊戲中死掉頂多損失一些經驗值和金錢，一個人只有一條命，死了就什麼都沒有，能通過考驗的人就能上「天梯」。

> 在一次一次搏殺，瀕死又驚險撐過去的瞬間，他可以感覺到
> 某種甘美的東西，從大腦的底層滲出，蔓延到全身。「一直往
> 前進的話，應該可以獲得什麼吧。」他想。勝利就可以活下
> 去，沒有別的比這更加明確……阿尼從來不感到驕傲，因為
> 沒有什麼值得炫耀的。他很清楚，自己打電動的原因和其他
> 人不同。為了在戰爭來臨前活下去，非得找一件事認真地幹
> 不行。進入「HARD CORE」是沒辦法的事，因為這種玩法
> 對阿尼而言才有意義。既然要作戰，就必須認真，不痛不癢
> 死去是不行的。對其他人來說「地底樂園」是娛樂，對阿尼
> 來說則是信念。（袁瓊瓊，2003：158）

少年對自身存在的疑惑始終沒有解除，唯一能期待的是戰爭。
他好戰，相信自己不會死。在遊戲中絕對認真，在生活中也自覺該認
真，卻認真到無法敷衍、無法應付、無法假裝，很矛盾，也很真實。

> 他早就明白自己不是能夠靠努力去爭取到什麼的人。世界上
> 有不耕耘就能收穫的人，也有很努力才能獲得一點點的。就
> 像遊戲一樣，選定角色的時候，後面的事就決定好了。即使
> 有人能夠加以改變，像是那些駭客，可以侵入遊戲，修改程
> 式，那也不是阿尼辦得到的。所以政治的事與阿尼無關。唯
> 一能夠平衡這種不公平的就是戰爭。不是為了信念、理想或
> 是世界和平，戰爭的火焰是為了每隔一段時間，燒盡地上一
> 切不平衡而存在。（袁瓊瓊，2003：159）

阿尼說是什麼都不想要，渴望戰爭帶來的毀滅，或者說當一個
人什麼都沒有的時候，對於毀滅也就沒什麼好恐懼了，反而相信自
己能在毀滅中重生，事實上在毫不在乎的外表下，他仍然強烈渴望
在萬物毀滅後的新生。這種渴望與其說消極，更像是積極的。

相較之下，袁哲生〈秀才的手錶〉以鄉土傳說般的寓言型態來呈現科技文明的主題，顯得獨特。小男孩與秀才之間的互動饒富趣味，秀才帶點鄉野傳奇的神秘色彩和男孩純真又犀利的幽默口吻，形成文明與自然、理性與純真的強烈對比。

> 那天和阿公依照原路走回家之後，我就把秀才的手錶藏在床板下面的一個夾層裡。奇怪的是，從此以後我的聽力變得不如從前了。（袁哲生，2004：32）

以手錶代表著科學、精準的權威性，秀才死後遺留下的那只錶，暗示著作者對成人世界過度仰賴科技文明的批判。教育與反教育，成長與反成長，雖然寫得含蓄委婉，卻深刻有力。

科技始終來自人性，但人性中有黑暗、暴力、殘酷的一面，如果沒有經過適當的轉化，如果沒有情感和心靈為基礎，科技文明是危險的。可是這份危險卻跨越不了不同世代的認知差異，難以撼動當代青少年既有的生活習慣；因此，小說提醒了讀者，我們應該思考的是：與其批判網路、線上遊戲，以「網路成癮」等病態化的標籤來看，並無助於解決問題；不如思考網路、線上遊戲究竟滿足了青少年什麼？我們是不是看見了青少年沉迷於遊戲背後真正的內在需求？能夠滿足人所匱乏的內在需求，科技文明就不會是罪惡、不會變成危險。

第六節　貧富與城鄉差距

如果不是一場突如其來的病，我可能不一定會拜訪彰仔的家。房子還算寬敞，但一進門，映入眼簾的便是四處堆積如山的衣服和雜物，桌上有用剩的食物，惹來不少的蒼蠅，為

了提醒彰仔母親藥物須冰箱保存，我進到廚房，看見水泥地面上有一窪積水，隱隱傳來臭味，冰箱的髒亂也就更不用說了。看到這樣的家庭情況後，更加心疼這個孩子是怎樣長成現在的大個兒呢，也就對他滿江紅的成績，多了些諒解。時常叮念他衛生習慣、打掃工作，沒想到在學校時已經是他最乾淨整潔的時候了！

這是我在一所偏遠學校任教時的心靈震撼教育。對許多人而言，這樣的家庭始終遙遠的像另一個世界，以為這只是社會中的某些特例，事實上不在少數，貧富和城鄉差距懸殊遠遠超過我們想像。生活對這些中低階層家庭的孩子而言，是奮力搏來、得來不易的，如何避免不幸的事一再重複？尤其當文明以進化、優勢姿態透過傳播媒體呈現在眾人眼前，越是原始、鄉下的人們能有多少自信足以抵擋？最後，多半在強大的資本主義社會中被弱化，並且洗腦成功，逐漸在主流價值中喪失自我認同。

陳景聰的〈少年八家將〉寫兩個家庭背景截然不同的女孩，一個是忠義堂八家將女團員上惠，另一個是準備出國留學的模範生明娟，代表著臺灣社會中兩種不同生活文化的族群：

> 「咳！我老爸說的，會讀書的人路很廣，可以慢慢找目標。我們不會讀書的，只有走一條路的機會，少年就要開始打拚！」她雖然書讀得比我少，人生的體驗卻比我豐富得多，想法也成熟。如果人生像一盤棋，她已經是棋手，而我還只是別人手中的棋子。（張子樟編，2005：37）

可惜小說在處理兩個不同文化背景的家庭的相識和相處時，只以寥寥幾句，一次相約露營便化解了所有的疑慮，過於簡化。忠義

堂面臨惡勢力的恐嚇，可能有拆團的危機，來的突然，也結束的太快、太圓滿。不僅如李潼所說：「我們對生猛的少年八家將武打場面，出陣時的威風實況，很想見識一下，感受一些可能的張力鋪排，不知道作者為什麼輕易就閃人？」（同上，50）而且，作者有意重塑一般人對八家將的負面的刻板印象，卻用力過度，對於八家將團面臨現實的黑暗面，都輕筆帶過。如果從黑暗面作為小說情節的發展、衝突，或許更有助於讀者真實看八家將團，並且從中肯定忠義堂、上惠父親對八家將少年的苦心、上惠的堅持，以及明娟所代表的中上階層家庭應學習以開闊的心態看待不同的族群。另一篇同樣有青少年人物的強烈對比是廖炳焜〈老鷹與我〉，敘述者「我」遇見了曾被管訓三年的轉學生老鷹。老鷹在撫育院裡認識了園藝師傅老張，促使他想重回校園，以考上農校園藝科為目標；相較之下，「我」則在母親的高度期待下，以建中為首要目標，無法說服自己，心裡還懷抱著對音樂的夢想。

> 為什麼老鷹身上，總是充滿著自主抉擇的自信？我一個品學兼優的學生竟然在這個曾經惡名昭彰的同學前，看到自己在別人譜好的節拍上，踩著不快樂的腳步？（張子樟主編，2000：256）

老鷹的母親是原住民，父親意外過世後，母親被阿嬤趕出家門；而「我」的父親則是鄉公所的公務員，擔任學校的家長委員。在有限的資料中，仍可以推測兩人的家庭背景、成長經驗截然不同，但小說中一反常態的是「我」受到老鷹的啟發。同樣的，「我」決定結束補習，改以高中音樂實驗班為目標，很快就得到父親的支持，母親的反應則沒有交代，這個轉變過程顯得太輕易，如果這麼輕易，何以長久以來「我」卻強自壓抑喜好，不敢表達？似乎不太合於情理。

但這兩篇小說的共通之處是提出一個重要的觀點：其實，強勢文化和弱勢文化不必然對立，也可以在少年純真良善的本質上，有很好的交流和互動，這對於成人反而是一個很好的啟發。當然，也就不必在小說中「只報喜不報憂」的讓兩種截然不同的文化刻意融合。

苦苓（最後一班南下列車）和吳錦發《青春三部曲》中的〈春秋茶室〉故事頗為類似，寫少年小傑搭救可能因家庭變故而流落風月場所的女同學美美，在內容題材、情節安排和風格上都像是「純真陽光版」的〈春秋茶室〉。過程有驚無險，困境雖沒有解決，但最終留下光明的結局。

> 人潮不斷在我們耳邊流動著，大小車輛也都呼嘯而過，這個
> 世界大概一點也不在乎我們發生了什麼事，除了一個路過的
> 小學生好奇地打量我們，也沒有人多看這四個佇立在路上的
> 年輕人一眼。我忽然覺得經過這一次，我們都長大了，雖然
> 說不上來是一種什麼樣的感覺，但的確有很多東西和過去不
> 一樣了。（張子樟主編，1998：141）

青少年成長小說和成人小說一樣，不可能避開社會黑暗面的描寫，但小說家不僅僅執著於人性「善」或「惡」的探討，更勇於深入人性的脆弱與黑暗；許多少年小說創作者、論者所堅持「即使作品中有善惡對立的現象，最後獲勝的必定是『善』的化身」。（同上，143）就社會現實而言，或是就小說的價值，都不必然如此。揭發惡，或者善惡的糾葛，同樣也能激發善的追尋，並且還能對惡保有更為彈性的理解。這一點對青少年來說很重要。前面提到的洪敏珍的短篇小說〈你有看到我媽媽嗎〉，寫都會的中低階層家庭的青少年，除了現實本身的困境，還得時時面對生活周遭的富庶、五光十色的人事物，同一個城市裡卻彷彿兩個不同世界。而鄭清文〈割墓草的女

孩〉則是鄉村的家庭面臨工業社會發展後的生存困境。小說中的女
孩小娟，父親車禍去世，哥哥則在同一場車禍中壓傷脊椎骨的神經，
雙腳癱瘓，母親為了家計到鎮上做小工，連假日也不得休息，十三
歲的小娟則在假日上山幫人割墓草，來分擔家計。

> 小娟跟在三個人後面走到半山腰，地勢比較緩和，就可以看
> 到東邊的山坡上，矗立著一根大煙囪。那根大煙囪實在太大
> 了。有人說，那根煙囪所用的水泥，足夠蓋好整個村子的房
> 子。媽媽也一直想進入那工廠工作，卻沒有成功……她知道
> 村子裡有許多人想進去那工廠工作。可是，媽媽卻不能進去，
> 哥哥也不能進去，阿康卻可以進去。（梅家玲，2006：53）

當她幫人整理墓地時，對著墓庭裡軟爛的泥巴像是從棺木裡挖
出來的，可能還沾了死人的血水，她心裡忍不住感到恐懼：

> 她站起來，望著那東西，而後轉頭看了看大人。這時，她感
> 覺到有什麼東西從上面壓下來。
> 那是工廠的大煙囪。那大煙囪。那麼近，那麼高大，在雨中
> 還是那麼清楚。她有點怕，好像那個煙囪就要倒下來，壓在
> 她身上。（梅家玲，2006：58）

當她割完了墓草，甚至忍住了恐懼用手處理完那灘軟爛的東
西，終於拿到了五百元，心裏又感激又感動。

> 這時候，她感覺那煙囪雖然那麼大，卻沒有剛才那種壓下來
> 的感覺。她仰頭再看看那煙囪，而後背著它，順著原來的路下
> 去。也許，運氣好的話，她可以再找到一次工作。（同上，59）

　　小說中一再的以工廠的煙囪象徵進入村子裡的工業文明，一方面帶給人們希望，一方面又帶來巨大的壓迫感，這種無奈從大人感染到少女身上，家庭生活的困境讓國一的她早早學會了堅強、勇敢，甚至必須強悍自我才能對抗欺壓者。就像回家的路上她仍要面對男孩阿康意圖以暴力搶奪，她知道自己無論如何都不能妥協，於是用力咬了阿康的手指。

> 「嘔。」她用力壓住胸口。她碰到了錢。今天，她賺了六百元。還咬斷了阿康的手指。她真的咬斷了阿康的手指？「嘔。」她再用力壓住胸口。黃昏已近，天色變得很快。她望著阿康跑下去的路，遠處還有人影，那些是掃好墓要回去的人。但她已看不到阿康。（同上，65）

　　女孩在強悍的抵擋後，嘴裡是咬了阿康手指的血味，又想到剛才處理過的死人血水，忍不住作嘔。心裡的恐懼，短暫的勝利，對小娟而言，生活就是這樣一場又一場的搏鬥而來的。梅家玲認為：「鄭清文的創作每每與主流文學若即若離。在都市文學與政治文學風行一時、女性主義方興未艾的八〇年代，〈割墓草的女孩〉仍不失鄭清文小說的一貫風格，並以獨樹一幟的方式，與時代思潮展開對話。」（梅家玲，2006：67）不但如此，小說家對社會發展中弱勢家庭中的青少女的關懷，除了肯定少女面對現實困境不妥協、自立自強的堅毅精神。雖然如此，但我想讀者很難同意這種堅毅精神會是什麼正面「成長」意義。相反的，女孩的這份堅毅在大時代的變化和資本主義社會中，更顯得卑微，也令人憂心無奈。而這正是小說對讀者最懇切的提醒。

　　鄉下的青少年面對的是現實的壓迫；都會青少年面對的是複雜社會帶來的龐大競爭壓力和各種內在更巨大的困境。張大春的《少年大頭春的生活週記》、《我妹妹》中的青少年都是中上階層的家庭，到了《野孩子》時則完全是一個社會最底層的街頭流浪少年的

生活寫照。雖然貧富不均和城鄉差距的問題，很少直接出現在青少年成長小說中，但不論是各自以都會或鄉下為背景的小說，彼此之間形成的對話，有助於讀者更全面認識不同家庭社會文化對青少年成長的影響深遠，我們也可以從小說的細微處窺知青少年在不同的家庭、社會文化中的成長處境。

第七節　青少年次文化的創建

> 我的未來是條蟲。未來是什麼？還不是一隻無可救藥的蟲在那裡蠕動！爬呀爬能走多遠？世界盡頭？無底深淵？笑話！最多也不過爬完樹的高度，你還能做什麼！（導航基金會主編，2003：3）

> 大人不了解我們，所以他們無法忍受我們在街頭打滾跳舞的方式，大人認為我們怎麼可以在那麼髒的地上跳舞，可是，我們有我們的想法。不要以為跳舞很簡單，它也很難，不比讀書容易。（同上，8）

這裡一段是一個考上高中希望渺茫的國中男生寫的內心獨白，另一段則是一群就讀高職或已經休學的街舞少年在記者會上的發言。我聽到話語中對自己的憤怒，也聽見了在不被肯定的挫敗中奮勇建立起來的自信，兩相對照，頗令人玩味。

我們將青少年不同於主流文化所表現在身體、裝扮、語言、喜好的行為或價值特徵，稱之為青少年次文化。「次文化是在各種寬廣的文化中，意義重大，同時具有特別價值的協商區。次文化是某些團體在社會歷史的結構中，反應了他們所面對的某些地位、模糊

性和具體的矛盾。這個術語及許多支持它的理論，都幾乎用它來研究和詮釋青年人，而且是和異常有關的青年人，將『青少年文化』劃分來代表所有的年輕人，這種用法企圖將年齡和社會階級這兩種因素綜合起來，作為所有年輕人在選擇不同次文化認同和次文化活動時的決定因素。」（楊祖珺譯，1997：390-391）這些不同於成人文化的青少年次文化，是為了滿足生理與心理的需要，發展出一套適合自己生活的獨特文化，包含了生活型態、價值觀念、行為模式及心理特徵，不同世代的青少年次文化會有各自的面貌，但共通之處是它們保留了社會中最大的活力。在消費社會中，傳播媒體大量的以青少年為主要訴求對象，使得青少年次文化有向主流文化靠攏的情形，青少年次文化常常引領著主流的流行文化。

　　陳光興指出：「臺灣在八〇年代開始逐漸成為資本主義的消費社會，長期的政治極權開始鬆動，青少年主體才漸漸受到注意，一直要到九〇年代以後，具有社會能見度及自我能動性的青少年群體才真正出現。樂團、街舞、同人誌、飆車族、滑板足、哈日族、哈韓族，乃至於最近的援助交際等等大都透過消費的文化空間來出現，以不同風格及大眾文化符號的使用來標示出她／他們的社會存在。」（導航基金會，2003：序 II）然而，這樣的青少年樣貌卻很少出現在青少年成長小說中。是因為青少年主體性的出現，反而讓小說的成人作者忽略了這些次文化表現的內在需求？還是成人作者並沒有認真看待這些青少年次文化的表現，甚至存著偏見？雖然小說中對於青少年次文化的書寫並不多，姑且就以幾個例子來看。前面多次提到侯文詠《危險心靈》主角的謝政傑因為上課時看漫畫而引發了一場對教育體制的抗爭。那是一部頗受青少年喜愛的日本漫畫《聖堂教父》。

「你看那些行人的眼神，充滿了無力感。」田中說：「孩子的眼神一直是閃耀著光芒，但是看到那些人無精打采的眼神，卻使我想到死亡，彷彿世界即將消失不見了……」田中喝光了飲料，看著杯子，不解地問：「是什麼原因，讓原本靈活的眼神成為那種無力感的樣子？」

就在那麼短短的一頁畫面，漫畫上面畫的那些路上走過的行人茫然的表情，忽然讓我想起同學們一對一對死魚般的眼神。彷彿我又回到了枯燥沉悶的課堂上，承受著無聊的講解，沒完沒了的考試，成績不好以後就沒有前途之類的疲勞轟炸……（侯文詠，2006：180）

　　作者刻意安排了一場父子相約到漫畫店的情景，這個父親透過漫畫開始重新認識自己的孩子，這樣的安排帶有相當的理想成分。但小說有意為成人對漫畫的刻板印象提出平反，則是試圖讓青少年的主體得到應有的尊重。成人自以為是的認定為色情漫畫，其實不盡然如此，書中固然有裸露的畫面，卻有其內容上的深度值得肯定，多數的成人卻少了耐心，總是早早就有了定見，以致於拘禁不了青少年走向危險，又連帶喪失了那些美好珍貴的部分。漫畫、電玩、網路交友、手機、及時通、部落格、刺青、穿洞穿環等青少年次文化，常常是在這樣的定見中受到誤解。這些看似膚淺、空洞的喜好，有其豐富的內在價值與文化意涵。

　　在網路、街舞、樂團都還沒有蓬勃發展的八〇年代後期，除了漫畫，籃球場也是青少年成長的一個重要生活場域。郭惠芯〈少年情事〉寫青少年在籃球「擂臺」的競技，有著行走江湖般的恩怨和道義。在球場上的轉身、跳投、快速的來回攻防、身體相互的衝撞中，體內的青春暴力因此得到了抒發：

> 兩夥人以前也曾在球場上遇過，大家清楚彼此態度，阿丁他
> 們是純磨球技，武行一夥人愛現，雙方場上不通聲氣，雖各
> 有勝負，卻也井水河水互不干犯。前天許是天氣太熱，打起
> 來比較毛躁，武行比平日更跋扈，動不動就一廂情願地指責
> 阿丁他們犯規。阿丁和蛇腰一樣打前鋒，平日沉默寡言，話
> 一出口卻自有威嚴，儼然是五人中的老大。他只要一聽到對
> 方叫犯規，便自然把球定在地上，他覺得打球是痛快，爭小
> 節沒意思。其他四人就不同了，往往會把球狠力一擊，讓球
> 彈得老高之後才盡速回防。（黃凡、林燿德主編，1989：83-84）

年少氣盛，難免因此擦槍走火，起了衝突。即便如此，明日仍要
相約老地方見，「轉進巷子以後，人不見了，卻隱約還有籃球擊地的
聲音。」（同上，90）那或許也是少年們在煩悶的生活中唯一可以感
受到自己心跳的聲音。從少年們對籃球看似盲目的著迷、在球場上
的自信神采，反而間接透露了這群即將參加聯考的高三生，是如何
夾雜在父母的期待和自我的懷疑之間，承受著升學的壓力，轉而將
無處可宣洩的壓抑、不滿、憤恨的情緒釋放在籃球場上，小說家對
那些奔馳在籃球場上的青少年們有深切的關懷，卻不浮濫。另外一
篇也是寫青少年在籃球場上的是二十世紀九〇年代後期李潼的〈鬥
牛王／德也〉，描寫少年德也準備進行一項危險的籃球表演，透過身
旁的好友、球迷、前女友和德也自己四個人的多重敘述觀點，提供
讀者進行思考。其中也寫出了青少年渴望在球場上獲得肯定的心理：

> 籃球運動的精采，除了雙方球員的水平相當，球員的運球靈巧、
> 投籃神準和臨場的默契絕佳，最精采的還在於創意；一種不同凡
> 響的節奏、一種不平凡的速度和抗拒地心引力的高度、一種勇於
> 表現自己的方法、一種專屬的標誌。

> 就算德也受傷，他在腳踝紮的繃帶，也和別人不同。他帶傷上陣
> 的跑步、跳躍，永遠有一種創意美感。（張子樟主編，1998：147）

就像所有青少年熱衷的滑板、飆車等冒險活動，青少年對自己有不死的迷思，受傷和死亡反而像是一種榮耀的印記。在小說中的四個觀點對主角德也這個危險的表演有讚賞、有質疑，小說最後結束在德也的自述，充滿詩意的畫面，德也究竟表演了沒？小說沒有明確答案，留待讀者自行想像和詮釋。

> 男子漢是一種勇氣、一股熱血、一個為人所不敢為的作風、
> 一種選擇、一種思慮後的行動、一種令人懷念的人類、一種
> 懂得化險為夷的動物、一種不理會閒鬧的堅定、一種不可動
> 搖的信念、一種遼闊的視野、一種對生命的尊重、一種永不
> 後悔的溫柔的人……
> 我抱著嶄新的籃球，回報給我的球迷，一個無可替代的微笑。
> 一群晚歸的鴿子飛過去了。（張子樟主編，1998：158-159）

雖然留下了開放式的結局，但對於青少年間打賭的冒險行為，小說的態度仍然是相當明白的。比起郭惠芯〈少年情事〉，它有較濃厚的教育意義，只是換了一種委婉迂迴的方式來說，就這一點仍是值得肯定的。

在二十世紀八〇年代書寫青少年次文化的經典代表是郭箏的〈彈子王〉。打彈子也就是打撞球，是當時風靡全島的休閒，成為當時青少年族群的榮譽標章。雖然彈子房常常被成人貼上「不良場所」的標籤，卻無損於它在青少年次文化中的崇高地位。小說中透過敘述者「我」的陳述，側寫阿木從一個撞球的「菜鳥」，漸漸發展出自信，更在斷掌後成為神乎其技的「彈子王」。而敘述者「我」也在混亂失序的生活中走過青春年少：

> 時光像迸碎了一般，這邊一片，那邊一片，打工、轉學、再
> 被退學、再打工、入伍、退伍……
> 沒有主軸，亦乏脈絡。這樣的日子令我厭倦。（梅家玲，2006：191）

　　後來「我」勉強找到了修車的工作，卻又自覺落魄。當初總嫌阿木的笨拙惹人厭，罵他沒有主見，老是在意別人；反而也從阿木身上得到了對生命的啟發：唯有自我肯定才能走出生活的困境。看起來是一則勵志故事，實際上卻有著濃厚的「反成長」傾向：阿木的成長並不是接受學校教育的馴化，反而是在闖蕩江湖中接受殘酷的社會歷練；阿木的自信更是從教育體制和主流價值所貶抑的「撞球」場中得來的，所謂的反成長其實是一反既有體制的另類成長途徑。

　　青少年次文化的另一個常見的表現特徵就是：裝扮。「要求群體規則的社會，第一個害怕的歧異就是頭髮。頭髮是一種象徵，是個體追求自由最微末的表現。」（蔣勳，2007：30）所以，監獄、軍隊和學校，要求的第一件事便是剪去頭髮，統一了髮型和服裝後，連帶其他個人化的表現也就跟著一併收束起來。李季紋在〈洞〉中由敘述者「我」寫弟弟身上的刺青、穿洞，連結了自己的耳洞，和耳洞所標示的情感記憶。小說一開始便先從電梯裡觀察少年的妝扮寫起：

> 高挑的少年站在我的前面，特意留長的小平頭用髮膠繞出好
> 幾個飛舞的漩，螢光橘的毛海套頭衫上縫著一個未開封的男
> 用保險套，綠色軍褲在靠近右邊臀部下方畫出一道裂痕，新
> 入手的鮮黃馬汀大夫鞋無意識的踢著灰色地毯，崒崒的聲音
> 像極了一記記悶拳被沙包硬生生吞下。但這些都不能引起我
> 的注意，除了他形狀美好的耳廓，像最細緻的貝殼一樣的弧
> 度，溫柔的包著裡面粉紅色的渦狀迷宮，我常常為了尋找那
> 迷宮的出口而失神。原子筆芯粗細的金色長釘，從左耳外廓

斜斜刺入，怵目驚心的穿過迷宮的內壁，最後在靠近髮鬢的
地方鑽出外牆的是一條拖曳著紫晶螺旋的響尾蛇……（幼獅
文藝編，2001：92-93）

　　青少年常用身體來挑戰傳統價值，刺青和打洞穿環也是其中之
一。執意讓身體承受巨大痛楚的行為，令成人感到匪夷所思；對青
少年而言，卻是不能自己的愛上那種痛的感覺：

弟弟用他得天獨厚的身體歷經了各種穿洞的痛楚。右耳是一
字排開七個耳洞，同時帶上七個環時宛如活頁筆記簿。秀氣
的右鼻翼上也有一個洞，有時候少年會用鍊子把它和其中一
個耳洞連起來。嘴唇、舌頭、眉毛上免不了穿洞，鎖骨、肚
臍、指節上的皮膚也有洞。媽媽發現了弟弟眉毛上穿洞的時
候，才知道他已經穿了耳環和鼻環，歇斯底里的母親拔掉了
兒子衣服上所有的釦子，剪斷所有的鞋帶，但少年穿著汗衫
和拖鞋，出門一趟帶回了嘴脣上的洞。（同上，99-100）

　　小說試圖描繪出青少年刺青、打洞行為背後的內在心理輪廓：

「我指望能更痛一點，因為沒有永遠的事，我要永遠記住我
希望能永遠的那個時刻。」
少年絕口不提紫晶響尾蛇是為了什麼時刻、什麼心情、什麼
人，我也不問。這麼巨大的傷口也許不是他願意讓我與他一
同承受的。（同上，101）

　　其實「我」和弟弟一樣都懷疑永恆，卻又渴望永恆。弟弟用刺
青、穿洞來留下永恆，卻不免要落入一次比一次更深、更痛的無盡
追尋中。而「我」害怕永恆，在永恆出現之前，便先斷絕一切可能，
然後又不斷地在下一段關係中尋求永恆，同樣是無止盡的徒勞無

功。「我」的害怕穿洞和弟弟的不斷穿洞，都填補不了心靈中的幽深黑洞。這種在快速變動的時代中對永恆價值的渴求和懷疑，對青少年來說是艱難的，卻是常常容易被忽略的。這篇小說使我想起了一個有自傷行為的女孩曾經告訴我：「其實我並不是真的要自殺，刀片畫在手臂上的那種痛，剛剛好可以讓我感覺到還活著，還有感覺……也暫時忘記了其他的痛。」而我憂心的是，暫時忘卻的痛也許將來要用更巨大的痛才能代替，而心靈和身體承受的痛的界線什麼時候會崩解？不論是自傷、刺青、穿洞或飆車，青少年那些熱衷於讓身體處於那種死亡邊緣、痛苦邊緣的行動，其實是為了讓自己不要麻木。雖然危險，何嘗不是一種積極求生的作為？

　　在第五章第二節時曾經談到青少年的語言風格是人物塑造的表現特徵之一，也是小說中最常展現不同世代青少年次文化的方式。語言是維持生活的秩序的重要因素之一，青少年追求自主、表現反叛，常常就是從語言的誤讀、翻轉和冒犯開始。張大春《少年大頭春的生活週記》很能充分表現青少年的語言特色：

> 我們又等了兩天，羅老師還是沒回來，好像那個守株待兔的故事一樣，大家上課時就被教務處考默寫。後來我們就有一點想念羅老師了，唉！這真是兔死狐悲啊。（張大春，1993：5）

　　對成語的誤用，當然是小說的刻意嘲諷。成語向來被視為精練的語言表現，其中有歷史、文化的豐富繼承；可是在教育過程中成語卻失去了生命，成為一種知識的記憶背誦。我想起去年「罄竹難書」和「三隻小豬」的成語風波在媒體上鬧得沸沸揚揚。成語使人思想懶惰？其實語言文字的發展演變中，本來就會隨著時代而擴充意義或減損原意，所謂的原意和本意也未必如此，至於誤用的情況更是屢見不鮮。急於表示立場和看法前，我們應該有更多對於語言文字有

更多的思考，語言文字的神聖性難道是必然如此？在捍衛本意和包容新解之間，是不是會有更多的可能？那成為眾矢之的的人，最大的貢獻倒是給了大家一個重新思考和對話的機會，至於答案並不是最重要的。有趣的是：當時，我觀察校園中對於這個話題的反應，青少年和成人大不相同。我發現學生們帶著興奮和止不住的笑意，相互交換這個話題，也許那些笑聲的背後在想：終於發現了一個有幽默感的大人了！雖然，他看起來無比認真，一點都不覺得自己在開玩笑。青少年喜歡在語言上刻意的誤用，賦予新意，反而在這個事件中得到共鳴。

　　語言的反叛在青少年次文化中看起來最溫和，實際上最具破壞力。成人終究難以理解這些粗鄙語言的背後，會有什麼了不起的深意；對青少年而言，這些不假思索的語言，也就只是一種想要衝撞、想要遊戲的本能。而當這些青少年次文化語言進入小說中，無疑是要令成人不安和驚恐的。

> 我太氣中視了，不小心罵了一聲「幹」，爸爸聽到就罰我寫悔過書。我一面寫一面想：反正平常在外面我很「幹」的時候也講過幾千幾百次，只寫一張悔過書已經有夠偷笑了。（張大春，1993：24）

> 老師說過：做人要有原則。我的原則就是：朋友如果用成績ㄍㄚˋ你，要比用刀子ㄍㄚˋ你還過分。（同上，149）

比張大春更早之前，李順興在《廢五金少年的偉大夢想》中就已經在小說語言上挑戰讀者對粗暴文字閱讀的界線。

> 惡蚊仔就讀市內一所三流高中。大家口頭上習慣稱他老大，但背地裡的談論則以「龜兒子」代之。他的老爸是龜公，老媽是雞夫人。（李順興，1992：2）

　　九〇年代以後，滑稽、荒謬已是當代青少年的標誌之一。無厘頭、誇張、輕佻、不按牌理出牌、敢於特立獨行，甚至是荒淫和墮落，但我們又總能在那聲聲狂笑後，聽見深深的空洞、茫然和孤獨。

> 那種不快樂也非憂傷或痛苦；憂傷或痛苦似乎過於沉重，而我妹妹那樣年紀的少女即使已經有一種負擔生命重量的心情，卻未必真有那樣的力氣。於是笑便成為他們尋找生命之中各種複雜、矛盾或衝突本質的一把鑰匙。她們笑，人們看見那笑容，往來之間有極其短暫的一剎那，人們誤會她們的笑出於一種快樂；而她們則利用那一剎那去思索快樂以外的情境的意義。（張大春，1995：132）

　　張大春的這段描述與侯文詠《危險心靈》中的謝政傑所說，不謀而合。

> 其實那並不容易，你只要試過就知道。搞笑並不比數學分解因式或是英文的閱讀測驗容易，這些都得靠長期的累積。說得明白一點，並不是你講的事情好不好笑，而是別人想不想笑。（侯文詠，2006：5）

> 有時候，我相信我不得不搞笑，是為了保持清醒。活在這個世界當然大家都想發熱發光，可是你只有兩種選擇，要嘛你搞笑，不然你就發瘋發狂。（同上，8-9）

　　用搞笑來諷刺那些嚴肅莊重的體制、規訓，青少年非搞笑無以為生。楊美紅在〈臨帖〉中寫到：「其實小孩的悲傷總是比大人直接而敏銳，因為純真的緣故。但沒幾個人知道這點。在事情還沒來得太多太複雜前，他們就能嗅到空氣裡異端的分子，那些分子鑽進了

腦子裡，鑽進了心裡柔軟而不夠堅強的地方，帶著威嚇的力量。為了不讓這股力量將自己吞噬，需要學習適當的武裝與防備的需求，讓他們清楚意識到自己世界裡的空氣分子已經和從前不同。」（幼獅文藝編，2001：62）成人的故作正經和青少年的搞笑，無非都是一種武裝和防備。一身武裝和防備而不自覺的人，是不可能看到另一個也武裝和防備的人真正的內在世界；想要對方先卸下武裝和防備，更是一種奢望。而小說或許是一個讓人可以卸下武裝和防備、可以透視心靈的密室。

　　從小說中描寫種種的青少年次文化表現也可以發現：青少年並不是成人所以為的被動，而是主動積極的透過各種流行文化，或以各種的外在表徵，來追求自我發展。「我們對於整個社會空間，包括我們自己成長經驗裡面的反省，其實身體解放會是一條途徑。當然會冒出什麼東西，其實我們不是很知道。可是與其把它綁在一起，我們倒不給它一個開放的一些可能性。」（導航基金會主編，2003：91）次文化有其主體性，應該得到尊重，但如何在主流文化和青少年次文化中找到平衡的位置，這是小說家所要對成人讀者和青少年讀者共同提出的問題。主流文化和次文化之間的不斷流動，才是一個能夠久遠豐厚的活的文化。

　　以上是臺灣青少年成長小說中經常呈現的問題意識。由於我的論述所指的「青少年成長小說」包含了目前「主流」少年小說，這類作品在主題、風格上仍較單一，質與量都有待提升；另外也納入被界定為成人小說的成長小說，在臺灣則仍未有明確的位置。二者在小說的問題意識的深度和廣度，可互相補足。臺灣青少年成長小說擁有何其豐厚的社會文化變遷作為沃壤，陳芳明指出：

> 在臺灣這塊土地成長起來的小說家，較諸其他國家的創作者
> 更具備複雜的經驗來測量生命的深度。……小說中發抒出來
> 的想像與欲望，絕對不是止於生理的或心理的層面，而是具
> 有豐饒的歷史意義與政治意義，把壓抑的感覺表達出來，本
> 身就是一種抗議的暗示，當然也是一種抗拒的行動。（陳芳
> 明，2006a：序 12）

　　臺灣歷經日治、政府高壓統治等不同階段，小說家常透過青少年為主角的成長經驗，來抒發受壓抑的感受，是一種內心對社會的反應，也是一種反叛的表徵，因此形成了臺灣成長小說具有濃厚「反成長」傾向的獨特面貌。時代的意識和社會現實總是或多或少的反映在小說作品中，青少年成長小說中提出的問題意識，當然也會隨著社會環境的變遷而改變。臺灣的小說從日據時期作品較具有抗爭精神，到了戰後高壓統治期間的作品則有消極抗拒的表現；再到七〇年代臺灣從農業社會過渡至工商業社會，新舊價值的衝突，促使家庭結構隨著改變，如老人、親子問題也都成為小說的主題；八〇年代工商業發展、經濟起飛、政治上的解嚴，本土意識擡頭，現代化社會中產生的人際疏離、社會問題，紛紛反映在成長小說中。九〇年代政治、文化的自由與民主意識，小說觸及階級、族群、性別的議題也越多元。其他如：關注性別取向、性別角色認同的作品，越來越多；弱勢族群、文化認同、環境生態等議題，也都是青少年成長小說中關注的社會問題。即使小說的存在不只是「紀錄」和「再現」，但無論如何，不論小說家的意志如何，小說家都不可能自外於所處的時代，當我們討論青少年成長小說中時，就不得不關注作品提出來的問題意識，因為那往往也是青少年成長的契機。

　　臺灣繼承了氣化觀型文化的傳統，一方面社會還難以掙脫講求群體和諧的禮教束縛，另一方面接受了西方講求個體創造表現的思潮所刺激，臺灣青少年的成長自然又比西方的青少年來得艱難。青少年成長小說中經常提出的「問題意識」，通常是透過青少年的眼睛，去看生活周遭和社會環境中許多成人視為離經叛道的人事物，或者對成人固守的真理提出懷疑。我們不可能回過頭去固守於傳統文化，也不可能完全拋棄自身去擁抱西方文化，那麼便是要在異文化的刺激中，去更新、活化自身所屬的文化。畢竟一個能夠包容、理解並且願意正面看待「反成長」的社會，才可能在面對變化快速、多元價值的時代趨勢時，保持彈性與空間。青少年成長小說中所反映的問題意識，不僅關係著青少年成長階段的發展任務，也攸關著社會文化的前進與提升。小說家身為「永遠的在野黨」往往挑戰著社會既有的真理與價值判斷，「反成長」傾向的小說不只是少年的無知叛逆，其中有小說家的敢於冒犯、敢於挑戰，問題在於我們如何看待這些冒犯和挑戰。

第七章　臺灣青少年成長小說中 「反成長」的意義與價值

第一節　「反」的另類美學

　　關心青少年成長的學者、教師、父母們對於具有「反成長」傾向的青少年成長小說也許會感到憂慮，憂慮這樣的作品，對青少年有負面的影響，因而在論及少年小說作品時特意予以迴避？然而，臺灣青少年成長小說中的「反成長」傾向，不全然是負面的，應有其積極意義。

　　在本論述第五章時已經從小說的情節、人物、主題、象徵和隱喻技巧、啟蒙儀式來談小說中「反成長」的美學表現。現在，我們不妨回過頭思考：小說是什麼？人為什麼需要小說？從讀者的情感面出發，我們喜歡閱讀小說，可能是因為小說滿足了我們馳騁想像、進入另一個截然不同世界的需求；或者小說寫出了與自身相類似的經驗，引發我們情感上的共鳴；也可能小說提供了替代的經驗，讓我們可以在文字裡經歷不同的人生……這些種種都可能是我們喜歡閱讀小說的理由。但是喜歡不等於需要。為什麼我們需要小說？則得有更高層次的條件。

　　長久以來，小說比起其他文體，更容易被視為一種傳達理念的工具。研究評論小說的人努力的想找出小說所要表達的理念、挖掘作品背後偉大深刻的意義；甚至小說家自己也負有這樣一種使命

感。這固然無從爭辯,因為所有的言說、書寫,背後莫不是有一個情感或理念在支撐。但張大春提醒我們:小說所傳達理念或意義不可能取代小說本身,小說也絕不可能化約成幾句「……」的話語。「倘若『……』果真存在,小說家又何必苦心孤詣地寫一篇小說?為什麼不索性『……』來得明白痛快?或者容我們大膽推翻那個工具論的假設,甚至放棄那個化約一部作品為表達某種情感、思想和觀念的念頭,而去發現小說的本體論。」(張大春,2004:32-33)由於我們對小說已經有了一種固定的形象,以至於常常忘記了這個形象變化的各種可能,也忘了這個形象本身的價值。青少年成長小說是小說的一類,自然也難以擺脫這樣的枷鎖;同時因為以青少年為預設讀者,以至於成人對青少年成長小說的面貌自然會多一分考慮,使得原有的枷鎖又再多了一層束縛。習於明確文類的人,自然難以想像小說失去了長久以來的面貌,當然也會基於某種自認為是對青少年讀者的體貼或保護,而讓面貌有異的小說留給成人去欣賞就好。

　　「反成長」傾向的臺灣青少年成長小說,正顯示了小說家不自限於讀者的、論者的印象枷鎖,勇於探觸小說的各種可能。小說這種敘事性文體,包含了知識成分、規範成分和審美成分。主流的青少年成長小說往往著力於規範成分,其次是知識成分,審美成分則較為薄弱;相對的,「反成長」傾向的小說更常追求審美成分,對於成長意義的獲得更多元、更開放,規範成分固然也有,但訴求的對象不僅限於青少年。文學作品在某個程度上都一定會有求美的理想,青少年成長小說中「正向成長」和「反成長」二者,可以說它們求美的目的相同,但方法有異、程度有別。

　　先談談美的迷思。美學所說的美和一般的美不同。和諧、平衡、愉悅、舒暢可能是美的一部分或其中一類,但不一定就是美,美學中的美也包含了矛盾、衝突、痛苦,甚至是醜陋的。姚一葦將美學

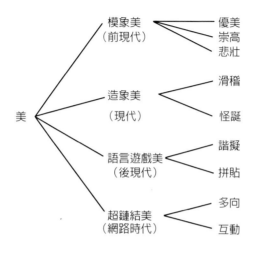

圖 7-1-1 美感類型圖

資料來源：周慶華（2007：252）

中的美分為：秀美、崇高、悲壯、滑稽、怪誕、抽象（姚一葦，1997：8-10）。周慶華則將前現代、現代、後現代到網路時代的九大美感類型作為美學的對象（周慶華，2007：252）。我在這裡援引用來說明臺灣青少年成長小說中「反成長」的美學表現。

在前面第五章所所論述的小說美學表現和各章節論述時所舉例的作品，多是前現代和現代的作品，所表現的美感類型也就不外是優美、崇高、悲壯，少部分作品中含有滑稽和怪誕的成分。其中主流的青少年成長小說又多以優美、崇高為大宗，顯見目前的作品在美學表現上仍顯得單一，是未來創作者可再努力開拓的空間。「反成長」傾向的青少年成長小說則多以悲壯為多，少部分兼有滑稽和怪誕。二者在美學表現上可互相補足，豐富臺灣青少年成長小說的面貌。我在論述時不以「少年小說」、「成長小說」或「成人小說」的文類標籤為依據，嘗試從成人小說中找到青少年成長書寫的作品為例，正是基於這個原因。

　　張大春在《小說稗類》曾經以魯迅小說中的句子為例，說明小說家在語言、情節等形式上追求的美感，常常挑戰著讀者的認知。

> 魯迅在〈秋夜〉開頭的四個句子：「在我的後園，可以看見牆外有兩株樹，一株是棗樹，還有另一株也是棗樹。」這看似有欠簡練的句子，果若我們更動了這四個句子，必欲使之不冗不贅而後已，我們會坐失什麼？一個熱心批改小學生作文，必欲使之簡練而後已的老師又會錯過什麼？答案可以簡單得令人失望：一旦修剪下來，讀者將無法體貼那種站在後園裡緩緩轉移目光、逐一審視兩株棗樹的況味。修剪之後的句子也將使首段變成描寫「棗樹」的準備；然而魯迅根本沒準備描寫棗樹……魯迅「奇怪而冗贅」的句子不是讓讀者看到兩株棗樹，而是暗示讀者以適當的速度在後園中向牆外轉移目光，經過一株棗樹、再經過一株棗樹，然後延展向一片「奇怪而高」的天空。（張大春，2004：44-47）

　　沒有「後來呢」可供探問的棗樹，可能被視為一種裝飾性的存在。「反成長」傾向的小說每每透過這種看似「莫名存在」、「可有可無」的敘述，提供了讀者一種不同的閱讀體驗。尤其對於愛聽故事的讀者而言，除了知道情節如何、人物如何，更能體驗不同聽故事的方法，故事是如何說的，要說些什麼。這種陌生化的美感體驗，在目前臺灣主流的青少年成長小說中是不容易有的。

　　關於小說的情節，張大春也在《我妹妹》中用了兩個方式回答。第一個是讓小說中的敘述者「我」同樣身為一個小說家，對小說書寫意義的自我追問。

> 那後來？就像每個讀小說或寫小說的人都不停在問著的問題。我們問：「那後來？」的剎那，所關心的其實是時間；我

們寄情於時間帶來的一點拯救、一點滿足、一點希望。然而我媽媽並不回答這樣的問題。她卡在某個時間裡面，如強固凝結的水泥。比較起來，逐漸變成一個作家的我想必是膚淺而庸俗的罷？我沿著故事的時間軸線一直走下去，逃避著我所不了解的自己並假想那就是我的治療。（張大春，1995：96）

　　第二個更重要的是《我妹妹》在小說形式情節上的安排本身，就回答了這個問題。敘述者「我」從一開始就不斷在回憶中重組自己、妹妹和家人的種種，小說打亂了時間和秩序，逼迫我們不得不在那些記憶碎片中面對敘事的斷裂空白。後來？也許沒有後來。也許無從追問。小說敘事向來強調因果、邏輯關係；尤其臺灣主流的青少年成長小說常以「問題、衝突、解決」的模式來發展情節或傳遞主題，滿足了人習慣線性思考的安全感。而「反成長」傾向的小說偏是反其道而行，有時根本連問題和衝突都複雜、扭曲難辨，自然也無從解決；有時候是在年少的回憶中模糊拼湊，找不到規則可循。與其說小說是如實反映生命本質不必然是線性發展，不如說小說家有意透過這種形式來詮釋青少年成長的本質。「反成長」小說勇於追求小說主題內涵和表現形式的一致性，以形式本身來表達主題。

　　在閱讀中我們可以最直接感受到不同類型的小說美學表現，或許可以稱之為「風格」或「氣質」。我以花柏容的〈龜島少年〉為例來說明「反成長」傾向小說的美學表現。這篇小說主要的篇幅都在說一個少年小里，離開家鄉馬祖到了台北讀書以後，仍不斷回憶在馬祖北竿和阿嬤生活的點滴。小說中對阿嬤的描述不多，阿嬤和少年的互動其實很有限，但阿嬤的形象卻生動無比，還帶著點傳奇和神秘色彩，在過世後仍然鮮明的活在小里的記憶中。其中雖然也有情節的成分，但其實相當細碎，最引人入勝的還是那種遙遠的、古老的、帶著詩意的小說氛圍。

到了臺灣以後，小里總是作同一個夢。

在夢中，阿嬤繼續追著他，依然帶著棗紅色毛線帽，只是看起來好像年輕一點。下一刻阿嬤追到沙灘，卻變成穿著印花泳裝在做伸展操，一樣狡猾得意的眼神盯著他，好像在說看你往哪跑。果然，她跳下海游向龜島，泳姿是優雅的蛙式，小里既緊張又興奮，對著她大叫：「來啊，來啊，你來啊……」不知為什麼，阿嬤手上還是那支船槳粗的棍子，然後兩人開始繞著龜島跑，正午的陽光灑落鏡海熠熠發亮。（聯合文學編，2008：609）

　　另外一個特殊之處是：小說內容大多是透過小里的大學同學「我」來敘述，除了在開頭和結尾時約略提及和小里之間某種奇妙的頻率相近之外，也沒有其他更多的描述。這讓我不禁思考小說家對敘述者「我」這個人物的安排和塑造有什麼用意？一如郝譽翔說的：這種間接的敘述拉出了人物之間的疏離感，恍如一段夢境（同上，610）。小說的敘述者「我」也自然會成為讀者投射的對象，「我」被小里所吸引而寫下了這些記憶，這些透過第三人敘述的回憶，讀者在閱讀時被帶入一種熟悉又陌生的情境中，我們未嘗不是和小里一樣，在成長、成熟了以後，學會了和現實妥協，心靈卻永遠有著一方孤寂，在擁有和失去之間，有著說不清楚的什麼。

　　「巴赫金對小說文體中各種語言層次上的分類非常繁複，但是他的基本論述點很簡單：小說語言不是一種語言，而是風格與聲腔的混合曲，也就是這一點讓小說成了最大眾、最反極權的文學形式。在小說中，所有的意識型態或道德立場，都必須接受挑戰，面對矛盾。」（洛吉，2006：175）青少年成長小說的價值本來就不是為了再現社會情況，而在於提出對社會現實的思考，以什麼樣的形式、

途徑呈現這樣的思考。這個形式和途徑，就是小說美學。「反成長」傾向小說挑戰人們對小說的既定認知，透過小說形式的突破引發讀者思考，而非直接陳述給予答案。「反成長」傾向小說的美學最大價值在於破除讀者對於小說意義化、邏輯化、戲劇化的刻板印象。反主題、反意義、反情節、反結構……是許多現代小說受人詬病的地方，我們固然不應該一味地為反而反，但也不需要過分拘泥於小說構成要素的單一形貌。好的小說自然能以適切的形式傳達主題，形式和主題並不相妨害。其實，一種文類的成熟發展，正是來自該文類中各種不同風格、類型作品的相互影響、激撞。就以詩而言，不同作者在不同的生命階段和社會文化環境中，創作出不同性格、精神面貌、生命情調的作品，更豐富了此文類的內涵。相信讀者在不同作者和作品的閱讀中，對生命有更深刻的體會。此外，「反成長」傾向的美學表現，最容易受到的懷疑是：讀者不明所以，尤其青少年讀者看不懂。我以為這不構成問題，閱讀本來就是很自我的，讀者也不僅僅是被動的等待和接受。我回想自己多數有啟發性的閱讀經驗都是在不懂中產生困惑和思考，尤其是青少年啟蒙階段的閱讀常常就是如此，閱讀的內容經過了時間的醞釀而釀出生命的養分。我們要擔心的不是青少年懂不懂，而是我們有沒有提供好的作品。

　　人為什麼需要小說？或者也可以問青少年為什麼需要小說？小說必然有它的獨特性，是其他文類和其他學科無可取代的，青少年成長小說才有它存在的意義。這個獨特性，正是小說美學。至於青少年需要怎麼樣的小說作品？這個問題攸關青少年身心、認知理解的發展和個別差異，這恐怕是另一個值得深入的大問題。對於作品的選擇，成人或可代勞，但青少年也自有主張。《少年大頭春的生活週記》中固然有不少對學校教育的諸多奚落，對成人世界虛偽的諷刺，難道青少年讀者真的會按圖索驥、群起效尤？這似乎太看低青少

年，也太看輕小說了。從美學觀點來看，「反成長」傾向小說和其他
藝術作品一樣，一定水準以上的作品，應該可以免去對青少年有負
面學習或不良影響的憂慮。人為什麼需要小說？這個問題並沒有一
個明確的答案，值得永久追問。小說家正是以小說面貌的不斷創新，
作為回答；青少年讀者或成人讀者，則是經由小說作品得到了多元
而獨特的美感體驗，繼續在閱讀中探索小說之於人生的特殊意義。

第二節　「反」的教育新典範

　　不論西方或臺灣，青少年成長小說是一種成人為青少年設想的
文類，自然無法免除成人對青少年的教育理想，可以說青少年成長
小說也是成人使青少年社會化的方式之一。因為如此，青少年成長
小說無論題材、情節如何，社會化是小說中青少年成長的典型表現。
相對的「反成長」傾向的小說中青少年的成長通常不具有明確的成
長意義，也不以社會化作為成長的完成，多半是青少年在成長歷程
中認識了真實世界，有時候是純真理想的幻滅，有時候是對成人社
會提出懷疑、批判，這些都可提醒成人社會重新省思，進而形成新
的教育典範。

　　1975 年底吳祥輝《拒絕聯考的小子》出版，受到雙面性評價。
它造成的影響無法明確估計，但它確實對臺灣的教育產生了一些鬆
動的力量，甚至也啟蒙了許多升學主義下默默接受填鴨式教育卻心
有不甘的學生，不只是對於參加聯考這件事的思考，而是青少年對
於自己學習主體意識的覺醒。郭箏〈彈子王〉中的阿木在被砍斷手
臂後重拾球杆，球技反而更上一層樓而建立自信，阿木從學校教育
中逃離，自己另尋出路，在撞球中肯定自我；成長的意義並不是阿

木真的從撞球中得到了什麼實質的榮耀或肯定，而是找到了一種安身立命的方式。黃春明的〈愕然的瞬間〉反省的是他初為人師時自以為是的正義感，反而造成學生之間心裡有疙瘩。這在電影《危險遊戲》也有類似的情境，女老師為兩個受恐嚇的黑人學生主持公道時，忽略了社區和族群次文化因素，引發學生之間的暴力衝突，學生反而為老師上了一課。青少年自有其特殊的人際互動模式，身為老師的善意若沒有更細微的觀察和了解，自以為負有教育責任而強行介入，反而是一種粗暴。這些小說都在「反成長」的傾向上建立了一種不同於主流價值的青少年成長典範。

　　再舉一篇西牛車的〈輪迴〉為例。小說一開始是小學六年級的少年吳敏雄在教師節前夕回憶起五年級時的黃老師，他喜歡黃老師，因為他和一般老師處理學生違規的態度很不同。小說最終一方面提醒青少年讀者應調適自我、不要曲解了別人的善意；另一方面則藉黃老師的話直接陳述了教育者更應該反省，像吳敏雄這樣一個不愛讀書、頑皮好動的學生，老師不該想著如何輔導他、改變他，而是要更柔軟的同理他的感受，讓他在不同的機會中表現，一位老師對不同生命的尊重於焉展現。雖然這段話的安排稍嫌生硬，有點像對成人讀者說教的意味，但作者陳述的觀點還算是中肯。情節的安排上，黃老師的態度一再令吳敏雄和讀者感到意外：在司令臺上發生衝突以後，黃老師先將吳敏雄帶回辦公室，拉開椅子請他坐下，對吳敏雄無禮的態度也不生氣，反而說：「你現在有權利，可以拒絕或接受坐下，我一定不勉強你，我尊重你的決定」（張子樟，2000a：129）；又認真的教了他握拳時拇指應往外抱緊食指和中指，才不會受傷；接著主動向吳敏雄道歉，表示自己不應該沒有經過吳敏雄的允許就拉住他手肘；就連吳敏雄在他頭上扮鬼臉，他也不生氣，知道那是吳敏雄愛開玩笑；至於在臺上仔細看吳敏雄的腳，也是因為

擔心他腳上的水泡。在黃老師真誠的道歉和說明後，吳敏雄逐漸軟化，開始卸除一直以來他對老師們的防衛。不但如此，黃老師還在司令臺上向其他學生說明，請其他學生不要誤解吳敏雄；更在會議上為吳敏雄說話：

> 或許今天該反省的是坐在這裡的我們。你想，一個孩子整天坐在教室八個小時，連個生字都不會寫，他的日子是怎麼過的……而我們在教室裡隨教材前進，沒有人停下來等過他，我們好像都在進行「反教育」、「製造更多的精神病患」。把一個孩子放在教室裡，不斷地剝削，直到他臉上失去光彩，最後出了問題，我們再集合起來檢討他，這對吳敏雄不公平吧……憑我們的職位、身材、知識都可以把這權力擴張開來，一口吞沒吳敏雄。同樣地，我們更可以在使用這權力時，讓孩子感受到安全感，並且得到收穫。（張子樟主編，2000a：139-140）

　　黃老師的這段話太過冗長，描寫校長、主任、其他老師的反應時，也只有簡單帶過，事件也很快的落幕。小說結束前邱老師提醒吳敏雄：「你事先都沒想清楚，別人是要幫助你，或是要修理你。你總是先想像，別人都是要傷害你，就發脾氣了。以後先弄清楚，好嗎？」（張子樟主編，2000a：142）這對青少年讀者固然是善意的提醒，卻忽略了這種對人的誤解和武裝，是從和別人的互動經驗中累積學習而來的。我想沒有一個人生來就懷著敵意，如果吳敏雄會如此，那也是因為他早早就被貼上了壞孩子的標籤，他從小到大的成長經驗一直都沒有得到善意的對待和應有的尊重。那麼該反省的不正是我們這些成人？篇名為〈輪迴〉隱隱點出了長期以來臺灣教育問題的悲哀，小說的最終吳敏雄對自己感到疑惑：

我每天背起輕簡的書包上學，接著放學，知識從書包裡出來
晃幾下子，又回到書包裡關著，我的時間就在這鹽鄉蜿蜒的
小道上，瑟縮地短暫下來。我問過許多人：我是個怎樣的人。
他們都靜靜地看著我，默默地做那些微不足道的事，不把我
當一回事。小沙蟹如此，斜陽和廣漠無邊的海也是如此，那
起落的沙丘更是隨風靜默而行。我真的不知道，我是怎麼了？
也因為這樣，許多事都會在我周遭誕生、迴轉、結束。結束
後又是一個新的誕生，反覆地進行著……接近下課了，這教
室又會像極了阿嬤回憶裡的戲班子，他們上臺，下臺，表演
別人，也表演自己。我腦子裡反覆背著阿嬤說得溜口的那句
口頭禪：「啊！戲臺上有那種戲，戲臺下就有這種人。有上臺
就有下臺，才叫作演戲。」（張子樟主編，2000a：142-143）

　　升上六年級的吳敏雄，顯然還沒有找到生命的出口，一個黃老
師畢竟無力於整個教育體制和社會價值。這是一篇有著濃厚「反成
長」傾向的青少年成長小說，所揭示對教育的批判在此，憂心在此，
我卻相信答案和出口也同樣藏在這個悲傷的故事中。

　　青少年在生理、心理上的變化，常常表現為各種看似頑劣而且
充滿惡意的捉弄、破壞、攻擊行為。我想到自己在教學現場的一個
經驗。一個屢次挑戰團體規範的男學生來到面前，那一刻我出於一
種想要了解他的好奇心，問了他：「你知道自己為什麼要這樣做嗎？」
他低頭沉默著，再擡起頭時我看見他少了平時的劍拔弩張，回答我：
「我也不知道自己為什麼這樣。」雖然他說「不知道」，但我相信那
一刻他和自己內心的暴力衝動在對話。關於青少年各種常見的暴力
行為，「反成長」傾向的小說並不以既定的價值來判斷。比方說：張
大春《我妹妹》中的「我」回憶小時候曾經拚命轉動「地球號」，讓

「地球號」裡的小朋友感到害怕，自己才能在各種吶喊聲、咒罵聲、哭叫聲中得到滿足。「反成長」傾向的小說家對人性中那些黑暗、醜陋、殘酷面，比較採取直言不諱的態度，並不是為了斷絕光明，阻礙前行的路，反而是讓我們去看清楚這樣一種潛藏在身體本能的暴力，從何而來，向何處去。

　　臺灣「主流的」青少年成長小說中青少年在叛逆的表現上，男性傾向於表現在外顯的行為上，女性則常常屬於內隱的心理狀態。這在心理學上固然有研究的依據。但也可能是性別刻板印象所致。尤其在當代性別表現越來越多元化的社會中，臺灣「主流」的青少年成長小說顯然忽略了在性別表現上不一樣的青少年，比方說：較為陰柔的男生，或較為陽剛的女生，是比較少出現的。「反成長」傾向小說則普遍關注在青少年的心理層面，在男女性別上比較沒有明顯差別，但多數都是個性敏感、情感細膩的青少年，處於一種內外極度衝突的狀態。這一點可能是因為「反成長」傾向小說的作者，比較多是屬於成人文學中的專職作家，因此小說關注的人物特質反映了作者本身的人格特質。

　　並不是說「反成長」傾向小說中的青少年表現，都值得作為學習的模範。而是讀者透過這些也許看來不夠成熟、幼稚的行為，在不斷思考的過程中形塑個人的價值信仰：青少年讀者在順服和反抗之間，可以透過閱讀由外而向內探索；成人讀者也可以在憂慮和妥協之間，回看自己的矛盾：

> 她在拉小提琴的時侯，沒有人會因為她的超齡努力而取笑她、阻止她、挫傷她。至於性或愛情，我們這些稍具年事的人可是一點都不樂見於他人提前體驗的；這是許多人的初戀顯得如此苦澀的根本緣故罷？（張大春，1995：66）

　　關於青少年成長小說中的反成長，成人最常擔心的是：「會不會讀不懂？」、「會不會太沉重？」除了確實考慮不同讀者的身心特質和能力之外，很多時候是成人過度的擔心。就算成人讀一部小說也未必完全懂。好的作品值得一讀再讀，反覆思考，如果一讀就完全明白，再也沒有疑惑和衝突，那會有再讀的欲望嗎？對讀者而言，小說主題意涵的獲得，通常來得快去得快。小說中的「反成長」所提出的懷疑，讓讀者有了更多思索的空間和機會，「反成長」反的究竟是什麼？也許未必能明確指認，並且逐一追溯解析，重要的是我們如何看待「反成長」所呈現的當代社會現象和問題。

　　這裡所謂教育新典範，無非是回到一種最根本對生命的尊重。一種遺失很久的美好傳統。這個美好的傳統不只從西方來，也曾經出現在中國的傳統文化中。像《莊子》裡那些卑微、殘缺但獨特、充滿魅力的生命形象，都代表著小說看待生命的角度是無限寬廣自由的，那不正是小說的迷人之處？而臺灣主流的青少年成長小說卻忘記了這一點。「任何一種教育如果不能讓你的思維徹底破碎的，都不夠力量；讓自己在一張畫、一首音樂、一部電影、一件文學作品前徹底破碎，然後再回到自己的信仰裡重整，如果你無法回到原有的信仰裡重整，那麼這個信仰不值得信仰，不如丟了算了。」（蔣勳，2007：275）那種徹底破碎的經驗當然不是每個人都會有，可是在某些人來說也可能很需要。我們有沒有提供足夠多元化的好作品？在我的閱讀經驗中，恐怕是沒有的。所謂多元化，不只是題材、主題內容或形式表現的多元化，更重要的恐怕是情感經驗、情感表達的多元化，小說「氣質」與「風格」的多元化。「反成長」傾向的小說不被成人理解、不被信任，正反映出我們的教育還需要更多彈性和空間，反而指出了更多的可能。

第三節　「反」心理功能

　　主流的青少年成長小說多半都會提供一個正向的成長典範，為青少年指出光明和希望；「反成長」小說則是真誠接納青少年成長中各種負面的情緒，不急於提供明確的指引。鄭清文的〈紙青蛙〉寫的是一個少年克服恐懼的心理歷程，這篇小說最大的價值不只於此，而是以敘事結構來刻畫人物的心理變化。小說在敘事時間的安排上一開始是從少年走在環山路上，回想起上週生物課解剖青蛙時昏倒的事，下課時王老師送了他一隻紙青蛙，少年懷著對王老師的欣慕之情，試圖碰觸紙青蛙，進而透露了害怕青蛙是源於小學時一次朋友的捉弄，最後小說的時間又回到現在，少年面對眼前跳不過水溝的青蛙，心生憐憫，鼓起勇氣捉起青蛙，幫助牠們過了水溝。

> 牠卻靜靜地停在那裡，像站在屋簷邊的貓，仔細地衡量另外一邊的寬度和深度。牠也知道危險的吧。看來，牠很聰明。他想，牠會折回去的吧？
> 砰！他剛想到這裡，那青蛙後腿一踢，剛好跳到水溝的中間，急湍的水流，立即把牠捲了進去，只看牠在水裡翻滾了，很快地，沖到下面很遠的地方去了。「笨！」他大聲地說。（張子樟主編，1998：41-42）

　　少年對青蛙罵的那一聲「笨！」，其實也是對自己說的。一直都那麼恐懼青蛙的他，看見了這個小生命奮力想要過水溝的模樣，內心也受到了很大的觸動，這是少年心理轉變的關鍵，這一點也讓少年從恐懼青蛙到勇敢去捉青蛙的改變，並不會顯得突兀，是鄭清文這篇小說的細膩之處。小說先著重於少年恐懼的心理，再漸漸回溯過往，這樣的寫法比起順敘式的描寫，更貼近讀者的閱讀心理。這

種對於特定人事物感到恐懼的心理，每個人或多或少都有，有時候
我們自己好像也說不清楚原因，但如果深入探究，往往是來自過往
和童年的負面經驗。以小說中的少年來說，在回憶的過程中，逐漸
釐清了自己對青蛙的恐懼，是因為那一次的經驗讓他的潛意識裡將
青蛙和蛇作了連結。小說傳達出：克服恐懼的力量源自於愛，就像
王老師對少年陳明祥的關愛，也像少年對青蛙的憐憫之情，都是人
與人、人與其他生命之間最動人的部分。除此之外，這篇看來積極
明亮的小說，最可貴的地方是小說家很慎重的面對人內在的「恐
懼」，而不覺得是可笑的，或是無足輕重的，把它看作少年的膽小軟
弱。重要的並不是少年終於克服了恐懼，而是面對恐懼的過程。

　　小說的心理刻畫，往往也是它對讀者的心理功能。心理學家發現
早熟的青少年的心理反應上和一般青少年不同，也有性別上的差異。
早熟的女孩，自我意識強、低自尊，與問題行為之間有正相關；早熟
的男孩，通常較陰鬱、缺乏彈性，較順從權威，但內心對成人價值、
社會規範似乎比同年齡者有更多的疑惑，內在的衝突也更大。類似這
樣的心理學研究在文學作品中可以得到呼應，所不同的是，心理學能
指出、能描述，文學作品卻能讓人感同身受、一起呼吸，優秀的小
說家透過對人性的深入觀察，不僅切合現實，更能在現實之上提出獨
特觀點，讓人震撼，這是小說不容取代的地方。關於青少年內在的恐
懼、悲傷、孤獨，臺灣主流的青少年成長小說還是表現光明的多。在
袁哲生《靜止──在最初與最終》一書中，收錄他生前的札記，其中
他曾如此寫著：「對我而言，最深的恐懼不是衝突，而是幽暗的寂寞，
只要這種噬人的黑影一籠罩下來，我立刻願意放棄一切偏見與對
立，去尋找救星，傾聽任何瑣碎無聊的談話。」（袁哲生，2005：317）
這樣的自剖，是作家真實無偽地凝視自己生命的幽暗之處，也正是
青少年階段那種不願說、也說不清楚、有意識或無意識的內在矛盾。

　　下面我從兩個方向來談：一個是青少年的身心發展和閱讀發展，與「反成長」傾向的小說之間的關係。另一個則是「反成長」傾向小說所提供的心理功能。首先，關於青少年的身心發展和閱讀發展。在第一章和三章時都曾經提過「青少年」一詞的界定，單從生理年齡、心理認知發展、法律等觀點都是不完全的，還包含了社會文化等因素。一般將青少年期分為早、中、晚期個階段，來了解不同時期的青少年身心特質和發展任務。而青少年是生命歷程中「成長」最劇烈的一個階段，則是肯定的。從生理發展的觀點，10到12歲第二性徵的成熟，是身體發育成長的重要階段。心理層面有皮亞傑提出「認知發展階段」，雖然個體發展的年齡有很大的差異，但在發展的順序上仍值得參考，「一般在12歲以後個體由具體操作期進入到形式操作期，能漸漸發展出抽象思考，思考形而上的問題；能有系統的探求一個問題的組成因素，並能有系統的探求解答；對於假設的、未來的和意識形態的問題開始關心。」（艾金森、希爾格德，1991：98）再從發展心理看國、高中生階段青少年的行為特徵：「性成熟提早形成身心失衡差距加大、社會化分歧形成親子感情關係轉折、道德知行分離形成他律到自律困難、外鑠內發矛盾形成認同到統整危機。以往精神分析論點，把個體人格的社會化解釋為個體自幼向別人或團體行為認同的歷程，現代心理學家提出認同之外，須一番統整，完全是內發的，對缺乏生活經驗的青少年來說，相當困難。」（張春興，1984：158-169）因此在青少年階段，對於許多的信念、價值都會重新評估。「艾瑞克森（Erik Erikson）的心理發展階段中，六歲到青春期開始，主要的社會心理危機為勤勉與自卑；進入青春期後，主要的社會心理危機則在自我認同或自我否定。青少年成長最重要的任務，就是自我認同。在單純的社會環境中，形成自我認同是容易的，但身處於複雜、多變、多元的社會中，

自我認同變得艱難，尤其龐大的競爭壓力，更讓青少年怯於自我的探索，避免嘗試錯誤，而順從於社會的期待。有些人終其一生也許都難有強烈的自我認同。」（艾金森、希爾格德，1991：104）另外在道德發展上，「柯爾保（Lawrence Kohlberg）根據皮亞傑的研究提出『道德價值的發展階段』。他認為每個孩子都是『道德哲學家』，經由與社會環境的互動，發展出自己的道德標準。研究也顯示很多人停留在為了避免別人反對、避免犯罪而遵守規範階段，一生都無法超越。」（同上，116）以上概要的從生理、心理認知、道德發展和社會角色綜合來看青少年這個階段的身心特徵。接著要談的就是：對於這樣身心特徵的青少年，「反成長」傾向小說所具有的心理功能。

　　青少年在成長的過程中，一方面以各種叛逆的言行來對抗成人世界的虛偽和黑暗，一方面卻也漸漸發現自己身上也具有此黑暗面，此間形成的矛盾，往往是青少年心理上最衝突彆扭的。所有的藝術作品，包含文學，帶給人們的心理價值，絕對不是只有陶冶性情、怡情養性。蔣勳提到電影《郵差》中的郵差受到聶魯達詩的影響，「因為它不只是詩句，是革命的語言，會帶給你一種巨大的心靈上的撞擊和震撼，讓你覺得可以放棄一切溫馨的、甜美的、幸福的生活，出走到一個會使自己分崩離析的世界。」（蔣勳，2007：105）我們的文化、教育裡很少給人這種徹底崩裂的經驗，青少年成長小說裡裡當然更少。施常花在〈論少年小說欣賞的教育心理療效功能〉一文中也提出：少年小說具有淨化心靈、洞察問題、抒發不愉快情緒、解決問題等教育心理療效功能，使得青少年的思想、情感、行為獲得良好的改變。（中華民國兒童文學學會，1986：23）當然，悲劇具有深層淨化的功能，也受到質疑：青少年讀者、甚至成人讀者能否到達此一層次，具有相當的差異性。但我在這裡所說「反成長」傾向小說具有的「淨化作用」，不在於認知、行為的改變，純粹是就情感的抒

發來說，我認為那是一種比較深刻的心靈洗滌的閱讀感受。這種悲劇性帶來的影響也未必是消極的。就像希臘神話薛西佛斯推大石頭上坡，推到頂端，石頭又朝下滾下來，只得不停的重來。對此王文興說：「所以，面對這種重量，最要緊的是奮鬥……我比較重視過程，因為跟生命相對的過程相比，成敗不如過程重要。」（許劍橋，2006）所謂的悲劇不完全是悲劇，反而是超越悲劇後的圓滿。這麼看來，王文興的這段話反倒為成長小說中的看似晦暗無光的「反成長」，指出了光亮的可能。我還要再借袁哲生在《靜止在──最初與最終》中自述其創作的信念，來說明「反成長」的悲劇性具有的心理功能：

> 最沁心的難過是在某個角落看見的小事情，那些插曲，讓人透視一個人的卑微和孤寂的存在，人的永恆的真我──悲憫，便暢快地顯現，毫無瑕疵。（袁哲生，2005：315）

> 我這一生對文學藝術上的努力就是要為「難過」找尋一位母親。悲劇的可貴處在於它導出了溫柔與敦厚，尤其是後者。（同上，325）

悲劇的意義除了引導青少年讀者思考避免悲劇的可能，也讓青少年讀者看見人世間始終存在著不可逆轉的困境，如何超脫外在境遇的順逆和個人的悲喜，超越悲劇的不幸，才是自我的提升。

在西方悲劇的主角通常是一個善良正直的人，但由於性格上的缺陷而犯了錯，陷入不應有的惡運，導致悲劇的產生。當這樣的人遭逢不幸，就會引起我們的憐憫：另一方面，這樣的人物具有普遍的「共相」，使得我們害怕會跟他犯相同的錯，也遭逢不幸，而心生恐懼，引起讀者一種悲壯感。在臺灣的青少年成長小說中的悲劇性則多半是一種無從反叛的內在壓抑、困頓。因此「反成長」傾向的

小說提供了另一個珍貴的價值在於：對讀者高層次同理與支持。並不是每個人都能從閱讀小說中得到情感的淨化，但「反成長」傾向小說中不刻意強調光明的調性，能給予讀者一種深層的同理和支持。袁瓊瓊的極短篇〈看不見〉就描寫出青春內在的晦暗、無助，是那麼的難以言說，那種身處幽谷的孤獨窘境，是旁人難以理解的、難以看見的。文末最後說「他不知道要怎樣才會被看見。也許溺死。」（梅家玲，2006：46）讀來令人驚心動魄，帶給青少年讀者的會是一個輕率的行動？或者感覺到被理解？年輕生命所感受到最大的痛苦，不只是痛苦本身，而是痛苦無人理解的孤獨；痛苦可以熬過，而孤獨常常像身處無止盡的幽暗空間，永遠等不到光亮的絕望，才是最難度過。這樣的時刻，一切外在的光亮都是那麼刺眼、那麼遙不可及。也許藉助文學作品深層的同理，反而能夠得到慰藉。

除此之外，吳英長認為：「文學作品的特性，除了提供豐富的知識外，更重要的，它能引發讀者重視意象，體驗不同的情緒感受……」（吳英長，1989）、「不要把文學作品僅當作思考訓練的手段，而忽略它引起共鳴的情緒感受，因為這部分對社會價值的內化，扮演很重要的角色。」洪文瓊則提出文學作品對讀者產生三種文學效果：感覺效果、情緒效果、理性效果。（中華民國兒童文學學會，1986：12）這都在說明青少年成長小說對青少年讀者的價值，絕對不只是「文以載道」的教育意義，還有更多心理、情感上的意義。林奎佑〈阿尼〉裡的少年對於生病的父親、任勞任怨的母親近乎冷酷的反應，背後有一分微妙複雜的心理：

> 阿尼一點也不覺得自己不孝。多桑暫且不論，卡桑可以說是一個愚直的女人，只要願意花言巧語地加以欺騙，她就會完全地信賴自己的孩子，全心全意地護著他們。

　　阿尼很同情這樣的卡桑，但是就因為同情，所以說不出任何
　　欺騙的話。阿尼唯一能做的，只有將自己的情緒不加修飾地
　　反應出來，即使卡桑因此生氣或流淚那也沒辦法。基於孝心，
　　他不願意見到卡桑那容易被欺騙的蠢樣子，尤其那種愚蠢是
　　因為自己而來。這種複雜的心情阿兄沒有辦法可以理解，阿
　　尼自己也缺乏足以將它化成語言說出口的能力。（袁瓊瓊，
　　2003：161）

　　如果說成長小說或少年小說確實身負著某種教育的責任，那
麼，某些生命幽暗的片刻，不說什麼或許比說什麼更重要。就像鄭
清文推崇海明威的冰山理論：小說呈現的那十分之一，而另外十分
之九往往更巨大。閱讀小說具有的心理輔導價值，不在於「引導」，
更不在於「觀念的傳遞」，而是「到他們的地方去，和他們相遇」；
面對青少年，蹲下身試著和他用一樣的高度看世界，而非高高在上
的給予協助，毋寧更重要。高層次的道德發展並非來自溫柔說教，
而是青少年在和環境的互動中摸索、建構出來的。洛吉談到貝克特
（Samuel Beckett）的《無名者》中有一段話：「『一定得有其他轉變。
否則事情會相當絕望。但事情是相當絕望。』這段荒涼、悲觀、殘
酷且充滿懷疑的文字獨特處在於，它讀來不讓人感覺極度沮喪，反
而是覺得有趣，充滿情感，而且奇妙地出現了一種絕境中肯定人類
求生精神的正面態度。它著名的最後幾句是：『你必須繼續。我無法
繼續。我會繼續。』」（洛吉，2006：285、289）讀到這段話時，我
腦海中浮現的是「反成長」傾向的小說中那些青少年形象，其實他
們並不軟弱，他們何其堅強勇敢。

　　最後，我想談的是對於「反成長」的迷思。很多人擔心具有「反
成長」傾向或「悲劇意識」的成長小說作品太沉重，恐怕不適合青

少年閱讀。這得從兩個方面來看，其一是：小說無論過程如何艱難、黑暗，最後是不是一定要給個「希望」、指引出「光亮」來？贊成的人說：正因為人生充滿著艱難、黑暗，更應該從文學中尋找光明、尋找希望。這當中的迷思是：小說中給的「光亮」，果真能照見現實世界中的黑暗？恐怕那「光亮」能給予讀者的仍相當有限，如風中殘燭，只消一陣微弱的風就可熄滅燭光。若真要說小說能指引光亮，應該是讀者從作品中感知到生命處於黑暗中那一份面對黑暗的偉大莊嚴，從而在心裡為自己保持一份光亮，才能在搖曳的火光顫動中守住光亮。因為深知人生永遠存在著黑暗、醜陋、悲慘的一面，轉而希望在文學作品中得到心理補償，如此文學作品倒成了逃避現實生活的安全門，只是安全門外的世界卻不知要何去何從；我以為這樣的光亮，更像興奮劑或安眠藥。一般人習慣以「道德標準」來看待文學作品，這是犯了所謂「把『道德的同情』代替了『美感的同情』」（朱光潛，1987：43-47）的毛病，這樣的閱讀習慣能從文學中汲取到的養分，相對的也有限。美感的同情，是站在更高一層的角度去看文學中的黑暗、醜陋，理解人性必然的醜惡，更能體會人性中美善的可貴。其次是：因為成人能夠面對的黑暗，青少年不一定能夠，我們寧可青少年對世界懷抱著光明和希望？這固然立意良善，但顯然是不合時宜的。當代青少年多半是過早就踏進成人世界，對各種光怪陸離的情況，似乎見怪不怪，很多困惑和不解卻無從澄清，反而在成人自以為善意的保護下而被掩蓋了，卻又不時的隱隱發作，讓人毫不自覺。事實上，善惡、明暗、美醜的並存與糾結，反而凸顯了人之所以為人的高貴之處，成人需要，青少年當然也需要。關於這樣的擔心，還可以借用簡媜在中山女高演講中的一段話來回答：

在文學當中，透過古往今來眾多巨大心靈的導引，確實能幫
助自我從自己那狹小且殘破的江湖恢復神魄。久而久之，會
生出另一種視野。你能夠關愛世界，關愛外在，也能夠自我
關愛，幫助自己的內心朝向這一生該去的地方紮營，你可以
從容地看自己被傷得多重，又恢復得多麼好。（簡媜，2007）

　　深刻的閱讀經驗能給予青少年讀者的，比我們所預期的更深
遠。就像年輕時候的我也常常覺得，當身處在幽暗中的時候，光亮
固然美好，卻美好得像是不屬於我。回想當時的自己，心靈孱弱的
無法面對光亮，那些勵志的、向上的、光明美好的，偏偏是觸動不
了我，反而是在另一些「不那麼過分強調積極光明」的文學作品中，
感受到一種理解，知道幽暗中並不那麼孤單，這世界上有某一個人
也和我一樣。然後那個慌張不安的靈魂，因此得以安靜下來，面對
自己的幽暗。後來，在教學現場中，我又發現了不少這樣的學生，
也一再印證：成人們以為給了光亮，就能驅逐黑暗；事實上，生命
中的光亮，無法外求，只能內尋找。這是「反成長」傾向小說不同
於主流青少年小說的心理功能。

第四節　「反」的社會意義

　　「反」的社會意義，就是要提出臺灣青少年成長小說中「反成
長」所具有的社會學意義。這有別於社會學研究，不以小說文本作
為社會觀察研究的對象；而是要以小說的主體內容來認識臺灣青少
年「反成長」面貌的一條途徑，藉此有助於「真實理解青少年與社
會之間互動情形」、「尋求青少年與社會互動方式的更新改善」，回饋
給社會大眾與社會學者。

　　青少年從兒童進入成人的階段，開始被賦予了各種不同的角色期待，不同角色之間的期待或有衝突，青少年必須學習作複雜的調節，才能適應不同的角色和符合不同的價值期待。「反成長」傾向中的青少年成長處境除了反映了社會現況、成人看待青少年的方式，更具有相當的社會學意義。家庭和學校是青少年社會化過程中的兩個重要環境。社會化一方面是為了維持社會秩序、保有文化的傳承，另一方面也多少犧牲了個人的自由，二者也就容易形成青少年內在的矛盾和衝突。張大春在《少年大頭春的生活週記》裡特別以週記作為小說的書寫形式，週記在學校教育中其實隱含一種對青少年「思想檢查」的手段，也是社會化的方式之一。其中「重要新聞」一欄寫的是青少年對社會新聞事件的感覺和看法，同時又和「導師評語」形成對話，透露出青少年和社會價值的總是各在天平的兩端。比方說〈新年沒有新計畫〉這篇：

　　【重要新聞】華航貨機在萬里山區墜毀，機員五名全數罹難。我的感想：小學時我們班有一半以上的男生將來要當飛行員，還有兩個「恰恰」的女生也想當飛行員，後來老師問到我，我說我想開怪手，同學都譏笑我，老師也覺得我應該有出息一點。可是我知道開飛機只是小孩子的夢想，我一點也不想把這種夢想變成真實的生活，因為夢想是不切實際的，如果切到實際就有人要倒大楣了。像臺灣每年都要摔很多飛機，死掉一大堆飛行員，我現在只希望以後我在開怪手的時候不要被飛機砸到就好了。

　　【導師評語】要立志做大事，不要立志開怪手。（張大春，1993：84-86）

　　可以很清楚看見成人價值的功利性：同是機械駕駛，開飛機和開怪手豈有高下之分？想是因為老師和多數同學都認為飛機駕駛有比較豐厚的收入或者比較需要專業的知能，所以有較高的社會地位？真要就實際層面來說，開怪手也需要一定的專業技能，甚至收入也頗為豐厚。導師所代表主流的教育價值，就是這樣一點一點的滲透到生活中，傳遞給學生，新的社會階級、社會偏見不也是這樣產生？這又與平日老師課堂所教「職業不分貴賤」、「行行出狀元」的道德訓示形成矛盾。這樣的矛盾，怎麼能不對青少年造成困擾？青少年當然也就不難發現：成人「心口不一」的自我錯亂。成人以為各種新聞事件會成為青少年的負面教材，而感到憂心；青少年卻反而在成人的反應中看到荒謬。像〈當大哥的感覺〉這篇：

> 【重要新聞】立法院八十八會期開議發生有史以來最嚴重的群毆事件。我的感想：立法委員打架的第二天，小阿姨從日本打電話來問臺灣怎麼樣了。三叔和凱凱大表哥也從美國打電話，問爸爸很多事，後來爸爸就說他們覺得我應該出國。奇怪，立法委員打架又不是我打架，為什麼要叫我出國？我想他們大概怕我被立法委員帶壞了。其實大人常常怕我們被別人帶壞，結果大人自己也不知道被誰帶壞了。不過我還是覺得那個穿功夫裝打了很多人的立法委員很勇敢，出拳又快。可惜他打了一個女生是不好的行為。（張大春，1993：48-49）

有時候是對政府制定政策的公信力，感到懷疑。像〈智慧的話〉：

> 【重要新聞】交通部取締超載砂石車，引起業者反彈，迫於壓力，又放寬取締標準，使守法業者蒙受損失……我認為交通部完全是欺善怕惡的表現。我們國中生的職責是好好讀書，本來不必關心國家大事的，但是政府做得太過分我們還

是要站出來說話的，現在我代表我們二年信班全體同學要求
交通部向大家道歉，不然我們反彈起來就有人會死得很難看。
【導師評語】抗議政府應保持良好的態度。（同上，124-126）

　　政府所代表的權威，卻在少年的純真中不堪一擊，自曝權威在
真理的逼視下輕易瓦解。從這裡也可以看出張大春的寫作這本書的
企圖，絕對不僅止於為青少年發聲，其中有許多都是藉著少年的眼
光在批判成人的矛盾與社會的現實。少年能有這種「洞見」，其實是
因為不在權力、利益中而無所罣礙。

　　青少年成長小說中的「反成長」傾向提供「青少年個體」與「社
會群體」之間多元的的互動模式，這種互動模式對雙方面同時具有
意義。吳錦發在《青春三部曲：閣樓、春秋茶室、秋菊》的自序中
提到：「表面上它們是以愛情這條線串起的，其實背後主要描寫的是
美濃農村的變遷，青春時代我遭遇到的不同族群文化相遇時的內心
衝擊，以及價值觀念的某一種判斷，當然也刻畫了欲望與肉體，靈
魂下墜與上升的拔河，以及還有更多的東西……」（吳錦發，2005：
6）當美濃少年面對種種社會現實：受家暴的惠貞老師，終於失手殺
傷了先生；被賣入茶室的陳美麗，又被了抓回去，並且受到強暴，
那一句：「我已經認命了」更讓少年痛苦萬分；至於心中愛戀的秋菊
則因血癌病逝，都是純真生命墮入現實黑洞的無奈。社會中瀰漫的
升學主義，使農村父母對子女的學業也有著高度的期待，色情行業、
販賣人口等等問題進入淳樸農村，都帶來少年的心理上的衝擊。當
他離家到高雄讀書，都市生活更強烈召喚他對美濃的依戀，那是農
村望子成龍的父母所不能明白的心事。

　　她們之間的差別恐怕不只是個別性格的差異吧？我隱約覺得
那好像是我們今日城市和鄉村的距離，我來來往往於這兩個

世界求學、生活，在感情的各個方面，常有感到被撕裂般的
痛苦，或許有這種痛苦的不只是我一個人吧！這些天，我就
清晰地看到了永德也在這個深淵中痛苦掙扎……（吳錦發，
2005：222）

少年試圖努力卻無力抵擋，一次次在挫敗中認識了真實世界。
當他終於聽見了阿公說的夜裡「土地的換氣聲」時，已經不再是無
憂的少年了。能撫慰他心靈的只有美濃的月光、土地伯公祠和那一
聲聲蛙鳴，但是它們能繼續存在多久呢？這是小說在青春的傷感中
要留給讀者思考的。不過更多社會底層的青少年不但沒有親情和家
鄉可戀，他們的生活更是要和現實搏鬥而來的。張瀛太從〈繫一條
紅絲帶〉到〈飛來一朵蜻蜓花〉技巧成熟了，關懷的主題不變。十
四歲少女阿敏在母親改嫁後隨繼父賣藥、跳艷舞來維持家計，她決
定逃家，以廢棄的車廂為家，女扮男裝，行竊度日。流浪在外時相
遇了育幼院的孤兒阿欽，兩個人相濡以沫，發展出一段似手足又
似愛戀的情誼。後來，阿欽逃離育幼院，敏子被母親找回家，跟著
新繼父的樂儀隊學會吹吹打打。也不再想逃了，直到有天：

她沿著斜坡，憑記憶找到昔日的車廂，撥開蔓草和蜘蛛網，
車廂更頹不成形。敏子在門口站住，一會兒衝上前，抹掉層層
灰塵，壁上的字更清楚了——到處是敏子的名字，字體有大有
小，有正有斜，像瀕死的掙扎那樣倔強扭曲。另一旁，一朵
枯瘁的花還直端端擺在駕駛臺，危顫顫的，不倒。敏子想用手
帕包了這花，不料她禁不起碰，都碎了。（彭小妍：2000：245）

兩人經歷了一段流浪的日子，在對方身上得到了家裡渴求不到
的關愛和溫暖。上一次，她帶著對愛的匱乏而逃家；這次，她帶著
對愛的渴求又逃離了家：

> 今夜，敏子翻出家的牆、鄉的牆。走哪條路呢？她沒有想。她知道，自己是路，是帶走他的路。但這次她會跟來嗎？或者，路要追著他走？不，她笑著。花風敏，鳥飛欽……風絕對越得過鳥，花絕對追得上蜻蜓。從什麼地方，一朵蜻蜓花斜斜飛來。（同上，246）

不以「問題少年」的標籤來看兩個寂寞無依的年輕心靈，反而處處流露出作者的悲憫。逃離和追尋之間，問題少年何處去？答案其實很簡單，愛是唯一的路。在小說看似浪漫的冒險生活中，我們更看見了社會最底層的青少年成長是何等艱難，如果不以道德評價，敏子和阿欽不都是以自己的方式努力地生活，努力地堅強自我，努力不被現實的黑暗打敗？

有時候青少年的反叛難以撼動原有的社會價值，自然在挫敗中逐漸消弱自我的獨特性，以符應社會期待，甚至釀成悲劇，像是李潼的《白玫瑰》飆車少年、少女並沒有在同伴的死亡中得到清醒，這種無懼於死的異常冷酷，追究到底仍是家庭的失能、教育的僵化和社會的偏見形成了這些青少年扭曲的心靈。有時候，青少年則是努力在自我和群體間找到平衡，以反叛的手段達成符合社會價值的目標，這當然是社會化的理想，張毅的〈浪子史進〉是一個典型的例子。父母離異使他對家庭和生活充滿憤怒，視桌球如命，不繳作業、翹課、抽煙讓他差點失去了到日本比賽的機會；比賽落敗讓平時自信狂妄的史進受到重大的打擊，後來在街頭上遇見了三位女童軍和他們的老師在賣紅十字章，受她們認真的精神感動，而對自己的生命和比賽失敗有了領悟：

> 「我一直奇怪明明不該輸的，為什麼卻硬是輸了。現在才想透了！」

「想透了什麼？」

「我也實在說不清楚，好像是輸給了一個好大好大的東西，不光是什麼技術啊之類的小問題。」

「啊！好像不光是我們兩個人要努力的問題，而是……」

「而是要全中國人大家一齊來努力的問題！」（張子樟主編，1998：85-86）

　　這篇文章發表在 1980 年，頗有那種教育青少年積極奮鬥的意味。晚近臺灣主流的青少年小說雖然不再有這種「青年救國」的口號，但作品整體上也都不脫這種積極光明的調性，青少年在個人和社會價值的衝突中，能找到平衡，順利成長。比方說：陳昇群的〈陽光少年〉一群即將升上國三的學生，他們都是中上程度的學生，雖然面對升學考試的壓力，但能從中找到調適，參加智慧障礙賽的過程就在表現出主角阿興不受制於考試，能建立自己健康的學習方式。這裡不難看出作者想藉趣味、科學的障礙賽進行來傳遞給青少年讀者積極的人生態度。另外更具代表性的是李潼的作品，青少年和社會的互動是他作品中恆常關心的主題，也總在作品中保有一份光明和樂觀，為青少年指引出希望。不過他傳達光明的方式比起許多主流的青少年小說來得成熟、高明的多，這是李潼作品具有濃厚文學性而非教育性的主要關鍵。我們舉〈綠衣人〉為例。主角是一個十四歲少年陳學榮，在生日這天不得不在母親的要求下，協助家裡果園蓮霧的採收，卻一再看見一個神秘的綠衣人，一個專偷汽車標誌的小偷，終於在果園了有了短暫的對話和相處。隨著兩人的對話，讀者可以發現綠衣人和陳學榮有不少共通點：不但都穿綠衣、長相也相似，生日更是同一天。我們可以推定綠衣人其實是另一個陳學榮，一個外人看不到，只有自己看得見的內在自我，於是兩個

人的對話，象徵少年陳學榮的內在衝突。陳學榮最後在和綠衣人的對話中，面對母親的擔憂和叮嚀，原本心裡的不以為然得到了紓解，生日被遺忘了的委屈，也轉化想法，化解了心裡的矛盾和衝突。這篇小說借用一個虛擬不存在的人物與少年主角對話，表現的正是青少年面對社會期待和自我價值之間的內在衝突，最後順利的調適自我得到成長。

　　當然社會化不只是社會單方面地改變青少年，青少年同時也會對社會發生影響。只是這種改變在臺灣通常必須經歷重重的考驗和質疑，才能緩慢地發生作用。這種緩慢也同樣反映在青少成長小說中。不論是西方傳統或是臺灣主流的青少年成長小說，最重要的任務就是要引導青少年讀者建立自我，進而融入社會。「藉著讀者面對的問題，或是他可能面對的問題提出解決辦法，也透過反角的模式幫助讀者解決心理上、感情上、家庭上、社會上或理想上的問題。青少年小說想成為一種讓青少年進入社會的辦法。」（埃斯卡皮，1989：159）相對的，臺灣青少年成長小說中具有「反成長」傾向的小說，則是更著力於青少年思考自身與所處社會環境的關係，青少年對社會的懷疑、抗拒和批判往往更多於調適自我、順應社會，也就是在第六章所論臺灣青少年成長小說中「反成長」所提出的問題意識，這是文化得以再更新和活化的契機。如果說傳統的或主流的青少年成長小說的青少年成長是一種「進入」，那麼「反成長」傾向小說則是一種「出走」。這種「出走」固然可能是消極和任意的，也可能是一種積極作為。現代社會中民主、平等、人權、法治觀念的進步，都不是憑空得來，而是奮鬥來的，都是從反叛開始的。況且民主社會中的群我關係可能假民主之名、行壓迫之實。文明社會潛藏的權力結構通常是隱而未顯的。「群體的道德意識往往會變成對他人的指責，在西方，道德觀已經回歸到個體的自我檢視，對他人

的批判不叫道德，對自己行為的反省才是。」（蔣勳，2007：40）從
這一點來看，臺灣青少年成長小說中呈現的「反成長」傾向和提出
的「問題」對於整個社會深具意義，當社會以既有的規範要求青少
年時，或可思考：我們所堅信的、看似牢不可破的真理，會不會其
實是錯的？有沒有改變的需要和可能？在多數正義、少數真理之間
如何看待對方？青少年成長小說中的「反成長」傾向，對社會價值、
體制提出批判，正是社會前進的動力來源！

第五節　「反」的人類發展價值

　　所謂「反」的人類發展價值，是指臺灣青少年成長小說中「反
成長」傾向對於人類生命所蘊含的價值。同樣的，不同於人類學，
並不是人類學觀點來考察小說內容，而是以小說主體作為認識臺灣
青少年「反成長」傾向的一個面向，並以此發掘小說中的「反成長」
對人類發展的啟發：不同文化的人之間如何互動、了解彼此？在相
同文化之中，不同的族群應該如何保有自我並且相互適應，才能共
存於同一個社會？在政治、經濟、教育、宗教、倫常關係等各個層
面，人的生命價值是如何形成？透過小說對人的全面性觀察，我們
對這些問題會有一番領會。

　　青少年在人類的生命發展中是一個特殊的階段，在不同的文化
中有不同的界定和規範。如果我們能以一種宏觀的角度去看不同文
化中的差異，而不是帶著某種自以為優勢文化去看原始部落文化，
或許我們就能從中獲得一些成人如何重新看待青少年成長的觀點。
在第三章曾經談到中西青少年成長小說的差異，也曾提過：西方在
二十世紀六〇年代的「反文化」。這種徹底反抗主流文化，建立起另

一種截然不同的社會生活，通常來自於青少年。青少年自絕於原有的文化而追求個人的價值，這樣的表現在西方小說中也經常可見：像《牧羊少年奇幻之旅》裡的狄雅各違背了父母的期待，一心尋找屬於自己的天命，在歷經一段的旅程，遇見了許多不同的人，終於找到了寶藏。「愛並不會阻礙一個人去追尋他的天命，如果他放棄追尋，那是因為那不是真愛……不是訴說著宇宙之語的那種愛。」（科賀爾，1997：126）這是在創造觀型文化中鼓勵個人發揮潛能、創造生命的表現，也是西方青少年成長小說中青少年得以經由反叛來創造自我的關鍵。借用它來對照臺灣青少年的成長。臺灣在一定程度上繼承了氣化觀型文化的傳統，青少年在社會中的角色總脫離不了群體生活和社會期待為先，乃至以群體價值來作為個體自我成長的依循也是理所當然。群體生活維持了穩定和秩序，卻在某種程度上造成了個體心靈的顛簸和動盪。在臺灣的青少年成長小說中我們每每可以看見那些年輕生命無力徹底斷絕束縛，只好在掙扎和拉扯中一路長大成人。〈彈子王〉的阿木一直都是主流教育價值中的邊緣人，遭砍斷手臂後反而像是斬斷了身旁那些無形的價值批判，得以自由；《野孩子》在離家中其實仍不斷在破碎的家庭記憶中來回糾葛。至於當代青少年想要從漫畫或電玩中尋求認同、建立自我，卻一再落入徒勞無功的窘境中。陳裕盛〈死不瞑目的櫻木花道〉寫一個二十歲青年對漫畫中的櫻木花道滿心嚮往，期待可以在籃球場上贏得讚賞，卻不顧自己在身材和體能上的侷限勉力而為，最後還因抽煙被退隊。其中也透露了對母親逝去、自己沒有一番作為而感到愧疚，年邁的父親和自我厭棄的青年，誰也沒能跨越的鴻溝。青春生命在漫畫和電腦遊戲中死後復生，生而又死，循環反覆……在科技文明高度發展、人際情感疏離的社會，人類心靈的原鄉何在？這是青少年的成長任務，也是所有人類要共同面對的課題。

　　此外，不屬於主流族群文化的青少年，在成長中所要面對價值衝突又更大。錢得龍〈桃花開的季節〉以原住民少年葉飛看泰雅部落文化和都會漢人文化之間的矛盾，同樣是充滿困惑。葉飛的父親打獵時為求自保攻擊黑熊而遭逮捕，不得已賣掉桃園，才能繳了罰金免去牢獄之災。葉飛對部落文化、父親英勇狩獵受到族人的推崇感到驕傲，另一方面在學校教育中被傳遞保護野生動物的觀念，二種價值的相遇讓少年心裡有了困惑：

> 在桃花正盛的時候，葉家卻沒有桃園了。
> 「沒有桃園也好，桃花開了，便不再有事。」雅ㄍㄧㄟ（祖母）語氣很平靜，給人不在乎的感覺。
> 可是好幾次，雅ㄍㄧㄟ起大早，偷偷來到賣掉的桃園，一個人發呆。葉飛搞不懂：雅ㄍㄧㄟ不是說桃花對我家不吉利嗎？
> 雪山坑的族人，又回復死寂，眼睛沒有光彩，在這桃花爭艷的季節啊！（張子樟主編，2000a：284-285）

　　葉飛終於感受到了祖母對美麗桃花的那份憂傷和不安。漢名姓葉，原是取枝繁葉茂的意思，少年名葉飛，父親名葉飄，都有暗示著生命離枝飄零的傷感。一入冬，桃葉落盡，桃花才開，以桃花作為象徵，祖母對桃花帶來家族災禍的恐懼，其實是弱勢族群對強勢文化以文明之姿帶來巨大、無形受壓迫的心情。少年的家族親人中一一發生事故，就如同凋零的桃葉，而桃花象徵世外桃源的純真美好，在文明開始進入部落後似乎難以保有。小說中法官和葉飛父親的一段問答，是作者刻意安排讓讀者去思考：生物的滅種、森林資源的破壞，不該只歸因於原住民的狩獵文化，背後有商業利益糾葛、原住民的生活困境等種種因素，生活在這個島上的每一個人都有責任，漢人尤其應該反省。這些問題在小說中沒有直接說明，而是藉著

少年葉飛這個角色提供讀者思考。類似題材最為人所知的是《少年小樹之歌》，在臺灣受到許多老師和學生的喜愛，原住民少年小樹面對自身文化與主流文化的矛盾衝突，其中有很動人的刻畫。臺灣在二十世紀九○年代以後才開始有比較多的原住民的文學受到注意，一直到了二十一世紀初才出現在中小學的國文教科書中。其中夏曼‧藍波安身為蘭嶼達悟族人，年輕時和多數的族人一樣曾經到臺灣工作，經過一番的掙扎反思，在九○年代終於決定回到蘭嶼，並將漢名施努來，正名為夏曼‧藍波安。他在〈飛魚的呼喚〉中藉著小達卡安少年和父親的互動，反映出一個蘭嶼父親對孩子未來的憂心和無奈，而少年似乎仍無懼於現實的殘酷，一心只想個「飛魚先生」。

> 達卡安靜默不語。他似乎有自己的想頭。吃地瓜、抓飛魚、給人家做工，有什麼不好？他想。念書好的同學，不一定有機會上船看到這奇異的星空，享受在海上飄船的滋味，學習族人抓飛魚的技能啊！在蘭嶼成績好的學生，到了臺灣之後，還不是一樣最後都落腳在工廠裡。（陳芳明編，2006b：51）

我們或許會覺得小達卡安還沒有真正面臨到現實生活，所以能如此純真、不以為苦。但小達卡安從小隨著外祖父認識山裡的樹、海裡的魚，大自然以豐富奧妙的各種生命來教育他，雅美族人對自然的感恩與謙卑，也或許就是這種在山海中感受到的自然之美和蓬勃的生命力，更讓他對僵化的學校課程感到枯燥無趣。

> 小達卡安瞪大眼睛，在月色乍明乍暗的照明下，他看見飛魚在網中掙扎而脫落的鱗片，宛如天空中的星星在波浪的峰頂和峰谷閃爍地搖擺，而鱗片的銀光則隨著拉起的漁網逐波靠近。小達卡安錯愕地坐在船上，像一尊小小的石像，專注地欣賞那婀娜多姿的飛魚。（陳芳明編，2006b：52）

　　這種美感的體驗和為生活奮鬥努力而來所享受的甜美、快樂，可能是很多人一輩子都無從體會。說起來我們為「零分先生」感到憂心時，他反而替都市裡的人貧乏無趣的生活感到遺憾。可是父親的話、老師的嘲諷還是在他的心裡留下了好多的問號：

> 「飛魚先生」的榮耀和「零分先生」的恥辱，在小達卡安的心中激盪。他在大石頭上望著一條條出海獵捕飛魚的船隻划遠時，紅彤彤的夕陽也已下海了。
> 路燈照著達卡安回家的路。越走越近，路燈就顯得越是幽暗。他斜背著並沒有裝書本和作業簿的書包裡，放著揉成一團的畫了一個大零蛋的考卷。
> 「飛魚……」
> 「零分……」（同上，56-57）

　　我們自然不難理解何以臺灣的青少年成長小說，如果不是調適自我、順應社會，就是在社會規範中苦苦壓抑、掙扎也無力擺脫傳統價值的束縛，也可以從異文化的對照下看到青少年成長小說中截然不同的成長本質。這種在壓抑性，固然無法像西方那樣激發出無窮的潛能和創造性，卻也發展出不同的對應方式，在個人情感意志的表現極盡迂迴，或尋求自我遁逸，同樣有其積極意義。蔣勳認為：「中國歷史上儒教稍式微的時代，都無法成為漢、唐、宋那樣的盛世，像魏晉南北朝時的竹林七賢，他們生命裡的孤獨表現在行為上，不一定著書立說，也不一定做大官，他們以個人的孤獨標舉對群體墮落的對抗。」（蔣勳，2007：25）不同生命情態的表現對於同時代的主流群體而言，其實深具意義。臺灣是個多元族群共生的社會，尤其今日的臺灣社會除了過去福佬、客家、外省和原住民等四大族群之外，近年來外籍配偶和外籍人士來台工作的情形都有日趨增加

的情況。但在這樣多元族群的社會看似包容，實際上人反而容易被弱化、邊緣化。這其中還是權力結構的問題。青少年和成人社會、弱勢文化和主流文化之間的權力結構與權力運作，是「反成長」傾向小說對人的深層關懷。

人類歷史文明的發展，也可說是一連串「反」的結果。所有知識的「反」帶來文明大躍進或大災難，所有規範的、價值的「反」也帶來文化更新或消逝。南方朔談到：

> 由今天回頭看，十七世紀的「理性」、十八世紀的「工業化」、十九世紀的「進步」、二十世紀的「成長」，這一連串相似詞間，其實有著一種愈來愈狹義的走向。十九世紀的人們談論「進步」，還不忘對「進步」的內涵和表現提出質疑，並在二十世紀兩次大戰後，更對「進步」充滿了悲觀。但二十世紀後半所出現的「成長」，卻因為資本主義體制的強化，而逐漸侵佔了全人類的心靈，終於在進入二十一世紀的此刻，開始向人類追討欠債。〔萊特（Ronald Wright），2007：9〕

這種種的進步、發展和發展對人類心靈的戕害，不能說不大。成人習以為常，青少年則是更敏銳的察覺到這種生命本質的扭曲。所以「一個成熟的社會應該是鼓勵特立獨行，讓每一種特立獨行都能找到存在的價值，當群體對特立獨行做最大的壓抑時，人性便無法彰顯了。我們貢獻自己的勞動力給這個社會，同時也把生命價值的多元性犧牲了。」（蔣勳，2007：31）人類發展不是單從文明社會的進步而來，而是各種不同文化的整體組成，然後我們可從其中的異同得到啟發。人需要秩序才能生活，所有帶有「反」的觀念和行動，最可貴之處並不在於整個社會的徹底實踐，而是提醒我們過度堅守語言、道德、倫理、知識等等一切既有生命秩序的神聖性，可

能帶來文化的僵化和停滯。生物的多樣和文化的多元對人類發展同
樣重要，不同的生命之間並非進化論，而是多元並存。臺灣青少年
成長小說中的「反成長」對我們最好的提醒是：不同年齡、性別、
價值、文化的群體之間相互汲取養分，才可能帶來精神的提升。

第八章　臺灣青少年成長小說中
「反成長」再「反」的可能性

第一節　現代式的

　　前面各章所論臺灣青少年成長小說中「反成長」的問題意識，
包含所舉的小說作品，其中有青少年對教育體制的消極抗拒，有受
家庭變故、人際關係的自苦，有對性的壓抑與放縱，也有意圖寄託
科技的徒勞無功，還有貧富和城鄉差距的社會現實，以及青少年次
文化的自我懷疑或他人貶抑……總結來說這種種所反的不外是：反
教育體制、反社會規範或反自我，透過情節、人物的刻畫和主題、
象徵隱喻的安排，來呈現小說中青少年的「反成長」，這些多屬於
前現代式的。然而人類文學的變遷已進入現代、後現代、網路時代，
對於小說這種敘事性文體傳統上強調「寫實」的文學表現，在前現
代、現代、後現代和網路時代也已各有風貌：

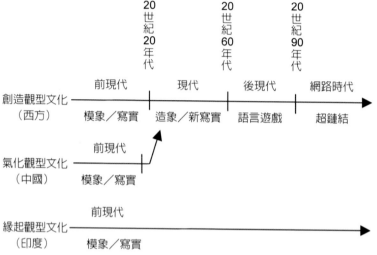

圖 8-1-1　三大文化系統中的文學表現圖

資料來源：周慶華（2007：175）

　　因此，如果想要進一步關心臺灣青少年成長小說中「反成長」
議題，就得從各學派的演變中再行塑造，尋求再反的可能性，臺灣
的青少年成長小說才不會只停留在前現代寫實性作品的單一面貌。
在此「現代主義」、「後現代主義」和「網路時代」是指不同學派
的文學表現，以下將以「現代式」、「後現代式」和「網路式」來
簡稱，分別從現代、後現代和網路時代三個模式的文學表現特徵談
起，說明它們對人的生存處境的影響，以及對臺灣青少年成長小說
的啟發。這是「理念先行」，也就是從其他文化系統、學派中獲取
觀念的更新，至於落實到實際的小說文本中該以什麼樣的形式呈
現，可留待未來繼續深入，或由有志於青少年成長小說的創作者去
思考和實踐。

　　想要從西方現代主義中得到對臺灣青少年成長小說的啟發，那就得先對於「現代性」作一個基本交代。「所以會有『現代』的出現，主要是因為西方人向來信守的創造觀所內在的造物主『絕對支配力』的鬆動，而讓西方人得著自由馳騁思慮和無限伸展意志的機會，從此多方激盪串聯而營造成功的。它展現在十四世紀到十六世紀文藝復興所『假想』古希臘時代『人文主義』的復振，以及十七世紀啟蒙運動對『人文理性』的強調和十八世紀工業革命對『工具理性』的崇拜。當中還穿插著十八世紀以來由美國獨立運動和法國大革命所掀起的『政治民主』和『經濟自由』等世俗化的浪潮。此外，十六世紀出現的新教的宗教改革，也一起匯入了『推波助瀾』的行列。」（周慶華，2007：168）。總的來說，「現代」是對「前現代」的反動。在這樣的歷史脈絡中，我們可以發現人的處境有了與前現代截然不同的觀點。人不再像中古世紀時，好像活著只為了尋求救贖，每一個人可以積極尋求創造，表現在科學精神、藝術文化和民主政治的發展上最為明顯。而現代主義就是在這種「工業進步和科技理性社會中，所發展出來的文學與藝術的再現。」（廖炳惠編，2006：167）在文學中它「包括了十九世紀末的象徵主義以及二十世紀的未來主義、表現主義、存在主義、超現實主義和魔幻寫實主義等等。」（周慶華 2007：176）它的文學主張和特徵主要就是反寫實，雖然它也求真實，但是小說本身建構出的真實，是小說內在邏輯上、情感上的真實，而不是如實重現真實世界，現代主義小說對人的生命有從外在向內在探索的傾向，並且從可意識深入到潛意識。也因為如此，現代主義重視小說本身的形式表現，在敘述觀點、敘述結構上都力求創新。希望讀者在閱讀時保持一分自我清醒，尤其是閱讀小說更不要只執迷於情節發展，忽略了小說本身的獨特和閱讀貴在「思考」的本質。

這是源於現代主義兩個核心的價值：「對語言功能的信賴和形式實驗的興趣」（蔡源煌，1988：76-77）也就是相信只要運用適當的語言文字、技巧，就能清楚表達意義。

　　至於現代主義對臺灣青少年成長小說中的「反成長」會有怎麼樣的啟發？目前臺灣主流的青少年成長小說都以寫實為主，其中問題小說一類多半會以真實的社會現狀、社會問題為題材，透過小說情節的發展提供解決方式。其次，主流的青少年小說在形式表現上，仍以傳統的順敘或倒敘方式為多，其中只有李潼兼顧青少年讀者的需求也勇於在形式上創新，近幾年雖有部分作品受現代主義影響起而效尤，但質與量都還有限。以至於傳遞給青少年的教育理想多，而小說美學少，在內涵和形式上仍有發展、變化的空間。如果能跳脫這種對描繪真實世界的過分執迷，青少年成長小說會更能探觸人的內心深處。王文興的《家變》中主角范曄棄父、尋父這種看似離經叛道的的情節，和語言形式的陌生化，就是要深掘中國傳統家庭倫理中極其壓抑、隱蔽未顯個人的內在世界。

　　接下來我以現代主義中的存在主義、超現實主義和魔幻寫實主義來談，試圖從中尋找出對臺灣青少年成長小說的啟發。存在主義，強調存在先於本質，重視當下存在，關注和周邊人事物的關係。七等生〈我愛黑眼珠〉裡的李龍第在被大水困住時，寧可擁抱身旁的妓女，而看著自己的妻子被沖走。這種徹底悖德的行為招來不少的責難，批評者如葉石濤等人認為這篇小說中人性的良善荒謬到蕩然無存，七等生這種棄絕人性的書寫更是難以令人認同。但周寧認為這樣的評論完全枉顧了七等生對人性複雜性的深入挖掘，針對李龍第這樣違背世俗道德觀念的行為，我們更應該超越道德觀來看，他認為在李龍第的觀念裡，有三點極重要的意義：

第一、他是非宗教的（並非反對宗教）。他認為，人，才是主宰，在這個世界上，最要緊的是人與環境(大自然)的關係……當他面對大自然的巨壓，透過死亡的威脅，體會到人到最後所能依賴的只剩下自己，所以，人最好能先「辨識自己、選擇自己和愛我自己」，在這兒，人與神已幾近合而為一，所差的只是要不要「信仰自己」了。

第二、強調唯有「現在」才是永恆的。抓住了現在，就抓住了「幸福」……李龍第主張揚棄往事，拋開不必要的包裹……

第三、由於人既然不能憑藉過去，且又認為人的存在的先決條件是「存在」這一事實，人，自然必須──也只有在現況中作一抉擇。（七等生，2003：周寧評論 326）

　　這種專注於生命當下的積極性，可以說是人和環境的各種衝突挫敗中仍尋求一種自我的完成。這種積極性，超越倫理、超越道德，對成人來說尚且難以接受，更何況青少年。但仔細想想，〈我愛黑眼珠〉表現的不正是對自我生命負責的態度？這篇小說甘冒悖德之名啟發我們的不正是：青少年成長小說除了忠實呈現青少年與環境互動的情形、指出問題外，應該提供一種積極面對自我的力量，而不只是消極的抗拒或批判。這種積極性並不是主流青少年成長小說那種「問題、衝突、解決」的模式可以達成的，而是生命真正的自由和自主。周寧將它比擬為莊子的美學意境：「企圖從常識的美意識所認為醜惡、怪異、變常而摒棄的事物之中，去發掘真實的美之反俗的美學──醜的美學。」（七等生，2003：332）這種醜的美學，也是臺灣青少年成長小說所缺乏也令人感到憂慮抗拒的部分。

　　相較於前現代小說描寫的是人可意識的經驗範圍。超現實主義是要開發人的潛意識，但潛意識無法寫實，只得靠揣摩人的內在世

界，來認識存在的重要性。「超現實主義雖然反叛性很強，本身還是有它的美學目的。其一，是試圖推翻並解除寫實主義的桎梏，而為了達到這個目的，它只是刻意援用寫實手法，實際上還是要達到反寫實的目的。其二，超現實主義作家認為：語言常因政治宣傳或日常實用的要求而喪失了活力。超現實文學便是要恢復語言的美與活力。」（蔡源煌，1988：206）。閱讀時的無法了解正是提醒我們回返自身。而這種潛意識的力量往往更可觀，支配人的言行舉止。

至於魔幻寫實是在真實和虛幻之間不斷交錯，將它視為新的真實，是突破過去唯物論所壓抑無法經驗而真實存在的部分。「主題上，這種手法偏重於現實的感知與扭曲之探討：此外，它也經常涉獵人在時間的軌道上遊幻的經驗，忽而過去，忽而未來，這個母題之用意是在交代人的記憶會隨時間沖淡而遺忘或變形。技巧上則偏愛『小說中的小說』這種寫法，也就是說，小說的敘事框架之內別有小說，事實上也是稟承超現實主義而來。」（同上，199）在臺灣張大春的《四喜憂國》是其中代表。

超現實和魔幻寫實二者有相似之處，但並不相同：「在魔幻寫實主義裏，現實和幻想之間總是有種緊張的關聯存在：以不可能發生的事件暗喻現代歷史的極端矛盾。在超現實主義裏，暗喻變成了真實，抹去世界上的邏輯和常識。」（洛吉，2006：229）我們可以試著以小說文字來對照寫實、超現實和魔幻寫實的不同風情：

> 母親忙碌的時候，她便坐下來寫，模仿母親的筆畫，學著字裡行間的神態。她拿另一張毛邊紙覆蓋在原來的紙上，有了下面的筆畫痕跡，只要照著寫就行，不怕寫錯，只是母親的字，總是超出格子，像不安分的獸，嫌籠子太小、太窄，亟欲掙脫。也或許，那字有了自己的想法，那方方正正的紅色邊界關不了他。（幼獅文藝編，2001：65）

小招唱起歌來，歌聲跟著海濤漸漸升高、升高，陡降，然後升高、再高，直奔向碎光群聚魚類洄游的遠方，再遠方，像學會的第一首童謠，像女巫壯麗的召喚。她舉起手，月球跟著往下降落，接近海面。海水開始升高，往沙灘上漫湧，淹沒我的足踝、膝蓋、腰腹、胸部、嘴。我吐著氣泡。最後，小招乘著兩隻海豚來到我眼前……海水持續湧動，升高、爆裂，像鯨魚噴出水柱那樣，將我們托著升至天際擦過最亮最遠的一顆星，然後退去。我猜想，當天亮鎮上的人們發現我和小招的屍體時，我們會是微笑著的。（幼獅文藝編，2001：88-89）

我們就這樣沉默著、飄升著。卡瓦達飄過我左上方，非常溫柔而輕緩地把紅鼻大酋長的頭顱暫時放進一個樹洞裡。然後我們繼續上升，讓無香無臭的濃枝密葉從頭到腳擦拂過我們的每一吋皮膚，被擦拂過的肢體毛孔便完全張開了。我在經過那樹洞時瞥見紅鼻大酋長的鼻孔向前翻了起來。（張大春，2002：88）

　　第一段在描摹女孩學母親寫字的情狀；第二段為少年「我」如夢境般的內在潛意識；第三段充滿了神奇色彩，分別體現了：寫實、超現實、魔幻寫實三者「由外向內」再發展出「跨內外性」的極力求變。

　　以此，從現代主義小說的代表性作品中，我們是否能得著對臺灣青少年成長小說的啟發？應該就是觀念的創新和形式的突破，而且二者關係密切。在前面各章所論前現代式具有「反成長」傾向的小說是著重在青少年對所處社會的經驗上的衝突和反抗，屬於外在環境的、屬於線性的。但事實上青少年的「反成長」中還有一部分的反自我是純內在的，反成長除了外在環境因素，更不能忽略內在心理和潛意識。現代主義小說極力探索人內在深處的世界，可以觀照

到臺灣青少年成長小說所忽略「反成長」中屬於純粹「反自我」的
類型。在觀念上現代主義對臺灣青少年小說中「反成長」的提示是：
面向未來，創造成長的新典範。這樣再「反」的現代式的取向，就
在於建立新的反成長典範；也就是比照上面所提及的存在主義／存
在先於本質、超現實主義／視潛意識為新的寫實、魔幻寫實主義／
視神秘經驗為新的真實等「造象」的做法，試為重建教育體制或社
會規範或自我，而不只是如前面所論前現代式作品處於消極的反抗。

第二節　後現代式的

　　雖然「後現代」的特性之一就是無法定義，但要談後現代式的
青少年成長小說，當然也得先認識什麼是「後現代」。關於後現代，
各家論述不一：有人認為「『後現代』只是個通稱，其實它就社會
來說，就是『後工業時代』；在知識傳承的方式上，就是『電腦資
訊』；在一般生活型態上，就是『商業消費』；反映在文學藝術的
寫作上，就是『後現代主義』」（羅青，1989：245、254）但可以
說：「『後現代』是從第二次世界大戰後，新科技電腦的發明，帶
領人類進入一個資訊快速流通的社會（也就是『後工業時代』或『資
訊社會』或『微電子時代』）而逐漸形成的。」（周慶華，2007：
171）關於後現代社會的種種，在這並不再去深究細說，反倒是提醒
我思考：人在後現代社會中的處境，尤其是青少年。孟樊提出：「後
現代自我及認同的特徵為：多元與分裂的認同、建構主義的認同和
反本質主義的認同」（孟樊，2001：104-115）。青少年成長歷程中
所要對抗的不一定是明確的對象或體制，在各種零碎、斷裂的訊息
紛陳中，人要對抗的反而是自我的分裂和消失。

　　至於在文學中，「後現代」同樣也是對「前現代」和「現代」的反動，更是對所有「語言」、「文學」和「言說」質疑和解構。後現代小說把小說變得不像小說，對於傳統小說美學予以徹底的顛覆。以後設小說來說，黃凡的〈如何測量水溝的寬度〉一開始就引導讀者專注於測量水溝寬度這件事，但隨著小說的開展，讀者會感覺到似乎不是真正要解決測量水溝這件事，到了小說最後又刻意揭露真相：「四個人趴在混凝土作的溝沿，俯視水中倒影」（瘂弦編，1987：18），水溝根本無從測量，而所謂的真相是作者另一個有心的安排。這種在真實和虛構間的來回遊走，情節發展、敘述方式都片斷、零碎，主題更是曖昧不明，正是這種對小說美學的解構，使得讀者對小說的詮釋和理解不斷延異，在文本結束後仍然繼續延異。同時也在小說中自我暴露寫作的過程，比方說：「環保局的兩位小姐跟這篇小說無關，她們仍舊回到她們現實的生活裡，對她們來說，這件事只是生活中的一個偶然變數，正如你一樣。當你閱讀這篇小說時，你也『涉入』了這個故事……所以兩位小姐必須即刻離開舞臺，她們差一點把我扯到題外去。我於是打了電話告訴她們，關於測量水溝寬度這回事，根本是個無聊的玩笑等等。」（瘂弦編，1987：16-17）創作過程的隱祕性被公開並不是為了陳述事實，而是要模糊事實和虛構、創作者和讀者之間的界線，這是後現代小說對前現代和現代以寫實為主的小說所作的反叛。另一篇臺灣後現代小說的經典之作是蔡源煌的〈錯誤〉。小說透過張玉綢、臺中仔、作家三個人的「我」的陳述，再將讀者也帶入小說中，四者都處於「無所逃於天地之間，也無所逃於自設的現實環境」（周慶華，1994：31）的矛盾之中。與芥川龍之介的現代主義名作〈竹藪中〉（芥川龍之介，1995：155-167）同樣是多重敘述觀點，但〈錯誤〉讓作者現身小說中自述創作歷程，是為了讓所有讀者了

解小說創作的刻意性，這並不是為了追求現代式的「新寫實」，反而是要解構小說的「寫實性」。

認識了後現代小說，對臺灣青少年成長小說中「反成長」的意義是什麼？可以先從現有臺灣青少年成長小說跟進西方的腳步來看。臺灣青少年成長小說中要找到後現代式的作品，幾乎是沒有的。至多只能在少部分作品中尋到一點帶有後現代氣息的。像是許榮哲〈迷藏〉。小說的場景是種滿金針花的太麻里，以敘述者廖國輝兒時記憶裡的捉迷藏遊戲和成人後的記憶迷藏，穿梭時空、交錯敘述，在小說的形式上也呼應的「迷藏」的主題。小說中的另外兩個朋友，林旺的母親外遇離家、父親發瘋，他在某個夜裡帶著父親離開太麻里；陳皮則被提報流氓入獄服刑，暗示著社會現實中不同青少年的成長變化；而敘述者「我」童年捉迷藏時總是害怕被遺忘，長大後一直有種「缺少」和「遺失」的感覺：

> 我越是懷疑「掉了一樣東西」只是一種錯覺，我就越強烈地感覺到「掉了一樣東西」的真實存在感。我失去了曾經和我緊密嵌合在一起的那一塊。（聯合文學編，2008：520）

「我」和女友之間的關係同樣令他感到迷惑，生活中的親密卻藏不住心裡的疏離，而突然抽離兩人的對話現場，出現一個幻想畫面：

> 舞臺上，身著吸血鬼制服的魔術師，正在變魔術。
> 魔術師的手在高腳帽裡做作地翻攪，然後沒有任何意外地從裡面捉出一隻小白兔。
> 鏡頭拉近：小白兔咧著嘴笑；鏡頭拉遠：魔術師捉著小白兔的長耳朵；鏡頭再拉遠：帶著兔子面具，身穿同一家服飾公司出品，吸血鬼制服的魔術師，饒有興味地搬弄手中糾結纏

繞複雜的傀儡木偶導線。傀儡魔術師全身各個重要關節處滿
布細繩，肢體僵硬不自然地抓著小白兔的長耳朵苦笑。

　　最後，帶兔子面具的正牌魔術師從身後拿出一把剪刀，把連
接傀儡魔術師（就是我）頸部的細繩給剪斷。傀儡魔術師低
垂著頭，仿若死去。（同上，522）

　　後現代最容易受到的質疑是：意義不明，讀者難以接受，尤其
對青少年成長小說來說，總擔心後現代小說的表現形式，對青少年
讀者來說有困難。事實上也未必是如此，以許榮哲的這篇〈迷藏〉
來說，雖然不是典型的後現代小說，但對於臺灣的青少年成長小說
來說，倒是讓人有眼睛為之一亮的感受。也許對於習慣圖像式思考
的當代青少年來說，閱讀這樣的小說可以激發思考、想像和深入感
受，並且能得到更多與小說文本對話的機會。

　　有人說「後現代比前現代更寫實」，雖然後現代的興起不在於
此，更有超越現代的企圖。其實後現代式的小說中「拼貼、錯置與
去中心化」的表現看似背離現實，不正是真實人生和社會的寫照？
而且在一般小說中，「可能源於小說家較強烈的『轉化社會』的使
命感，所作的社會批判多傾向於欲使『社會合理化』（或達到某種
共識）；但在後現代小說中，小說家已經感受到後現代情境的儡人，
所作的社會批判減去不少先前的色彩而有意於開啟多元的價值觀。
可見後設小說並沒有脫離傳統小說批判現實的角色，而是構設了一
個理想情境作為批判依據，把這個理想情境當作『權宜性』指標，
目的在引發相似或更具體情境的追求。」（周慶華，2008：188）從
這一點來看臺灣的青少年成長小說：一方面，後現代小說勇於開啟
小說形式的變化，可以使青少年的成長意義更多元化；另一方面，
在多元並陳的世界中，主體也可能隨之模糊或消失，就像〈迷藏〉

中的敘述者廖國輝「我」不斷拼湊現實和記憶中的碎片，生命如同一場尋找自我的迷藏，暗示著主體的消失。但這無異又是一個可以著眼的再「反」的新契機，也就是說，後現代式的「延異」觀念，所能給我們的啟發不啻就在那一不固著「反」的自我鬆綁和對世界的廣為包容上。它看似虛無，卻又積極得很。

第三節　網路式的

　　小說從前現代、現代到後現代，這種敘事性文體似乎已經發展到了極致：前現代小說以情節、人物、衝突和意外結局等為基本要素；「篇幅增長以後，則要再增加故事性（曲折／離奇／感人）、寫實性（對人性真實／人生事件真實／人生經驗真實等）和藝術性（形式反熟悉化／意義多重深刻等）成分，以便『體制』可以得到充實。等到過渡到現代派，則因為要創新觀念或形象（新寫實性），已經無暇經營故事，只得在藝術性上增強。至於到了後現代派，所見的小說一切布局都遭到遊戲化（諧擬／拼貼／直接解構等），那就顯現一部小說史的發展到這裏快要『無以復加』了。」（周慶華，2008：193）然而數位多向小說的出現，則又是對小說美學的一大突破。須文蔚指出：

> 　　一方面，作者透過多向文本科技的協助，串連或發展枝散或分歧的情節。二方面，作者也可以跨媒體互文的形式，將傳統小說中無法展現的聲音、圖像、影片或動畫，以一種嶄新的架構建立出相關性與鏈結。三方面，小說家不僅將更多存在視覺或聽覺的符碼納入小說中，也經常回過頭去借鑑早在七〇年代開始就廣為後現代小說家應用的隨機、片斷、混亂、

　　不確定的文本結構規則，讓文本中存在多重敘述、重複、增殖、排比、戲仿等形式，形成數位多向小說繁複的跨媒體互文現象。（須文蔚，2003：86）

　　相較於後現代的延異受限於紙本，數位多向小說將延異的精神更徹底地落實，網路時代文本可以無限擴充，超鏈結的媒體特性使意義不斷延伸，並且提供了讀者互動的可能，都使得小說的形式和內涵要在多元自由中解構。但如果僅是這樣無止盡的點選、再鏈結，那麼數位多向小說和與讀者原來就熟悉的網路世界又有什麼區分？超鏈結作為一種網路媒體的強大特徵，對生活在網路時代的人來說超鏈結就是生活，那要憑藉什麼使小說有別於真實生活？

　　我們可以試著想像一下這樣熟悉的畫面：打開電腦準備上網購物，一邊聽著線上播放的周杰倫新曲，突然被奇摩首頁一則新聞吸引而點選頁面，接著又傳來及時通對話畫面……這也是多向文本？多重閱讀？光是有讀者互動來集體創作，或是遊戲式的接龍和情節改寫，並不能滿足讀者。這也是網路時代的數位多向小說總要面對的質疑，對於語言的遊戲化，如果沒有足夠的理念支撐，可能就不是小說的提升，反而是墮落了。須文蔚特別肯定曹志漣的《某代風流》能克服這種質疑，「以跨媒體互文性的網拋向漢賦的文字質感、方志中商賈適用的地圖、《聊齋》式樣的筆記敘事、繁瑣精確的聖旨以及古典的繪畫與金石的影像投射」（同上，101）等等古典文學、繪畫文本，成就了這部臺灣數位多向文本中具有指標性的代表作品。只有媒體技術的進步無法帶來小說的前進和突破，創作者當然還得用心於小說與媒體技術的所形成的新美學表現。臺灣數位多向小說仍遠遠不及西方，關鍵不在技術上的突破，而是沒有掌握到即使是小說是以多向、跨媒體、互動性強為表現，即使小說的創作意在解構，但少了小說的內在邏輯，擁有豐富的、多元的媒體效果反而容易被當

成是「華而不實」。雖然目前臺灣實際可稱為數位多向小說的作品不多，但它的特質對臺灣青少年成長小說來說頗具有引領的作用，也提供「反成長」再「反」的可能性。除了小說文本本身的多元和無限擴充，更重要的是它對於創作者和讀者的相對關係產生變化，相較於前現代的臺灣青少年成長小說總是身負教育青少年的使命，對秩序的要求更為強烈，作者意圖藉由小說傳遞什麼理想和規範，在閱讀時要有明確可循的成長路徑；網路時代則把這些理想和規範的傳遞留給廣大社會去擔負，讀者必須在不斷延異的過程中自行吸納、重組個人價值和他人折衝，這才是當代青少年面臨的最大考驗，也是青少年成長小說中「反成長」另一再「反」典範所得努力去開拓的。

　　總結上述現代式、後現代式和網路式都是從前面各章所論前現代式的基礎上尋求創新，提供臺灣青少年成長小說的多種視野，在小說美學和成長觀點上容有較大的彈性。其實就算是後現代小說無非仍在批判社會現實，只是表現方式有所區別。「所謂『明示式的社會批判』，是指不經轉折直接就社會現實加以批判；而所謂『隱含式的社會批判』，則是輾轉經過一番程序而就社會現實加以批判。」（周慶華，2008：185）技巧和形式的翻新仍得根植於小說不離人生的本質，這一點對於作者創作小說和讀者閱讀小說來說同樣重要。本章所以要從現代式、後現代式和網路式來作為小說中「反成長」再「反」的可能方向，用意也在此。現代式在前現代的反之後，還要型塑新的成長典範；後現代式則讓青少年成長的意義不斷被解構；至於網路時代除了徹底解構，更增加了和讀者的互動。歸結起來，最重要的精神便是要避免青少年成長意義遭受壟斷。這些理念的提點可先行對臺灣青少年成長小說中的「反成長」指引未來，作為拓展小說多樣風情的方向，至於該運用什麼的技巧、以什麼樣具體的形式呈現，則有待創作者落實在文本中。

第九章　結論

第一節　要點回顧

　　「成長小說中的反成長」這個看似矛盾的敘述，其實深具意義。我的研究動機是起於一種對「反」莫名的吸引，這樣也許很不符合嚴謹的學術研究，但如果只是因為教學對象為青少年和喜歡看小說這兩個原因，好像還不足以成為強烈的研究動機。從意念的觸動到形成研究題目之前，我在現有的研究論述和小說文本中發現了臺灣青少年成長小說中的一些矛盾現象，比方說：成長／反成長的二面性，或是文類界定上的曖昧模糊，其中透露著成人看待青少年成長的不同觀點。這好像更符合一般人對研究動機的期待了。可是在研究的過程中我一直都掛念著最初的那個問題：到底我是怎樣被「反成長」三個字所吸引？其中應該有著怎樣的緣由，所以每一次對論文題目的思考中，我也反覆在和自己對話，一次一次回溯自己曲折迂迴的成長經驗和生命歷程，試著尋找答案。帶著這種對自我的探問，論述時也就不免會納入自己的經驗來說明，這種理性與感性的交會，或許會令讀者感到有些突兀，好像不屬於研究論述該有的面貌，卻是我的論述中不可缺少的一股力量。在論述的最終，以回顧的方式來檢視我對「臺灣青少年成長小說中的反成長」的論述要點，希望有助於讀者對於整個論述的思考脈絡能更清楚。

　　在第一章緒論中提到「臺灣青少年成長小說中的反成長」目前是一個尚待拓展的論述領域。這主要是由於目前主流的少年小說大

抵都受限於預設為青少年讀者，因此在小說的形式表現上難有突破，對青少年成長的觀點也顯得過於保守；加上一般的研究論述中也強化了這種以教育為目的的小說文本，就這樣研究論述與小說文本的交相循環，使得臺灣的青少年成長小說距離青少年越來越遙遠，而成人也難以藉由小說認識真實的青少年形象，或者從中得到關於青少年成長的意義。基於這個原因，我以「臺灣青少年成長小說中的反成長」為題，先就「成長小說」、「少年小說」、「臺灣青少年成長小說」、「成長」、「反成長」、等概念釐清。接著是建立命題，小說不離人生，而人生則離不開成長／反成長課題，因此我所建立的命題依序為：「只要是小說必然會涉及人的成長／反成長課題」、「只要是青少年成長小說，就會涉及青少年的成長／反成長課題」、「青少年成長／反成長課題，會涉及個人的、社會的、文化的成因背景」和「臺灣青少年成長小說中的反成長，有特定的美學表現、問題意識及其社會意義和文化價值」。這是作為我論述「臺灣青少年成長小說中的反成長」的基礎，並且據以形成研究問題，接著依據所形成的研究問題，選擇適切的研究方法分別如下：首先以發生學來追溯「成長小說」與「少年小說」的歷史發展和相關研究論述；其次，以美學方法探討臺灣青少年成長小說中的「反成長」所特有的美學表現；接著，透過詮釋學方法探究臺灣青少年小說中的「反成長」所呈現的問題意識，包含了以教育學、心理學、社會學和人類學觀點來建立小說中「反成長」的意義與價值；最後，以美學方法從西方現代式、後現代式和網路時代式各學派中，指引出臺灣青少年成長小說未來再反的方向。

　　我論述「臺灣青少年成長小說中的反成長」意在開展臺灣青少年小說新的面向來統攝各個觀點，是屬於理論的建構。我所依循的是：「理論建構在講究創新，大致上從概念的設定開始，經由命題的建立到命題的演繹及其相關條件的配置等程序而完成一套具體系且

有創意的論說。」（周慶華，2004：329）所以在論述上也就不採一般實證研究的體例，因為實證研究的體例，只適用於以質性或量化方法進行的研究。我的論述不是實證研究，也不同於既有的少年小說論述所採用的文本分析。論述中所舉例的小說文本只用來作為理論的印證。在研究問題與方法確立以後，便是研究範圍的界定與限制。我將論述的焦點集中在小說中青少年的「反成長」表現或傾向，以「臺灣青少年成長小說」作為論述的範圍，是指描述青少年成長歷程或經驗的小說，而不以現有的「成長小說」和「少年小說」的文類界定為限。所舉用來印證、說明的小說文本是以臺灣八〇年代以後的作品為主，是基於八〇年代政治解嚴對臺灣社會有關鍵性的影響。

　　在研究目的、問題、方法、範圍建立後，第二章的文獻探討主要是針對既有研究論述的回顧與檢討，一方面是方便讀者對這個題目有基本的了解；另一方面則是用以區別我的論述所要繼續拓展、建構的部分，以凸顯研究價值。在這一章分別按「成長小說」、「少年小說」、「成長小說與少年小說的關係」、「成長小說中的反成長」、「臺灣青少年成長小說中的反成長」共五個面向進行。整體來說，現有研究中對「青少年成長小說」的論述雖不少，但很少關注到「反成長」這個面向，在少數關於「反成長」論述也只有概略描述，而無整體深入的論述。這正是我的論述所要建構的部分。

　　在論述臺灣青少年成長小說之前，有必要先就「青少年成長小說」的觀念和文類發展加以說明，這是第三章所處理的。現在我們常視青少年為一個必然的生命階段，青春叛逆好像是生物性的必然現象，事實上研究發現可能是來自於社會文化因素。青少年在社會中受到注意、被視為獨立個體的這種觀念也是二十世紀才有的事。這個觀點的發現對於我們看待青少年的「反成長」會是一個重要的提醒。也因為如此，不論中西的青少年成長小說，傳統上都以教育

目的為主，爾後才慢慢變化、走向多元。而且從西方到臺灣，小說在獨特的歷史經驗和社會文化中也產生了質變。

　　第四章承續前一章所談到青少年成長小說在臺灣的發展情況，進一步聚焦到本論述的核心：小說中的反成長。事實上，「反成長」在臺灣有其歷史發展的背景因素，就是八〇年代政治解嚴以後的社會變遷和各種價值的多元呈現，在青少年成長小說中呈現「反成長」傾向。青少年成長小說既有「教育使其成長」的傳統和「批判、抗拒成長」的變異，二者之間產生了在這一文類中成長與反成長的種種糾葛，成長／反成長不只是青少年個體的表現，更有著成人社會的權力結構和流動。明白這一點，就可以建立重新看待小說中「反成長」的途徑：從心理學、社會學和人類學的觀點來認識小說中青少年的「反成長」；「反成長」不是異化，「反成長」本是成長的一部分。這裡嘗試建構的新路徑，也是第七章要繼續深入的。

　　「美學表現」是我關注小說中「反成長」的一個特別重要的面向。第五章情節、人物、主題、象徵隱喻技巧與啟蒙儀式的開創，嘗試建構出小說中的「反成長」是如何具體表現在小說的各個要素中：在情節的構設方面，開放式結局、反高潮、因果關係不明，是其特徵，藉以表現青少年成長中的徬徨、探索和困惑等等；人物性格的塑造來說，靜態人物的內在混亂多於外在行為改變、對「反面人物」的同情與肯定、青少年語言特質的忠實呈現；主題的安排上，反戲劇化、反「社會化」、超越道德意識，著重在青少年與社會的互動關係；象徵和隱喻的作用，著重於小說氛圍的營造，而非意義的傳遞；啟蒙儀式的開創，乃是藉由青少年成長的各種課題，如：家庭變故、性、死亡、冒險等將啟蒙儀式抽象化，打破既有的「離家―返家」模式，以「無家可返」、「反啟蒙」作為新的模式，這種啟蒙往往是由時間和記憶中完成的。

　　跟小說美學表現相應的是第六章論述臺灣青少年成長小說中反成長呈現的「問題意識」。小說並不只是為了再現社會問題，更以它獨特的敘事方式來呈現問題，這些問題意識是小說家藉由小說提出對人生、對社會的觀察、反省或批判，並不一定在小說中提供明確的解決方法。我以其中最常出現的問題意識類型分為七個部分來談，分別是：教育體制、家庭、人際、性、科技、貧富和城鄉差距以及青少年次文化，這些面向幾乎是每個人在社會化的歷程中都必須面對的問題，也攸關青少年的成長任務。而這些問題意識凸顯了小說中的「反成長」訴說的對象，不僅是青少年，更是成人社會。

　　接著，第七章所論臺灣青少年成長小說中「反成長」的意義與價值，是對前面各章包含小說中「反成長」焦點、「反成長」的美學表現、「反成長」呈現的問題意識作一統整，並據以提出小說中的「反成長」對美學、教育學、心理學、社會學、人類所具有的積極意義與價值，以提供不同的讀者，包含：創作者、教學者和傳播者重新看待小說「反成長」的途徑，並進而實踐在真實生活中青少年的「反成長」。

　　如果我們同意所有的反成長最終仍是為了成長，不論是小說或青少年，那麼「反成長」的最重要意義更在於反對成長意涵的「定於一尊」。因此，前面我們透過不同面向重新認識了現有小說中的「反成長」之後，第八章則是從現有的研究基礎上提出未來可再開展的面向，讓小說中的「反成長」保有它再「反」的可能性。目前臺灣的青少年成長小說文本仍停留在前現代，幾乎以寫實性作品為大宗，在成長觀點和表現技巧上還有待發展。西方文學已經從前現代式、現代式，推進到後現代式和網路式，在各種觀念和形式上的創新求變，對臺灣的青少年成長小說也深具啟發。總的來說，本論述希望能提供讀者正向看待臺灣青少年成長小說中的反成長，使得這一文類能擁有更豐富的面貌，並且有助於讀者更認識青少年的成長。

第二節　未來的展望

　　由於「反成長」是一個新的觀點的開展，因此論述時想要兼顧各個面向的廣度和深度，不免力有未逮。在研究論述的過程中，有不少的方向可以在此提出作為後續研究者的依據。首先，是青少年小說的文本範圍界定。如果不以「成長小說」或「少年小說」的文類標籤為判斷，可以在成人小說也就是現今小說中，發掘更多書寫青少年成長的小說文本，一方面透過更多不同類型的文本來拓展臺灣青少年成長小說的風貌；另一方面，在出版機制上可以依不同對象的需求，讓青少年成長小說的傳播推廣更多元。其次，是在小說「反成長」的美學表現和問題意識上，可再深入觀照更多文本，建立更成熟的小說「反成長」美學論述和問題意識的詮釋。再者，現代式、後現代式和網路式的創新觀點，如何落實到青少年成長小說的文本中，並且透過傳播、教育途徑提供給青少年，可以有助於閱讀經驗中道德和美感的提升。最後，目前臺灣青少年成長小說可以學習西方小說的發展經驗，從中汲取養分，再回顧自身抒情寫實的傳統為基礎，才有機會為臺灣的青少年成長小說尋求繼續發展的可能。除了要迎頭趕上之外，更應該從自身的文化中尋求創新，才能進一步創新，展現屬於臺灣有別於西方文化中青少年成長小說的獨特風情，讓可以有的異系統的「競技」意味得以產生。

　　青少年成長小說常常是以成人後回顧、反思的角度來進行敘述，這不免招來質疑：成人的敘述能夠忠實反映青少年嗎？文學創作本來就是在事件情感沉澱後的才能發抒在作品中，身在其中時反而不是創作的好時機，有理想的創作者應該能保有相當的自覺和敏感，所謂忠實反映倒是次要的問題了。雖然經過記憶的選擇、重組，但也就可以更清楚的看到成長過程中如何領悟、如何找到

自我。因此青少年成長小說除了提供了青少年一扇視窗，了解自我；
而且對於關心青少年的成人而言，許多連青少年本身都說不清的複
雜心理，對社會體制規範的種種抗拒、反叛，得以透過小說文本窺
知其中幽微。最重要的是：當成人看待青少年的觀點、社會對青
少年的期許，只以「社會化」為唯一理想時，會帶來無可預期的
毀傷。

　　因此我的論述無意以「反成長」傾向的小說取代主流的的臺灣
青少年成長小說，只是想讓「反成長」在青少年的閱讀經驗中保有
一個位置，也讓成人更認識青少年成長不必然只有一種樣子。因此，
對於臺灣青少年成長小說中具有「反成長」傾向的作品，應該考慮
的不是取捨問題，而是比重問題。這是未來的研究者應該格外留意
的一點。

　　如果學術研究不該只是象牙塔裡的自得或自苦，那麼我的生活
就在印證我的論述，論述也同樣回應著生活。在研究的過程中，經
常在我思緒裡浮現的畫面是，電影《海上鋼琴師》裡主角「1900」
對「柯恩牌」說的話：「不是眼前的景物阻止我，而是看不見的景物。
我沒看見盡頭，綿延的城市看不見盡頭，沒有盡頭；困擾我的是盡
頭在哪裡？世界的盡頭？拿鋼琴來說，第一個鍵到最後一個鍵，鋼
琴有八十八個琴鍵，琴鍵有限、琴藝無限，琴鍵創造出音樂無限；
上千萬個琴鍵沒有止盡，若琴鍵沒有止盡，彈不出旋律，沒立足之
地，那是上帝的琴……世界不斷變遷，陸地是一艘太大的船，太長
的旅程，我下不了船，但可以步下我的人生舞臺……」然後「柯恩
牌」獨自下船，接著便是轟然一聲巨響。這又總是使我想到宗白華
談到歌德的一句話：「你想走向無盡麼？你要在有限裡面往各方面
走！」（宗白華，1976：189）這些畫面和話語時常在思緒中交錯，
不但使我回看自身的生活，也使我回看自己這樣反覆論述臺灣青少

年成長小說中的「反成長」，如果它真能發揮一些力量的話，那無非是一個懇切的提醒：一個能夠包容「反」的社會，才能在時間的長河中孕育出豐厚的文化；一個能正向看待「反」的生命，才可能真正自我肯定。

引用文獻

七等生（2003），《我愛黑眼珠》，臺北：遠景。

王文興（2001），《十五篇小說》，臺北：洪範。

王治河主編（2004），《後現代主義辭典》，北京：中央編譯。

王夢鷗（1976），《文學概論》，臺北：藝文。

王德威（1998），《如何現代，怎樣文學》，臺北：麥田。

巴赫金（1998），《巴赫金全集第三卷：小說理論》（白春仁、曉河譯），石家莊：河北教育。

中華民國兒童文學學會編（1986），《認識少年小說》，臺北：中華民國兒童文學學會。

卡特（2000），《少年小樹之歌》（姚宏昌譯），臺北：小知堂。

布倫（2000），《神啊，祢在嗎？》（周惠玲譯），臺北：幼獅。

布魯克（2003），《文化理論詞彙》（王志弘、李根芳譯），臺北：巨流。

布魯克斯、沃倫（2006），《小說鑑賞》（主萬譯），北京：世界。

史密特（2006），《鯨眼》（鄒嘉容譯），臺北：東方

古德曼（2000），《社會學導論》（盧嵐蘭譯），臺北：桂冠。

甘耀明（2003），《神秘列車》，臺北：寶瓶。

幼獅文藝編（1996），《世界華文成長小說徵文得獎作品集》，臺北：幼獅。

幼獅文藝編（2001），《孤島旅程——第二屆世界華文成長小說徵文得獎作品集》，臺北：幼獅。

米德（2000），《薩摩亞人的成年：為西方文明所作的原始人類的青年心理研究》（周曉紅、李姚軍譯），臺北：遠流。

朱光潛（1987），《談文學》，臺北：遠流。

朱德庸（2007），《絕對小孩》，臺北：時報。

艾朗森等（2003），《社會心理學》（余伯全等譯），臺北：弘智。

艾金森、希爾格德（1991），《心理學》（鄭伯壎等編譯），臺北：桂冠。

李喬（2002），《小說入門》，臺北：大安。

李潼（2002），《少年小說創作坊》，臺北：幼獅。

李潼（2005），《魚藤號列車長》，臺北：民生報。

李敏雄（2006），《花與果實》，臺北：五南。

李筱峰（2002），《快讀臺灣史》，臺北：玉山社。

李雅卿（1998），《乖孩子的傷，最重》，臺北：元尊。

李順興（1992），《廢五金少年的偉大夢想》，臺北：聯經。

宋光宇（1984），《人類學導論》，臺北：桂冠。

吳英長（1989.3.6），〈重視文學欣賞的價值〉，《兒童日報》，13 版。

吳英長（1989.3.18），〈如何導讀文學作品〉，《兒童日報》，13 版。

吳錦發（2005），《青春三部曲：閣樓、春秋茶室、秋菊》，臺北：五南。

呂建忠、李奭學編譯（1990），《近代西洋文學》，臺北：書林。

沈清松（1986），《解除世界魔咒——科技對文化的衝擊與展望》，臺北：時報。

佛斯特（2002），《小說面面觀》（李文彬譯），臺北：志文。

沃華德（1997），《文化人類學》（李茂興、藍美華譯），臺北：弘智。

孟樊（2001），《後現代的認同政治》，臺北：揚智。

孟樊（2006），《文學史如何可能——臺灣新文學史論》，臺北：揚智。

邱子寧（2006），〈啟蒙與成長——臺灣青少年小說界義及其發展〉，《兒童文學學刊》，16，87-125。

林文寶（2005），〈兩岸兒童文學分類比較研究〉《兒童文學學刊》，14，35-36。

林世莉（2005），《2005 臺灣青少年與家庭需求調查之研究》，
　　臺北：張老師。
宗白華（1976），《美學的散步》，臺北：洪範。
周芬伶（1998），《藍裙子上的星星》，臺北：皇冠。
周慶華（1994），《秩序的探索》，臺北：東大。
周慶華（2002），《故事學》，臺北：五南。
周慶華（2004a），《語文研究法》，臺北：洪葉。
周慶華（2004b），《文學理論》，臺北：五南。
周慶華（2005），《身體權力學》，臺北：弘智。
周慶華（2007），《語文教學方法》，臺北：里仁。
周慶華（2008），《從通識教育到語文教育》，臺北：秀威。
芥川龍之介（1995），《芥川龍之介的世界》（賴祥雲譯），臺北：
　　志文。
洛吉（2006），《小說的五十堂課》（李維拉譯），臺北：木馬。
英格（1995），《反文化──亂世的希望和危險》（高丙中譯），
　　臺北：桂冠。
姚一葦（1997），《美的範疇論》，臺北：開明。
侯文詠（2006），《危險心靈》，臺北：皇冠。
馬景賢編（1996），《認識少年小說》，臺北：天衛。
柯爾賀（1997），《牧羊少年奇幻之旅》（周惠玲譯），臺北：時報。
昆德拉（1992），《生活在他方》（景凱旋、景黎明譯），臺北：
　　聯經。
昆德拉（2004），《小說的藝術》（尉遲秀譯），臺北：皇冠。
埃斯卡皮（1989），《歐洲青少年文學暨兒童文學》（黃雪霞譯），
　　臺北：遠流。
島田洋七（2006），《佐賀的超級阿嬤》（陳寶蓮譯），臺北：先覺。
桂文亞、李潼編（1998 上），《思鄉的外星人──臺灣少年小說
　　選一》，臺北：民生報社。

桂文亞、李潼編（1998 下），《寂寞夜行車——臺灣少年小說選二》，臺北：民生報社。

袁哲生（2003a），《猴子》，臺北：寶瓶。

袁哲生（2004），《秀才的手錶》，臺北：寶瓶。

袁哲生（2005），《靜止在——最初與最終》，臺北：寶瓶。

袁瓊瓊編（2003），《91 年小說選》，臺北：爾雅。

許劍橋（2006），〈背時間的人，迎文字的海：王文興的寫作信仰與實踐〉，《文訊》，246，17-22。

郝譽翔編（2007），《95 年小說選》，臺北：爾雅。

張錯（2005），《西洋文學術語手冊》，臺北：書林。

張大春（1993），《少年大頭春的生活週記》，臺北：聯合文學。

張大春（1995），《我妹妹》，臺北：聯合文學。

張大春（1996），《野孩子》，臺北：聯合文學。

張大春（2002），《四喜憂國》，臺北：時報。

張大春（2004），《小說稗類》，臺北：網路與書。

張子樟主編（1998），《俄羅斯的鼠尾草——名家少年小說 1976-1997）》，臺北：幼獅。

張子樟主編（2000a），《沖天砲 VS.彈子王——兒童文學小說選集 1988-1998》，臺北：幼獅。

張子樟（2005a），《少年八家將》，臺北：民生報社。

張子樟（2005b），《閱讀與觀察——青少年文學檢視》，臺北：萬卷樓。

張汝倫（1988），《意義的研究——當代西化釋義學》，臺北：谷風。

張春興（1984），《成長中的自我探索》，臺北：東華。

張清榮（2002），《少年小說研究》，臺北：萬卷樓。

陳芳明編（2006a），《青少年臺灣文庫小說讀本 1——穿紅襯衫的男孩》，臺北：五南。

陳芳明編（2006b），《青少年臺灣文庫小說讀本 4——飛魚的呼喚》，臺北：五南。

陳長房（1994），〈西方成長／教育小說的模式與演變〉，《幼獅文藝》，492，5-16。

陳南宗（2006），《鴉片少年》，臺北：寶瓶。

陳瀅巧（2006），《圖解文化研究》，臺北：易博士。

梅家玲編（2006），《青少年臺灣文庫小說讀本 3──彈子王》，臺北：五南。

寇爾、貝克（2005），《死亡與喪慟：青少年輔導手冊》（吳紅鑾譯），臺北：心理。

黃凡、林燿德（1989），《新世代小說大系：校園卷》，臺北：希代。

黃志光（2005），《西洋文學的第一堂課》，臺北：書泉。

黃秋芳（2004），〈張望未來──少年小說論述研究的現況與價值〉，《文訊》，222，44-47。

黃淑瑛（2004），〈輕舟已過萬重山──論吳錦發「青春三部曲」中呈現的成長本質〉，《雄中學報》，7，1-18。

黃莉娟（2003），《從少年小說看性別意識的啟蒙-以紐伯瑞得獎座作品為例》，屏東師範學院國民教育所碩士論文，未出版。

黃惠惠（1998），《邁向成熟──青年的自我成長與生涯規劃》，臺北：張老師。

黃德祥（1998），《青少年發展與輔導》，臺北：五南。

黃德祥（2006），《青少年心理學》，臺北：心理。

黃慶萱（2004），《修辭學》，臺北：三民。

黃錦珠（2000），〈王文興《背海的人》下〉，《文訊》，180，30-31。

萊特（2007），《失控的進步》（達娃譯），臺北：野人。

彭小妍編（2000），《88 年小說選》，臺北：爾雅。

須文蔚（2003），《臺灣數位文學論》，臺北：二魚。

傅騰霄（1996），《小說技巧》，臺北：洪葉。

瘂弦（1987），《如何測量水溝的寬度》，臺北：聯合文學。

雷納（2006），《青少年心理學──青少年的發展、多樣性、脈絡與應用》（黃德祥主譯），臺北：心理。

楊照（1996），〈啟蒙的驚怵與傷痕——當代臺灣成長小說中的悲劇傾向〉，《幼獅文藝》，511，89-95。

楊照（1998），《夢與灰燼：戰後文學史散論二集》，臺北：聯合文學。

楊佳嫻編（2004），《臺灣成長小說選》，臺北：二魚。

楊祖珺（1997），《傳播及文化研究主要概念》，臺北：遠流。

詹宏志、陳映霞（1993），《小說之旅》，臺北：幼獅。

愛德華（2006），《不存在的女兒》（施清真譯），臺北：木馬。

廖宜方（2006），《圖解臺灣史》，臺北：易博士。

廖咸浩（1996），〈有情還似無情——中西成長小說的流變〉，《幼獅文藝》，511，81-88。

廖炳惠（2006），《關鍵詞200》，臺北：麥田。

趙雅博（1990），《知識論》，臺北：幼獅。

臺大哲學系主編（1988），《當代西方哲學與方法論》，臺北：東大。

蔣勳（2007），《孤獨六講》，臺北：聯合文學。

劉世劍（1994），《小說概說》，高雄：麗文。

劉其偉（1994），《文化人類學》，臺北：藝術家。

鄭明娳（1993），《當代臺灣評論大系小說批評卷》，臺北：正中。

鄭樹森（2007），《小說地圖》，臺北：印刻。

蔡源煌（1988），《從浪漫主義到後現代主義》，臺北：雅典。

錢伯斯（2000），《收費橋》（林美珠譯），臺北：小知堂。

歐茨（1991），《發展心理學》（黃慧真譯），臺北：桂冠。

導航基金會主編（2003），《青少年文化素描：街舞與同人誌》，臺北：巨流。

聯合文學編（2008），《閱讀文學地景·小說卷下》，臺北：行政院文化建設委員會。

簡媜（2007.05.23），〈不要和散文說再見〉，《聯合報》，E7版。

魏飴（1999），《小說鑑賞入門》，臺北：萬卷樓。

羅青（1989），《什麼是後現代主義》，臺北：五四書店。

國家圖書館出版品預行編目

臺灣青少年成長小說中的反成長 / 許靜文著. -
- 一版. -- 臺北市 ： 秀威資訊科技, 2009.
01
　　面；　　公分. -- (語言文學類 ； AG0103)
BOD 版
參考書目：面
ISBN 978-986-221-137-3(平裝)

1. 臺灣小說　2. 青少年文學　3. 文學評論

863.27　　　　　　　　　　　　　　97023694

語言文學類　　AG0103

東大學術⑤

臺灣青少年成長小說中的反成長

作　　者 / 許靜文
發 行 人 / 宋政坤
執行編輯 / 賴敬暉
圖文排版 / 姚宜婷
封面設計 / 陳佩蓉
數位轉譯 / 徐真玉　沈裕閔
圖書銷售 / 林怡君
法律顧問 / 毛國樑　律師
出版印製 / 秀威資訊科技股份有限公司
　　　　　　台北市內湖區瑞光路 583 巷 25 號 1 樓
　　　　　　電話：02-2657-9211　　　傳真：02-2657-9106
　　　　　　E-mail：service@showwe.com.tw
經 銷 商 / 紅螞蟻圖書有限公司
　　　　　　台北市內湖區舊宗路二段 121 巷 28、32 號 4 樓
　　　　　　電話：02-2795-3656　　　傳真：02-2795-4100
　　　　　　http://www.e-redant.com

2009 年 01 月 BOD 一版
定價：320 元

讀 者 回 函 卡

感謝您購買本書,為提升服務品質,煩請填寫以下問卷,收到您的寶貴意見後,我們會仔細收藏記錄並回贈紀念品,謝謝!

1. 您購買的書名: _____

2. 您從何得知本書的消息?

　　□網路書店　□部落格　□資料庫搜尋　□書訊　□電子報　□書店

　　□平面媒體　□ 朋友推薦　□網站推薦　□其他_____

3. 您對本書的評價:(請填代號　1.非常滿意 2.滿意 3.尚可 4.再改進)

　　封面設計____　版面編排____　內容____　文/譯筆____　價格____

4. 讀完書後您覺得:

　　□很有收獲　□有收獲　□收獲不多　□沒收獲

5. 您會推薦本書給朋友嗎?

　　□會　□不會,為什麼?_____

6. 其他寶貴的意見: _____

_____

_____

_____

讀者基本資料

姓名: _____　年齡: _____　性別:□女 □男

聯絡電話: _____　E-mail: _____

地址: _____

學歷:□高中(含)以下　　□高中　　□專科學校　　□大學

　　　□研究所(含)以上 □其他_____

職業:□製造業 □金融業 □資訊業 □軍警 □傳播業 □自由業

　　　□服務業 □公務員 □教職　　□學生 □其他_____